DER
SPIELER

**13 Krimis und Erzählungen
Inspiriert durch Titel des
Musikers Achim Reichel**

von

Jörg Marenski

ISBN 9783743190146
Originalausgabe 2017

Copyright © 2017 by Jörg Marenski
Umschlaggestaltung: Jörg Marenski
Fotos: Jörg Marenski
Printed in Germany
Herstellung und Verlag:
BOD Books on Demand, Norderstedt

Inhaltsverzeichnis

VORWORT

Achim Reichels Musik hat mich durch vier Jahrzehnte begleitet. Sie machte mich glücklich, nachdenklich, melancholisch oder sie spornte mich an. In jedem Falle hat sie mich berührt ...

Natürlich habe ich meine Favoriten, die ich jederzeit mitsingen kann. Das sind aber zumeist nicht die großen Massenerfolge, sondern eher Lieder, die im Schatten stehen. Über die Jahre hinweg hat Achim sich immer wieder neu erfunden und es einem manchmal nicht leicht gemacht, den Weg mitzugehen. Aber wenn ich mir sein aktuelles Album anhöre, verspüre ich ein gewisses back to the roots-Gefühl.

Aber warum dann ein Buch? Auslöser war der Song „Schatten an der Wand", der mich durch ein achtmonatiges Martyrium mit Koma, Nahtod und Pflegesituation begleitet hat. Als ich endlich wieder Herr meiner Sinne war, entdeckte ich in meinem Kopf Stories, die sich allesamt um Achims Lieder rankten.

In Anlehnung an einen Ausspruch des Malers Otto Dix: ich musste die Geschichten einfach aus meinem

Kopf rauskriegen! Teils als Therapie, um die Alpträume in den Griff zu bekommen, teils, um noch persönlicher zu werden, als ich es bislang in meinen Düssel-Krimis sein konnte. Insofern sind manche der Erzählungen zu großen Teilen biografisch.

Meine Leser werden meine Schreibe zwar wiedererkennen, aber ich konfrontiere sie auch mit anderen Erzählstilen. Vielleicht finden Sie ja auch Gefallen an den anderen Seiten eines nicht monochromen Autors.

Die Lieder haben mich entweder zu den Geschichten inspiriert oder ich habe die Idee der Songs weitergesponnen. Stimmen Sie sich einfach auf die Stories ein, indem Sie den jeweiligen Titel vorher einmal anhören. Wer weiß, auf welche Gedanken SIE beim Hören der Lieder kommen?

Achim und ich wünschen Ihnen spannende Unterhaltung ... und jetzt: Faites vos jeux! ☺

Der Spieler ist sicherlich einer der größten Hits, die Achim in seiner langen Karriere hatte. Mitten in den Zeiten der NEUEN DEUTSCHEN WELLE veröffentlicht, passte es so gar nicht in den Stil dieser Zeit. Vielleicht gefiel es mir genau deshalb so gut. Kann sein, dass ich es einfach liebte, gegen den Mainstream anzuschwimmen. Mein Ding waren weder „Hohe Berge" noch der „Skandal im Sperrbezirk". Mich reizten einfach mehr Lieder, die eine echte Geschichte hatten … am besten eine, die ich weiterdenken konnte. Wie viele Menschen, habe ich ein Faible für Leute, die sich trotz widrigster Umstände nicht unterkriegen lassen. Vermutlich, weil ich selbst gerne so wäre. Ganz dem alten Neil Young – Motto folgend: es ist besser auszubrennen als zu verblassen, setzt ein Verzweifelter alles auf eine Karte. Ich hoffe, dass ich selbst einmal so viel Mut aufbringen werde, wenn der Zeitpunkt dafür gekommen ist … wenn es um Alles oder Nichts in dem Großen Spiel geht.

DER SPIELER

Diese Winternacht war vom Feinsten. Feiner Nieselregen fiel vermischt mit dicken Schneeflocken vom Himmel und drang den wenigen Passanten auf der Kaiserallee durch die Kleidung. Kein Wunder also, dass jeder hastete, um ins Trockene zu kommen. Dazu pfiff ein stetiger Nord-Ost-Wind, der sich in den letzten Stunden auf acht Beaufort gesteigert hatte. Der Bürgersteig vor dem Casino war zwar geräumt und gestreut worden, aber die weißen Massen, die da vom Himmel herabstürzten, verurteilten jedes Taumittel und jede Räumaktion unmittelbar zum Scheitern. Von dem Strand, der sich auf der rückwärtigen Seite des Gebäudekomplexes befand, war kaum etwas zu erkennen. Die Schneeschicht war sicherlich fast 30 Zentimeter dick.

Von all diesen meteorologischen Widrigkeiten bekamen die Gäste in den Räumen der Spielbank nichts mit. Einzeln oder in kleinen Gruppen bevölkerten sie die Spielautomaten, belagerten die Blackjack- und Poker-Tische oder kühlten die erhitzten Gemüter mit einem Drink an der Bar. Der Jugendstilbau aus dem Jahr 1913 war eine Klasse für sich. Prachtvoll ausgestattet, immer wieder technisch auf den neuesten Stand gebracht und bevorzugtes Etablissement diverser Prominenter suchte es weltweit seinesgleichen. Er war eine Mischung aus morbidem Charme und dem Glanz längst vergangener Zeiten, die vielleicht seinen ungewöhnlichen Reiz ausmachte. Der derzeitige Geschäftsführer war sehr stolz, dieses Haus leiten zu dürfen … auch wenn ihm bewusst war, dass die Tage des Hauses gezählt waren. Bereits nächstes Jahr, nur ein Jahr vor Erreichen ihres 100. Geburtstags an diesem Standort, würde die Spielbank Travemünde geschlossen werden und ihre Wirkungsstätte nach Lübeck in einen deutlich weniger attraktiven Bau verlegen. „DAS eine Jahr hätten sie uns auch noch geben können", dachte sich der Geschäftsführer Günther Teubert oft.

Das Personal war handverlesen und ebenso absolut integer wie auch effizient. Dies galt für den Door-Man ebenso wie für die Croupiers oder Reinigungskräfte. Davon konnte sich der Chef des Hauses gerade wieder einmal überzeugen. Ein leicht angetrunkener Gast hatte begonnen, an einem der Spielautomaten zu randalieren. Der Mann krakeelte etwas von „Betrüger Bande" und „Schweinerei" und traktierte den unschuldigen Automaten mit Fußtritten. Der Spuk hatte nur 15 Sekunden gedauert, da waren schon zwei seiner besten Security-Männer bei dem Störenfried und schafften diesen nur mit sanftem Druck aus dem Haus. Teubert nickte zufrieden und schlenderte weiter durch die Hallen. Dabei grüßte er gelegentlich Stammgäste, schaute in der Bar vorbei und fragte, ob alles in Ordnung sei. Er war zwar selbst kein Spieler, aber seine Leidenschaft gehörte dem „Großen Spiel", dem Roulette. Für Teubert war die Beobachtung der verschiedenen Spielertypen fast eine Art Psychologiestudium. Daher verweilte er zum Ende seiner Runde immer etwas länger an den Roulettetischen.

Bei diesem „Schietwetter" war das Haus nicht sonderlich gut besucht, aber Tisch 1 im Großen Saal war gut besucht. Teubert fiel ein Spieler besonders auf, der mit steinerner Miene vor seinem Stapel Jetons saß. Er ging zu dem für diesen Bereich zuständigen Sicherheitsmann und fragte nach Auffälligkeiten. „Nö, mit dem ist nix Besonderes. Nur eben, dass er seit drei Stunden spielt. Ach nee ... wart' mal ... etwas ist mir aufgefallen. Der Typ da, schräg gegenüber von unserem Spieler, in dem grauen Anzug ... der setzt seit fast zwei Stunden jedes Mal auf die gleichen Felder. Sie sollten mal dessen Gesicht sehen, wenn unser Spezi mal verliert. Als ob er ihm den Kopf runterhauen wollte!" „Haben Sie bitte ein Auge darauf. Wir können so kurz vor Schluss hier keine schlechte Presse gebrauchen." „Allens chlor, Chef."

Der besagte Spieler schaute konzentriert auf die Kugel, die durch den Kessel tanzte. Deren arrhythmische Sprünge hatten etwas Hypnotisches an sich. Der Mann hatte jedes Zeitgefühl verloren und zählte seine Stapel mit Chips durch, als er nicht mehr das „Klick-klick" der Kugel hörte. „Vingt-deux, noir, pair, passe", erklang die Stimme des Croupiers. Mit der Sicherheit eines Profis sammelte er mit dem Rechen die Einsätze der Verlierer ein und sagte den erfolgreichen Spielern ihre Gewinnsumme an. Der Dauerspieler hatte lediglich einen sicheren Einsatz gewagt und hatte daher seinen Einsatz nur verdoppelt. Er streckte den Rücken durch, merkte, wie verspannt er war und gab dem Spielleiter ein Zeichen, dass er für eine kurze Zeit aussetzen würde. Daraufhin wurden sein Platz reserviert und seine Jetons in Verwahrung genommen.

Roman Klever, so der Name des Spielers, hatte mit seinen 35 Jahren schon einiges erlebt. Seine Lust am Spielen hatte sich schon in der Kindheit gezeigt und sein Taufpate hatte ihm zu seinem zehnten Geburtstag ein Roulette für Kinder geschenkt. Seitdem gehörten der grüne Filz und der schwarze Plastikkessel zu den Dingen, die am Wochenende immer auf dem Tisch der Familie standen. In der Schule lavierte er sich so durch, das einzige Fach, in dem er sich sicher fühlte, war Mathematik. Daher konnte er in seiner Abi-Zeit sich etwas durch Nachhilfe dazuverdienen … mit der Konsequenz, dass er mit Klassenkameraden regelmäßig an den Wochenenden pokerte … und verlor. Sein einziger

Wunsch zu seinem 18. Geburtstag war der Besuch eines Spielcasinos und sein Patenonkel lud seine Eltern und ihn nach Baden-Baden ein. Roman wurde mit einem Smoking ausgestattet und verbrachte den ganzen Abend bis Geschäftsschluss beim Blackjack, Poker und Roulette. „Und? Was hat dir am besten gefallen?" Sein Patenonkel blickte ihn erwartungsvoll an. Roman ließ sich mit der Antwort Zeit. „Poker ist für mich sehr intuitiv, Blackjack finde ich langweilig … und Roulette LIEBE ich."

Der Junge machte ein durchschnittliches Abitur und begann ein BWL-Studium, allerdings ohne großen Elan. Er konzentrierte sich mehr und mehr darauf, seinen Lebensunterhalt als Berufsspieler zu bestreiten. Daher jobbte er anfangs, um genügend Geld für seine Einsätze zu haben. Zunächst in offiziellen Spielstätten, später aber auch in zwielichtigen Hinterzimmern fragwürdiger Kneipen, gehörte er bald zu den Stammgästen. Die illegale Methode wählte er nur, um höhere Gewinne erzielen zu können. Dort trieben sich auch die Typen herum, die längst Hausverbot in den Casinos Deutschlands hatten, und doch nicht von ihrer Sucht lassen konnten. Manch einer hatte schon Haus und Hof verspielt und Roman gehörte in aller Regel zu den Nutznießern dieser Unglücksraben. Ein schlechtes Gewissen hatte er deswegen aber nie. „Wer hat sie

denn dazu gezwungen zu spielen? Ich doch nicht!",
war seine feste Überzeugung. Lediglich einmal hatte
ihn ein Anflug von Reue getroffen, als er einen
älteren Mann aus der Eifel ausgenommen hatte, der
sich tags darauf von der Freihafenbrücke in die Elbe
gestürzt hatte. Dieser Wahnsinnige hatte ohne das
Wissen seiner Familie einen hohen Kredit auf seinen
Bauernhof aufgenommen und den gesamten Betrag
verzockt. Seine Frau stand vor dem wirtschaftlichen
Nichts und war in eine Nervenklinik eingeliefert
worden. Wirklich nur dieses eine Mal hatte Roman
seinem Gewissen nachgegeben und anonym 50.000 €
von seinem Gewinn der Witwe zukommen lassen. Er
war der Ansicht, dass zehn Prozent seines Gewinns
ausreichend waren, um den Schmerz der Frau etwas
zu mildern.

Seine Karriere als Glücksspieler - ein Ausdruck, der
ihn jedes Mal verärgerte – verlief aber beileibe nicht
ohne Höhen und Tiefen. Besonders schlimm stand es
um ihn, als mit dem Aufkommen von Smartphones
und einer gewissen Lockerung der Rechtssysteme,
das Internet als eine Goldgrube für Spielsüchtige
entdeckt wurde. Auch er war diesem Wahn verfallen
und hatte beim Online-Poker eine knappe Million
verloren. Diese Verluste versuchte er auf
konventionelle Weise in europäischen Spielbanken
wettzumachen. Dies führte allerdings zu seinem

Rausschmiss in Spa, Genf, Venedig und London. Man hatte dort Gambler, die Karten zählten, nicht so gerne und Roman verfügte über ein außergewöhnliches, fotografisches Gedächtnis. Er konnte sich über Stunden hinweg konzentriert die bereits ausgespielten Karten merken und so seine Chancen an Wahrscheinlichkeiten berechnen. Dies war zwar juristisch nicht von Belang, führte aber in der Regel zum Verweis und dauerhaftem Zutrittsverbot. Auch wenn es nie jemand zugeben würde, existierte doch eine Art „schwarze Liste", auf der weltweit gesperrte Spieler mit ihrem Foto und den Ausweisdaten gespeichert waren. Dieses Verzeichnis wurde von allen Casinos peinlich genau geführt und aktualisiert, ob in Las Vegas, Monte Carlo oder Rotterdam. Roman musste sich vorsehen, dass seine Sperre nicht auch auf das „Große Spiel" ausgedehnt wurde. DAS hätte er nicht verkraftet … und doch kam es dazu.

Er hatte längere Zeit nicht in Dortmund gespielt und befand, dass es mal wieder an der Zeit wäre, der Hohensyburg einen Besuch abzustatten. Ungefähr zwei Stunden vor Schließung der Tische hatte er bereits Jetons im Gegenwert von 600.000 € vor sich liegen. Eine große Gruppe Schaulustiger hatte sich um den Tisch versammelt und goutierte seine Spielzüge teilweise mit lautstarkem Applaus. Dies stieß dem Hauspersonal auf und der Spielleiter gab dem Management offensichtlich ein Signal. Roman wurde von zwei Herren im Smoking um eine Unterredung gebeten. Er erhob sich vom Tisch und folgte ihnen in die Raucherlounge. Man bat ihn, Platz zu nehmen und bot ihm einen sündhaft teuren Single-Malt-Whiskey an. Dann erschien der Geschäftsführer und klärte ihn darüber auf, dass man unter Berücksichtigung der Verantwortung des Hauses für seine Gäste ihn nun bitten würde, das Etablissement zu verlassen. Man begründete dies mit dem Schutz vor Spielsucht und dem Hinweis auf seine 14 Casinobesuche in den letzten drei Monaten. „Aber ich war doch seit fast zwei Jahren nicht mehr in Ihrem Haus", insistierte Roman Klever. „Das tut nichts zur Sache. Ihre Besuchsfrequenz in Casinos lässt einfach nur den Schluss zu, dass Sie sich nicht mehr unter Kontrolle haben. Darf ich Sie bitten, jetzt das Haus zu verlassen? Und bitte beehren Sie uns in den nächsten drei Jahren nicht wieder." Dieser lapidare Nachsatz war der verdeckte Hinweis darauf, dass Roman ab sofort zu der illustren Gruppe der Spieler gehörte, die auf der IBL, der International Black List, standen.

Für den jetzt 35jährigen war das eine Katastrophe. Ihm war praktisch die Lebensgrundlage entzogen. Es existierten zwar einige Rücklagen und Nummernkonten in Liechtenstein, aber er hatte sich mit den Jahren einen gewissen Lebensstil angewöhnt, den er mit der „Hilfe zum Lebensunterhalt" Hartz IV nicht bestreiten konnte. Dazu kam, dass sein „Job" auch entsprechend hohe Ausgaben mit sich brachte. Sollte er also wieder in den Bereich des illegalen Spiels in verrauchten Kneipen oder Privat-Clubs zurückkehren – mit dem Risiko, eines Tages mit einem Messer in der Brust in einem Hinterhof zu verrecken? Nein, das war keine Option für ihn und daher verlegte er seine Aktivitäten auf kleinere Casinos in den USA und Südamerika, die es mit der IBL nicht ganz genau nahmen. Er hoffte, dass er nach einer Pause von etwa zwei Jahren wieder auf dem europäischen Kontinent auftauchen könne. Seine Barschaft war in dieser Wartezeit jedoch bedenklich zusammengeschmolzen.

Sein erster Besuch in Deutschland hatte Bad Neuenahr gegolten. Schweißperlen standen auf seiner Stirn, als er seinen Ausweis vorlegte. Aber er wurde anstandslos eingelassen und nahm an einem der Roulettetische Platz. Als er sich langsam eingewöhnt hatte, erhöhte er seine Einsätze und beobachtete seine Mitspieler etwas genauer. Dabei fiel ihm eine schwarzhaarige Schönheit auf, die sich mit der Zeit immer näher an seinen Platz heranschob. Gelegentlich beugte sie sich über seine Schulter, um selbst einen Einsatz zu platzieren. Dabei gewährte sie ihm Einblick in ihr üppiges Dekolleté und er roch ihr sinnliches Parfum. Jedes Mal entschuldigte sie sich mit einem gutturalen „Excusez moi, Monsieur" und schenkte ihm dabei ein verführerisches Lächeln. Roman war kein Kostverächter, aber dies hier war seine ARBEIT und kein Vergnügen. Da waren Ablenkungen einfach störend. Da legte sich eine schwere Hand auf seine Schulter und eine Männerstimme bat ihn aufzustehen. Roman erhob sich und sah sich von drei sehr sportlichen Männern in dunklen Anzügen umringt. „Wir würden Ihnen gerne etwas zeigen, Herr Klever. Allerdings möchten wir Sie dafür in das Direktionsbüro bitten, damit wir jegliches Aufsehen vermeiden." Roman ließ die Schultern hängen. Es war also nur ein kurzes Gastspiel gewesen.

Als er in dem Sessel vor dem Schreibtisch des Geschäftsführers Platz nahm, wurde er gewahr, dass seine schöne Mitspielerin ebenfalls in den Raum geleitet worden war – im Gegensatz zu ihm wurde sie allerdings von beiden Seiten an den Unterarmen umfasst. Ein graumelierter Herr im eleganten Zweireiher kam aus einem Nebenraum und reichte Klever die Hand zum Gruß. „Herr Klever, Sie waren ja viele Jahre gern gesehener Gast in unserem Casino. Daher ist es mir jetzt umso unangenehmer, Sie auf ein ... ja, wie nenne ich das jetzt am besten? ... eine Unannehmlichkeit hinzuweisen. Uns ist ein Fehler unterlaufen, den wir aber zum Glück noch rechtzeitig bemerkt haben. Der Croupier an Ihrem Tisch ist noch nicht so erfahren, das werden Sie sicher bemerkt haben. Sein Supervisor hat bei einem Check jedoch bemerkt, dass diese ... DAME", er dehnte das Wort abfällig in die Länge, „offensichtlich Schwierigkeiten mit dem Unterschied zwischen MEIN und DEIN hat. Sie hat sich mehrfach, wenn auch nur in kleinen Beträgen, an Ihren Jetons bedient." Roman erbleichte. DAS war IHM selbst nicht aufgefallen? Ließ er tatsächlich so sehr nach? Er hatte ja bereits in Kolumbien festgestellt, dass er teilweise den Spielverlauf nicht mehr genau verfolgen konnte, geschweige denn beim Poker die Karten zählen. Der Manager riss ihn aus seinen Gedanken. „Wünschen Sie Anzeige zu erstatten?" Roman war zu konsterniert, um jetzt auch noch eine Diskussion mit der Polizei auszuhalten. „Nein, danke. Ich selbst werde nichts unternehmen, wenn ich mein Geld zurückbekomme." Ein Sicherheitsmann entwand der widerstrebenden Frau die Handtasche und leerte den Inhalt auf dem Schreibtisch aus. Dort fanden sich Jetons in einem Gegenwert von 25.000 €. „Das alles dürfte zwar nicht Ihnen gehören, aber der Chefcroupier beziffert den Verlust von Ihnen, Herr Klever, auf 4.000 €", sagte der Geschäftsführer und reichte dem Gast die Chips. Die Frau war bislang schweigsam geblieben, aber als er den Raum verlassen wollte, richtete sie das Wort an ihn: „Danke, Monsieur, ich werde Ihnen das nicht vergessen." Sie ließ dabei offen, ob es eine Drohung oder ein Dank sein sollte.

Roman kehrte in sein kleines Hotel zurück und begann eine Recherche im Internet. Dann notierte er sich eine Telefonnummer, orderte ein Frühstück aufs Zimmer für den nächsten Tag um 10 Uhr und legte sich schlafen.

Die Nacht war unruhig, von Nachtmahren, Alpträumen und Panikattacken geprägt. Schweißgebadet erwachte er um 9 Uhr und duschte sich. Dann ergriff er sein Handy und rief die gestern notierte Nummer in seiner Heimatstadt Hamburg an. Er schilderte der Dame am Telefon sein Anliegen … und musste warten. Während des Telefonats klopfte es an der Tür und sein Frühstück wurde gebracht. Während des Eindeckens meldete sich seine Gesprächspartnerin. „Herr Dr. Welner kann Sie übermorgen um 11 Uhr einschieben, Herr Klever." Roman bestätigte den Termin und hielt der Etagenkellnerin seine Tasse hin. Als diese eingoss, begann seine Hand zu zittern und er ließ die Tasse fallen. Die junge Blondine erschrak etwas, war aber sofort bei der Beseitigung des Malheurs behilflich. Der Hotelgast entschuldigte sich mehrfach bei ihr. Auf einmal traten Tränen in seine Augen und seine Stimme brach mitten im Satz ab. „Geht es Ihnen nicht gut? Soll ich einen Arzt holen? Wir haben einen sehr guten im Nachbarhaus, der ist schnell da." Roman lehnte dankend ab und komplimentierte die Angestellte mit einem großzügigen Trinkgeld aus dem Zimmer.

Die Zeit bis zu dem Arzttermin verging wie im Fieber. Vom Flug ab Köln bekam er so gut wie nichts mit und ebenso wenig von der Taxifahrt ins Hotel Atlantic. An der Rezeption wurde er erkannt und begrüßt. Er hatte schon mehrfach mit dem prominenten TV-Moderator gespielt, der ihm freundschaftlich auf die Schulter schlug und ihn zu einem Spiel am Abend einlud. Roman lehnte dankend ab. Stattdessen verschlief er den Rest des Tages und lief nachts am Ufer der Außenalster entlang. Pünktlich fand er sich zu seinem Arzttermin ein. Die Untersuchung war außerordentlich gründlich und es schlossen sich unmittelbar ein MRT und ein CT an. Bereits am Folgetag war der Arzt um eine sachliche, allgemein verständliche Diagnose bemüht. „Es tut mir wirklich leid, aber wir müssen davon ausgehen, dass Sie einen Hirntumor haben. Sehen Sie hier, Herr Klever", damit deutete er auf eine große helle Fläche auf dem

Schädelbild, das seinen PC-Bildschirm ausfüllte, „sowohl die Größe als auch die Lage der Wucherung machen eine erfolgreiche Operation mehr als unwahrscheinlich. Wir sollten daher so schnell als möglich eine Chemotherapie beginnen, damit ..." Roman unterbrach ihn: „Wie lange? Ich meine, meine restliche Zeit?" Der Arzt zögerte: „Es wäre unseriös, sich in Ihrem Fall auf gesicherte Zeiträume festzulegen. Aber meine Erfahrung aus 25 Jahren in diesem Fachgebiet sagt mir, in etwa zwischen drei und sechs Monaten ... ohne Chemo." „Und mit?" „Möglicherweise das Gleiche, denn ich kann Ihnen keine Heilungsgarantie geben. Ihre Chancen stehen fifty-fifty. Und die Chemo wird kein Spaziergang."

Roman bat sich Bedenkzeit aus und kehrte ins Hotel zurück. An der Bar des Hotel Atlantic sorgte er dafür, dass er binnen kürzester Zeit sturzbetrunken war. Der Barkeeper wollte ihm eigentlich die Flasche Cognac verweigern, die er mit aufs Zimmer zu nehmen gedachte, aber Roman zeigte ihm den Arztbericht und tippte mit dem Zeigefinger auf den Befund. Der Hotelmitarbeiter kannte die Diagnose und reichte dem Gast wortlos die Flasche. Am nächsten Tag erwachte Roman Klever mit einem Kater von biblischen Ausmaßen. Trotzdem schleppte er sich ins Restaurant, stellte fest, dass es um 14.30 Uhr kein Frühstück mehr gab und orderte Labskaus und eine Bloody Mary. Der folgende erneute Spaziergang an der Außenalster tat seinem gemarterten Körper gut und er überlegte seine weitere Vorgehensweise. Das Martyrium der Chemo durchleiden, mit einer Heilungschance von 50 Prozent – oder die letzten Monate bewusst erleben, nicht nur existieren und sich auf das Ende vorbereiten? Verwandte hatte er nicht mehr, für echte Freundschaften war sein Leben zu unstet gewesen. Gewiss, in Hamburg lebte eine Jugendliebe, aber … Als eine Art Talisman und als Notgroschen hatte er immer eine Goldmünze bei sich, einen Krüger-Rand mit dem Gewicht einer Unze – immerhin im Gegenwert von mehr als 1.000 €. Er schnippte die Münze mit dem Daumen hoch und fing sie verdeckt auf seinem linken Handrücken auf. „Kopf – ich lasse die Chemo machen … Springbock – ich lasse es noch einmal richtig krachen und Schluss!" Roman zögerte, die Hand wegzuziehen. Als er es dann doch tat, war es wie ein Omen. Die Wolkendecke brach auf und das Sonnenlicht spiegelte sich gleißend auf dem blankpolierten Goldstück, sodass er zunächst nichts erkennen konnte. Er schöpfte Hoffnung und … erkannte das Tier. Er atmete schwer und nickte. Dann soll es wohl so sein, ging es durch seinen Kopf.

Er setzte seinen Spaziergang fort, machte währenddessen diverse Telefonate und regelte einige

Angelegenheiten. Dazu gehörte auch die Absage des vorsorglich ausgemachten Termins für den Beginn der Therapie. Dann kehrte er ins Hotel zurück, ließ sich für den Folgetag die Rechnung fertigmachen und packte seinen Koffer. Anschließend bestellte er einen Leihwagen und gönnte sich am Abend ein opulentes Sieben-Gänge-Menü. Gegen 22 Uhr suchte er nochmals die Bar auf, heute allerdings nur für einen Absacker, und ging dann zu Bett. Die Fahrt am nächsten Tag nach Lübeck war ereignislos. Nur das Wetter passte zu seiner Stimmung: grauer Himmel, Schneegriesel, böiger Wind und der Wetterbericht kündigte keine Besserung in den nächsten vier Tagen an. So verließ Roman sein Zimmer im Hotel „GranBelveder" in Scharbeutz nur für kurze Spaziergänge am Meer. Glücklicherweise konnte er alle Angelegenheiten, die er für wichtig erachtete, online oder telefonisch erledigen. Dann präparierte er sich für den letzten großen Auftritt.

Die auf seinem Gesicht schmelzenden Schneeflocken brachten ihn wieder in die Gegenwart zurück. Er war völlig durchgefroren und saugte nervös an einer Zigarette. Seit drei Stunden zeigte Fortuna, was für eine launische Diva sie sein konnte. Hatte er in den ersten beiden Stunden noch ordentlich gewonnen, lag er seit einer Stunde weit unter seinen Erwartungen. Unter den Erwartungen? Nein, er hatte sogar mehr verloren, als er am gesamten Abend erspielt hatte. Zum Schluss war er sogar dazu übergegangen, ganz entgegen seiner Gewohnheit, nach Martingale-System zu spielen … ohne Erfolg. Nervös machte ihn besonders der Typ schräg gegenüber. Es gab zwar keine entsprechenden Vorschriften, aber es galt als Etikette unter Berufsspielern, dass man nicht die gleichen Zahlen oder Zahlenfolgen setzte wie der erfolgreichste Spieler am Tisch. Sowas taten nur Laien und Anfänger. Dazu musste man also auch den Mann mit der roten Krawatte zählen. Und ein Pokerface hatte der Kerl ganz sicher auch nicht. Bei Gewinnen strahlte er, als hätte er selbst die Aktion erdacht. Bei Verlusten blickte er Roman an, als wolle er ihm ein Messer in die Brust stoßen. Aber niemand zwang ihn ja zu diesem Verhalten.

Ziemlich durchgefroren kehrte Klever an den Tisch 1 im Großen Saal zurück. Schon von weitem erklang die Stimme des Croupiers. „Faites vos jeux … Rien ne va plus … Neuf, rouge, impair, manque." Roman nahm wieder auf seinem Stuhl Platz und erhielt seine hinterlegten Chips zurück. Er zählte erneut –früher wäre das nie nötig gewesen – und stellte fest, dass der kümmerliche Haufen gerade noch den Gegenwert von 1.000 € hatte. Wieder wurden die Gäste vom Spielleiter aufgefordert, ihre Einsätze zu machen.

´Roman schloss kurz die Augen, ihm war schwindelig geworden. Dann signalisierte er, dass er dieses Spiel noch aussetzen würde. Diese Aktion wurde von dem „Nachmacher" wie gewohnt mit einem bösen Blick beantwortet. Auf sich selbst gestellt, platzierte der Mann eine Sechs-Zahlen-Wette und verlor.

Roman sah Sterne auf sich zu fliegen, wie im Vorspann von „Raumschiff Enterprise". In seinem Ohr erklang ein dumpfes Brummen und er meinte mit dem Stuhl zu schwanken. Aus der Brusttasche nahm er eine Tablette, das einzige Zugeständnis, das ihm der Arzt in Hamburg hatte abringen können. Das Morphium sollte zumindest die unerträglichen Kopfschmerzen, die seit Monaten zur Gewohnheit geworden waren, lindern. Er gönnte sich noch drei weitere Auszeiten, bis die Tablette ihre Wirkung entfaltete. Dann war es an der Zeit … und er meinte eine Stimme zu hören: „Bist du endlich soweit?" Hastig sah er sich um, aber niemand stand nah genug, als dass diese Worte von ihm hätten kommen können. Er umfasste mit beiden Händen den kleinen Stapel Jetons und schob ihn auf das Tableau. Der Croupier sagte an: „Dix-sept pour le Monsieur?" Roman nickte: „Seulement!" Bei den Umherstehenden entstand ein aufgeregtes Geraune: „Alles auf die 17 … Wahnsinn, der hat doch nix mehr … Ist der denn verrückt?" Der „Nachmacher" starrte ihn mit weit aufgerissenen Augen an. Durch Romans Schädel zuckte eine Schmerzwelle, die ihn sein Gesicht verziehen ließ. Es musste wie ein wölfisches Grinsen gewirkt haben und der „Nachmacher" fühlte sich provoziert. Mit einem Ruck schob er seinen Stapel Jetons auf den Filz, aber im gleichen Augenblick verkündete der Croupier: „Rien ne va plus!" Erregt begann der Mann einen Disput, dass seine Wette noch akzeptiert wurde. Mit starkem russischen Akzent ereiferte er sich: „DAS WAR NOCH RECHTZEITIG, DURAK!" Diesen Ausdruck kannte sogar Roman – Idiot. Der Croupier blieb gelassen und zwei bullige Security-Schränke verwarnten den nach wie vor schimpfenden Gast.

Das Klicken der Kugel wurde immer seltener, bis es endlich verstummte. Atemlose Spannung rund um den Tisch 1 … und der Spielleiter verkündete: „Dix-sept, noir, impair, manque. Pour Monsieur Klever, dix-sept en plein. Meinen Glückwunsch!" Die Zuschauer applaudierten wild und der Russe brüllte auf und bedrohte den Croupier. „Du Schwein, gib mir sofort mein Geld. Du hast genau gesehen, dass ich diese Zahl auch setzen wollte. 182.000 €, das ist mein Gewinn. Zahl mich aus, du Arsch!" Binnen Sekunden standen wieder die Sicherheitsleute bereit. Aber dieses Mal wurde nicht mehr argumentiert. Der Russe wurde auf jeder Seite mit einem speziellen

Griff fixiert und mit schmerzverzerrtem Gesicht aus dem Casino geleitet. Im Weggehen brüllte er noch in Romans Richtung: „Denk an Neuenahr!" Roman vermochte sich keinen Reim auf diesen Ausruf zu machen. Sein Kopfschmerz hatte an Intensität zugenommen. Er konnte kaum noch einen klaren Gedanken fassen. Wie in Trance nahm er die Chips im Wert von 35.000 € entgegen. Wie sollte es weitergehen? In diesem Augenblick merkte er, wie sein linker Arm taub wurde und er ihn nicht mehr anheben konnte. Ihm wurde schlecht und er kämpfte gegen das Erbrechen an. Dann kamen sämtliche Umgebungsgeräusche nur noch wie durch Watte an sein Ohr und sein Schließmuskel versagte. Langsam lief eine warme Flüssigkeit sein Bein herunter. Ein einziger Gedanke beherrschte sein nur noch minimal funktionierendes Hirn: NICHT SO! Es kostete ihn seine restliche verbleibende Kraft, den Stapel Chips zurück auf das grüne Feld zu schieben. „Alles auf die 17", stammelte er. Jetzt verlor der Croupier seine Contenance. „Herr Klever, sind Sie sicher? Ich meine …" Roman stieß zwischen den Zähnen hervor: „Cinq cents Euro pour les employés." Er stöhnte auf. „Geht es Ihnen gut? Brauchen Sie Hilfe?" Der Angesprochene schüttelte den Kopf. „Den Rest auf die 17. Machen Sie schon."

Totenstille rund um den Tisch. Die Kugel jagte durch den Rand des Kessels, wurde langsam, rollte in die Fächer der Kesselabschnitte und führte dort ihren Veitstanz auf. Mit Verklingen des Geräusches stoppte der Croupier langsam das Rad. „Trente, rouge, pair, passe. Tous à la banque." Der gesamte Einsatz auf dem Spielfeld ging an die Bank, da niemand die Gruppierungen rund um die 30 oder die passenden einfachen Chancen gesetzt hatte. Die Zuschauer wisperten leise, manche Frauen warfen Roman mitleidige Blicke zu. Dieser saß mit geschlossenen Augen und durchgestrecktem Rücken auf seinem Stuhl. Man hatte wohl den Manager informiert und Teubert kam an den Tisch. „Herr Klever, darf ich Sie zu einem Getränk einladen, auf Kosten des Hauses natürlich? Oder benötigen Sie irgendwie geartete Hilfe? Soll Sie jemand in Ihr Hotel fahren?" Der Verlierer lehnte dankend ab und erhob sich. Leicht schwankend bewegte er sich zur Garderobe und zog sich seinen Mantel an. Der Schmerz schien etwas abzuebben und er schlenderte langsam durch die Räume des Casinos, als würde er Abschied nehmen. Letztlich war es das auch: die Spielbank wäre ab dem nächsten Jahr Geschichte und er selbst … Aber das war ein anderes Thema. Der geschlagene Spieler verließ das Haus über die hintere Terrasse. Die Rasenflächen waren hoch mit Schnee bedeckt und die Gehwegplatten glänzten feucht im Licht des

Mondes. Der böige Wind zerrte an seinen Haaren und seinem Mantel, und drang in jede Ritze. Mit Mühe zündete er sich eine Zigarette an und nahm einen tiefen Zug. Da war er auf einmal wieder, dieser stechende Schmerz in seinem Kopf. Er presste die Handballen gegen die Schläfen und stolperte vorwärts über die Strandpromenade auf den Strand zu. Ein einsamer, verwahrloster Strandkorb fristete sein trauriges Dasein in dem Gemisch aus Schnee und Sand und Roman ließ sich auf die Sitzfläche fallen. Zu seinem Glück kam der Wind von der Seite und so war er etwas geschützt. Er kniff die Augen zusammen und versuchte den Blick auf das aufgewühlte Wasser zu fixieren. Durch das wirre Durcheinander der schaumgekrönten Wellen sah er nur eine sich bewegende, diffus-schwarz-weiße Masse.

„Jetzt ist es Zeit!" Die Frauenstimme drang nur undeutlich durch den Sturm an sein Ohr. Deshalb schrieb er sie auch nur seiner Krankheit zu. Doch dann wurde das Mondlicht etwas abgeschattet und eine Person stand links neben dem Strandkorb. Roman blickte erstaunt hoch. Die Frau trug einen langen Pelzmantel und eine dazu passende Pelzkappe, unter der ihr pechschwarzes Haar üppig hervorquoll. „Hast du auch eine für mich?" Wortlos reichte Roman ihr seine letzte Zigarette und zündete sie der Schönheit an. „Totales Desaster, da drinnen, nicht wahr?" „Waren Sie auch dort?" Der Spieler hatte sie gar nicht bemerkt. Die Frau bat erneut um Feuer, da der Sturm die Zigarette hatte verglimmen lassen. Im Schein der Flamme besah er sich ihr Gesicht genauer und auf einmal erkannte er sie. Die Diebin aus Bad Neuenahr! „Wie … hat man … Sie nicht verhaftet?" Sie schüttelte den Kopf. „Diplomatischer Pass, eines meiner wenigen Privilegien. Die bringen aber auch Verpflichtungen mit sich. Vor allem der Familie gegenüber." Roman war außerstande, den Sinn ihrer Worte zu erfassen. Sie erhob sich, hauchte ihm einen Kuss auf die Wange und sagte: „Du hast etwas gut bei mir … wegen Bad Neuenahr … du hast mich nicht angezeigt. Es wird schnell gehen. Pjotr sieht das etwas anders … aber er gehorcht mir. Er ist sehr nachtragend. Du hast so viel verloren … und er dadurch auch. Daher … wie gesagt … es ist Zeit!" Damit trat sie einen Schritt zurück. Es erklangen drei Plopp-Geräusche, die vom Schneesturm fast völlig übertönt wurden. Ramon sank vornüber, drei Einschusslöcher in seinem Rücken, die seinen hellen Trenchcoat rot färbten. Er starrte in den Himmel und bemerkte noch die schreienden Möwen, die gegen die Böen ankämpften. Dann lächelte er und sein Blick brach.

„Warum lächelt der Idiot?" Pjotr war zu seiner Schwester getreten. Sie sah nachdenklich auf den Toten herab. „Vielleicht haben wir ihm einen Gefallen getan. Jetzt ist er wirklich frei!"

Viele Erzählungen in dieser Sammlung tragen autobiographische Züge, aber *COOL* ist verdammt nah an der Realität. Ich überlasse es der Fantasie der Leserinnen und Leser, für sich selbst zu entscheiden, welche der Figuren mich darstellt ☺. Allerdings kann ich mir gut vorstellen, dass nicht wenige Menschen sich an eigene Erfahrungen erinnert fühlen.

Dieses Lied erinnert mich daran, wie ich mich damals fühlte. Wie ich verzweifelt darum kämpfte, cool zu sein, mir meine Verletzungen, meine Schwäche, meine Angst nicht anmerken zu lassen. Doch manche Demütigung sitzt zu tief und ist ein Tier so sehr in die Ecke gedrängt, dass es keinen Ausweg mehr sieht, dann besteht die Gefahr des Angriffs und einer Überreaktion … wie in dieser Story. Und wie Achim es beschreibt, entsteht dann aus „Minus … Plus" der „Kurzschluss".

COOL

Dieser Herbsttag des Jahres 1981 machte der Saison alle Ehre. Warmer Sonnenschein, der die buntbelaubten Bäume in der Umgebung des Hotelturms zum Leuchten brachte, wechselte sich mit heftigen Regengüssen und gewaltigen

Sturmböen ab, die die Fensterscheiben in den obersten Stockwerken des Hotels zum Schwingen brachten. Die Fenster des Maritim Hotels gaben den Blick auf die wild aufgewühlte Kieler Förde frei und man konnte gerade die Ausfahrt einer Skandinavienfähre und eines U-Bootes betrachten.

Henry Mertens stand an einem Eckfenster, die verschwitzte Stirn gegen das kühlende Glas pressend. Seit drei Stunden quälte er sich schon mit den Rechtsgrundlagen für die anstehende Fachprüfung ab. Irgendwie bekam er diese ganzen Paragraphen der vielen Sozialgesetzbücher nicht auf die Reihe. Würde er jemals in der Realität vor dem Problem stehen, eine „sozialversicherungsrechtliche Beurteilung eines Tutors an einer Hochschule unter Berücksichtigung seiner parallelen Tätigkeit als wissenschaftliche Hilfskraft" vornehmen zu müssen? Was interessierte ihn die Berechnungsgrundlage der Einkünfte eines Musikers aus Sicht der Künstlersozialkasse? Zusammen mit ihm brüteten drei weitere Auszubildende seines Jahrgangs über unterschiedlichen Fachthemen.

Petra warf entnervt ihren Bleistift auf den Tisch, schob ihren Block und den dicken, grauen Ordner mit dem SGB von sich. „Aus, Schluss, Sense ... ich krieg jetzt einfach nichts mehr in den Schädel rein.

Ich brauch jetzt nen Kaffee und Nervennahrung. Wer kommt mit?"

Die Gruppe stand nur wenige Monate vor der alles entscheidenden Abschlussprüfung. Waren sie am Anfang noch Einzelkämpfer gewesen, hatte sich innerhalb der drei Jahre Ausbildung so etwas wie Kameradschaft gebildet. Schwächere wurden von Stärkeren unterstützt, Blitzmerker sorgten bei den nicht so Fixen für zeitnahen Anschluss. Aber während der Prüfung, da waren sie alle auf sich selbst gestellt. Und dieses vierwöchige Seminar diente als letzte Chance zur Vorbereitung auf die Prüfung.

Mit der Zeit waren die Azubis auch mit den Fachlehrern vertrauter geworden. Man kannte die Eigenarten, die Schwächen, die kleinen Neurosen ... doch dieses Mal, beim wichtigsten Lehrgang, war alles anders gewesen. Der Lehrkörper des Unternehmens litt an Überalterung und so hatte man innerhalb des Unternehmens Stellen- ausschreibungen als Fachlehrer veröffentlicht. Und genau in diesem Seminar hatte man die potentiellen Kandidaten einem Praxistest unterzogen – zum Leidwesen der Azubis. Denn die meisten der angehenden Lehrkräfte erwiesen sich zwar als hervorragende Leute mit Fachwissen, aber unterirdischen Fähigkeiten in Pädagogik bei fehlender Sozialkompetenz. Besonders heraus stach dabei ein großer, schwerer Blondschopf aus Lübeck, der es vom ersten Augenblick an auf Henry abgesehen zu haben schien. Henrys Figur zeichnete sich mehr durch Rundungen als durch einen Waschbrettbauch aus. Gerade dies wurde von dem Fachlehrer Klaus Pflüger mehrfach zum Anlass genommen, Scherze unterhalb der Gürtellinie auf Kosten des molligen Lehrlings zu machen. Dies geschah unverhohlen öffentlich und blieb ohne erkennbare Ahndung durch die Lehrgangsleitung.

Henry war in früher Kindheit nie ein Revoluzzer gewesen. Immer hatte er versucht, es allen recht zu machen … und war dabei auf der Strecke geblieben. Sein Selbstbewusstsein war erst durch einen Schulwechsel erwacht und seine Handlungsweisen zeichneten sich durch ein enormes Nachholbedürfnis aus. Aus der grauen Maus war ein aufsässiger Geist geworden, der jede sich bietende Gelegenheit nutzte, sich mit der Obrigkeit anzulegen – sei es als Schulsprecher, Jahrgangsrepräsentant oder bei politischen Aktionen. Doch der zu jener Zeit rigide Umgang mit Azubis hatte ihm etwas die Flügel gestutzt. Umso mehr wunderte es ihn nach wie vor, dass das Mädchen, das er in der Höheren Handelsschule kennen und lieben gelernt hatte, mit ihm zusammen war – seit nunmehr fast vier Jahren. Nicht begreifend, was sie an ihm finden konnte, genoss er jede Minute mit ihr. Sie gab ihm Halt, Stärke, Wärme … und wurde mit ihm gemeinsam erwachsen. Und an genau diese junge Frau dachte Henry gerade, als er die Pausenaufforderung der Kollegin Petra vernahm.

Diese „Azubine" stand noch immer an dem Rondell aus Tischen und blickte erwartungsvoll ihre Mitstreiter an. Ächzend erhoben sich die Geplagten und verließen den Raum, wobei Henry sich anschloss. Im Café des Hotels nahmen sie Platz und wurden umgehend bedient. Kaum hatten sie einen banalen Schwatz begonnen, ertönte hinter ihnen eine wohlbekannte Stimme. „Tja, Herr Mertens, schon wieder Pause? Wenn Sie meinen, sich das erlauben zu können. Aber beim Kuchen nicht vergessen: nur das Nötigste!" Henry zuckte zusammen.

Dieser Drecksack von Pseudo-Lehrer hatte eine unsichtbare Grenze überschritten, die Henry in eine Zeit zurückwarf, die er lange verdrängt hatte. Das Wort Mobbing war noch nicht erfunden und die Taten wurden damals als „Hänselei" bezeichnet. Aber damit taten sie nicht weniger weh, rissen keine kleineren Stücke aus der Seele eines Kindes. Mit dem besagten Schulwechsel hatte Henry eine

Lebensentscheidung getroffen: NIE WIEDER OPFER SEIN! Und so war es nur sachlogisch, dass er die Unverschämtheit kommentierte: „Wer im Glashaus sitzt ... aber den Rest können Sie sich ja denken." Klaus Pflüger zuckte sichtbar zusammen, bewahrte aber die Contenance. Ohne zu fragen, zog er sich einen Stuhl heran und setzte sich zu der Gruppe.

Die Lehrgangsteilnehmer versuchten, die peinliche Stille zu überbrücken, die nach dem kurzen Wortwechsel eingetreten war. Daher fragte Petra: „Und, Henry, hast du schon Post von deiner Freundin bekommen? Die muss doch jetzt auch ihre Abschlussprüfung haben, oder?" Henry nickte freudig. „Nein, die hat sie schon hinter sich. Bestanden, Jahrgangsbeste. Die Firma übernimmt sie auch direkt." Zufrieden nahm er einen Schluck Kaffee und vermied es, in Richtung des Lehrers zu blicken. Dieser hatte dem Gespräch gelauscht. Einige Minuten später stellte ein junger Kellner vor ihm den bestellten Milchkaffee und das Stück Apfelkuchen mit Sahne hin. Genüsslich stach er mit der Gabel in das Gebäck und führte das Stück zum Mund. An seiner Oberlippe blieb ein Klecks Sahne hängen und sah wie ein weißlicher Eiterpickel aus. Noch kauend sprach er in die Stille: „Nun, Herr Mertens, Sie hören ja sicher öfter von Ihrer Freundin: Schatz, wenn du mich lieb hast, lass mich nach oben!" Keckernd lachte er über seine Zote ... als einziger. Die Köpfe der acht am Tisch sitzenden Auszubildenden waren auf Henry gerichtet. Dieser saß wie erstarrt da, die Hände in die Lehne seines Stuhls gekrallt, die Knöchel weiß hervortretend. Seine Gesichtsfarbe wechselte von puterrot zu aschfahl und er starrte sein Gegenüber hasserfüllt an. Nach Beifall heischend schaute Pflüger in die Runde. Einige der Anwesenden erhoben sich, Petra kommentierte: „Ich geh dann mal, mir wird hier die Luft zu dick." Dann zog sie Henry am Arm und geleitete ihn aus dem Café. Sie hatte gespürt, dass eine Katastrophe bevorstand.

Sie bugsierte mit Hilfe von Andreas, einem weiteren Azubi und Henrys Zimmernachbarn, den apathisch wirkenden jungen Mann über die Uferstraße vor dem Hotel und gemeinsam hockten sie sich auf den Bootsanleger, der weit in die Förde hineinragte. Lange blieb er still. Dann flüsterte Henry in den pfeifenden Wind hinein, so dass seine Kollegen es kaum verstehen konnten: „Den mach ich fertig. DAS hat der nicht ungestraft getan, das Schwein." Andreas erwiderte: „Melde das doch dem Claassen, der ist doch leitender Fachlehrer. Der wird schon was unternehmen." Henry brauste auf. „Was meinst du, was ich schon getan habe? Es war ja nicht das erste Mal in den letzten drei Wochen. Claassen hat mir nur gesagt, ich solle nicht so empfindlich sein und er würde mal mit Pflüger reden. Falls er es getan hat, hat es nichts gebracht ... wie ihr selbst gemerkt habt." Andreas verstummte. Petra mischte sich mit leiser Stimme ein: „Rache ist ein Gericht, das man am besten kühl serviert. Hab ich mal in einem Film gehört." Henry nickte. „Ich BIN cool, geradezu eiskalt. Und ich habe auch schon eine Idee." Wenn die beiden erwartet hatten, zumindest eine Andeutung zu erfahren, sahen sie sich getäuscht. Mit dem Hinweis, dass es ihm jetzt zu stürmisch hier draußen sei, erhob sich Henry Mertens und kehrte allein ins Hotel zurück.

Am nächsten Tag sollte die letzte Klausur stattfinden, die unter realen Bedingungen der Abschlussprüfung stattfinden sollte. Also der schlechteste Zeitpunkt für eine psychisch belastende Situation. Aber was sollte er machen? Augen zu und durch! Aufrecht erhielt ihn aber, dass sein Racheplan langsam Gestalt annahm. Noch am Abend des Ereignisses suchte er Kontakt zu einer Kollegin. Die Versicherungsgesellschaft, bei der die Gruppe ihre Ausbildung machte, hatte die Gewohnheit, Gruppen diverser Ausbildungsregionen zu mischen, quasi eine Art „interkultureller Austausch". Dieses Mal war die Gruppe aus dem Rheinland, zu der Petra, Henry und Andreas gehörten, mit Lehrlingen aus Hessen zusammengewürfelt worden. Eine „Azubine" aus Wiesbaden hatte sich auf Anhieb gut mit Henry verstanden und an diesem Abend erzählte er ihr von dem Vorfall. Empört richtete diese sich auf: „So e Hanebambel. Ei, des derfschte dir nitt gefalle lasse!" „Das habe ich auch nicht vor. Sag mal, ich erinnere mich, dass es dir in der ersten Woche nicht so gut ging. Bauchweh oder so, nicht wahr?" Die kleine, mollige Schönheit lief rosa im Gesicht an. „Daran erinnerscht dich noch? Des war ja sooooo peinlich. Isch habs ja so met dem Darm, da muss ich ebbe manchmohl Droppe nehme. Sonst kann isch gar net uffs Töpfsche" „Würdest du mir davon vielleicht ein paar geben? Mir ist der Prüfungsstress und der Krach mit dem Arsch Pflüger auf den Magen geschlagen!" „Ei sischer, isch heb immer e Ersatzflasch dobei. Wart, isch hol se dir! Ewer nitt mehr als 30 Droppe uff enmohl!"

Henry stand vor dem Aufzug und machte sich auf den Weg in sein Zimmer im vierten Stockwerk. Dabei kam an ihm der junge Kellner vom Nachmittag vorbei. Dieser sprach ihn an. „Ich hab das heute im Café mitbekommen. Was für ein Arschloch, tut mir echt leid für dich." Da kam Henry eine Idee. „Würdest du mir helfen? Kannst du rausbekommen, welche Zimmernummer der Typ hat und kommst du an einen Generalschlüssel ran?" Der Jungangestellte zuckte jetzt etwas zurück. „Keine Sorge, ich will dem nix klauen. Nur das Übliche, Rasiercreme in die Zahnpastatube, Schuhcreme unter die Türklinke usw." Beruhigt nickte der Angesprochene und versprach seine Unterstützung.

Der Tag des Testes war die pure Hölle. Nur mit Mühe schaffte Henry es, die gestellten Aufgaben in der vorgegebenen Zeit von vier Stunden zu bearbeiten. Komischerweise hatte er aber gar kein so schlechtes Gefühl, 70 von 100 Punkten müssten eigentlich drin sein. Nach solchen anstrengenden Prüfungstagen war natürlich bei allen Azubis die Luft raus. Daher nutzten die anderen Fachlehrer die verbliebene Zeit damit, anhand alter Prüfungen mit den jungen Leuten noch einmal ein paar knifflige Fälle zu lösen. Noch zwei Tage dauerte das Seminar und am Abend des folgenden des vorletzten, Tages fand die traditionelle Abschlussparty statt.

Der Nachmittag des Tages der Party stand zur freien Verfügung und eine große Gruppe, darunter auch Fachlehrer, hatten sich zu einem Ausflug per Schiff auf dem Nord-Ostsee-Kanal zusammengefunden. Zu ihnen gehörte auch Klaus Pflüger. Henry hatte verzichtet, trotz aller Bemühungen seiner Kameraden. Besonders traurig schien das Mädel aus Wiesbaden gewesen zu sein. Aber er brauchte diese

Zeit für seine Vorbereitungen. Tatsächlich war es kein Lippenbekenntnis gewesen: Er war wirklich total cool. Der Kellner hatte ihm Zimmernummer und einen Ersatzschlüssel besorgt. Mit diesem drang in in Pflügers Zimmer ein, welches nur drei Zimmer von seinem eigenen entfernt lag. Doch es wurden nicht die erwähnten Dinge präpariert. Henry öffnete das Bad und hob Deckel und Brille der Toilette an. Alle Zimmer waren gleich ausgestattet und daher kannte er das billige Material aus eigener Anschauung. Die Klobrille aus billigstem, dünnem Kunststoff verfügte über vier Gummipuffer an der Unterseite. Er entfernte die beiden hinteren und richtete alles so her, wie er es vorgefunden hatte, checkte, ob der Flur leer war, und schloss dann die Tür hinter sich ab.

Am Abend fanden sich 45 Auszubildende und 14 Fachlehrer in der Bar des Hotels ein. Aus den Boxen wummerten die aktuellen Hits der Neuen Deutschen Welle und nicht wenige bewegten sich auf der Tanzfläche in mehr oder weniger eleganter Haltung. Henry ließ den ganzen Abend Pflüger nicht aus den Augen. Als er bemerkt hatte, dass der Fachlehrer schon einiges intus hatte, ging er auf die Toilette und nahm eine Flasche Bier mit. Er war gerade dabei, die Abführmitteltropfen in die Flasche zu füllen, da betrat Andreas den Vorraum. „Was machst du denn da? Nimmst du etwa Stoff?" Henry schüttelte den Kopf.

„DAS ist nicht für mich." Andreas verstand sofort. „Bist du wahnsinnig? Da kann echt was passieren. Wenn du dem die Flasche hinstellst, dann schmeiße ich die um." Henry blieb ruhig, cool, und trat auf seinen Kollegen zu. Blitzschnell schoss seine linke Hand nach oben und schloss sich um die Kehle des Anderen. „Wenn du das wagst, solltest du in meiner Nähe nur noch Getränke aus geschlossenen Behältern zu dir nehmen. IST DAS KLAR?", zischte er ihn an. So hatte Andreas den Kameraden noch nie erlebt. Ängstlich schüttelte er den Kopf und verließ fluchtartig den Waschraum. Henry zählte weiter die Tropfen ab … 180!

Dann ging er zum Bartresen, wo Pflüger saß und sehr zu deren Widerwillen einer der hessischen Auszubildenden den Arm um die Hüfte geschlungen hatte. „Trinkt, Freunde, so jung kommen wir nie wieder zusammen!" Henry trat näher und reichte ihm die vorbereitete Flasche. „Stoßen Sie auch mit mir an?" Pflüger grinste mit gläsernem Blick. „Ja, klar, mein Dickerchen, wir tragen uns doch nix nach!" Bei dem Versuch, jetzt den Arm um Henry zu legen, konnte die Hessin entkommen. Diese warf dem jungen Mann einen dankbaren Blick zu. Henry und der Fachlehrer stießen klirrend an und leerten die Flaschen auf ex.

Andreas hatte scheinbar nicht dichthalten können, denn als Henry zu seiner Clique zurückkehrte, betrachteten ihn alle mit einem seltsam nervösen Blick. Daraufhin hob er eine frische Flasche. „Prost, Freunde, feiern wir, dass diese Scheiße bald vorbei ist ... welche auch immer!" Dann blickte er auf seine Uhr. Es war fünf Minuten nach Mitternacht.

In der Nacht war Henry allein in seinem Zimmer. Andreas hatte es vorgezogen, die letzten Stunden des Seminars mit einer Kollegin zu verbringen, die ihm unbedingt eines ihrer vielen Tattoos zeigen wollte. Henry fand keinen Schlaf und lauschte. Gegen zwei Uhr morgens nahm er wahr, wie jemand den Flur entlang ging und Mühe hatte, seine Zimmertür zu öffnen. Das konnte durchaus Pflüger sein. Nur wenige Minuten später hörte er einen laut vernehmlichen Schmerzensschrei. Physik war doch was Tolles, um Hebelwirkung und Bruchfestigkeit zu überprüfen. Plastiksplitter im Arsch würden bestimmt schweinisch wehtun ... vor allem, wenn man nicht rankommt, um sie rauszuholen.

Am nächsten Tag fand Unterricht nur noch bis mittags statt. Danach ging es für alle auf die Heimreise. Auffällig war nur, dass bei der Fragerunde im Rahmen des Unterrichts lediglich 13 Fachlehrer anwesend waren. Nach dem Mittagessen holten die

Teilnehmer ihr Gepäck aus den Zimmern und verabschiedeten sich von den Lehrkräften, die, in einer Reihe aufgestellt, in der Lobby des Hotels standen. Der letzte in der Reihe war Pflüger … krank, schweißnass, grau im Gesicht, die Hände zitternd, der Griff puddingweich. Mühsam rang er um Fassung, hielt sich immer wieder eine Hand vor den Mund, um aufzustoßen. Henry hatte Zeit. Er war einer der letzten, da er mit dem Zug heimfahren würde. Freundlich lächelnd reichte er den Lehrern die Hand, bedankte sich und wünschte allen eine gute Heimreise. Bei Pflüger angekommen, ergriff er mit kühlem Blick die dargebotene Hand, drückte sie übermäßig fest und näherte sich dessen Gesicht. „Pass auf, mit wem du dich anlegst, du Arsch. Der Nächste könnte weniger rücksichtsvoll sein." Pflüger blieb mit offenem Mund wie erstarrt stehen, als Henry pfeifend das Hotel verließ.

Einige Monate später schaffte Mertens mit Mühe und Not die Abschlussprüfung. Eine Festanstellung bei der Versicherung wurde ihm jedoch nicht angeboten, möglicherweise wegen der Gerüchte, die nach dem Seminar aufgekommen waren. Ein Jahr später traf er zufällig seine Ex-Kollegin Petra in der Düsseldorfer Altstadt wieder. Sie hockten sich auf einen Kaffee zusammen und tauschten Anekdoten aus. Da auf einmal richtete sich Petra auf: „Aber das Neueste weißt du ja noch nicht. Wie auch, du bist ja nicht mehr bei uns. Der Pflüger, erinnerst du dich noch an den?" Natürlich tat er das, wie könnte er DEN vergessen? „Den haben sie letzte Woche fristlos gefeuert. Hat sich an eine Auszubildende rangemacht, noch nicht volljährig. Und als sie sich gewehrt hat, hat er sie vergewaltigt. Du scheinst damals die richtige Nase gehabt zu haben!" Henry wurde nachdenklich. Wenn er damals cool, ganz cool, die ganze Flasche genommen hätte, würde es heute vielleicht EIN Missbrauchsopfer weniger geben …

Robert, der Roboter gehört zu den eher fröhlichen Liedern von Achim Reichel. Er gibt der Maschine ein menschliches, fast sympathisches Gesicht, indem er sie mit liebenswerten Macken ausstattet. Diese Idee inspirierte mich zu dem folgenden Kurzkrimi. Da ich mich als Autor eher dem Wahnsinn, dem Abgrund, verschrieben fühle, habe ich der Idee eine andere Richtung gegeben. Gewiss, ich bin nicht der Erste, der diesen Gedanken verfolgt. Wirklich große Autoren wie Asimov haben sich mit der Thematik auseinander gesetzt. Ich wollte den Fokus verändern.

Auch wenn die Technologie bereits viel weiter fortgeschritten ist, als wir alle es im Augenblick wahrnehmen, war es nötig, sie in einem anderen Zeitrahmen spielen zu lassen.

ROBERT DER ROBOTER

In einer nicht allzu fernen Zukunft

Anne Lemke richtete sich mühevoll auf, sich auf die marmorne Fensterbank stützend. Das moderne, graue Eckhaus an der Wilhelmsaue im Stadtteil Berlin Wilmersdorf hatte fünf Etagen und sie wohnte ganz oben. Eine schöne Wohnung, eigentlich zu groß für sie allein mit ihren 78 qm. Neben den drei Zimmern, der Küche und dem behindertengerechten Bad gehörte zu dem Appartement auch noch eine begrünte Dachterrasse, die sie aber nur selten nutzen konnte. Ihr Blick ging heute nach unten auf die gegenüberliegende Straßenseite, auf das kleine Bistro. An den kleinen Tischen auf dem Gehsteig saßen Menschen in der Sonne und genossen ihren Kaffee, Wein oder Cocktail. Junge Frauen berichteten ihren Freundinnen mit großen Gesten von ihren letzten Schnäppchen. Ein junger Kerl im dunklen Armani-Anzug machte einen auf „Mister Oberwichtig" und telefonierte lautstark.

Wie gerne wäre sie heute auf ihre Dachterrasse gegangen oder hätte sich zu den Menschen in dem Café gesellt! Aber heute war unter den schlechten Tagen ein besonders „bescheidener". Der Rollator war also keine Option und sie war auf den Rollstuhl angewiesen. Die Oberfläche der Veranda bestand nur aus Kies und Grasflächen, auf denen große Kübel mit Bäumen platziert waren. Also kein Untergrund, der mit dem Rollstuhl befahrbar gewesen wäre und die Statik ließ keine andere Beschichtung zu.

So war Frau Lemke in ihrem zwar gemütlichen, aber einsamen Refugium eingesperrt. Ihre Gesundheit ließ es schon lange nicht mehr zu, dass sie selbst

Einkäufe machen oder andere Aufgaben erfüllen konnte. Sie war relativ autonom, da das Haus technisch hochmodern ausgestattet war und die umliegenden Supermärkte einen kostenfreien Lieferservice anboten. Aber sie fühlte sich nicht mehr ganz sicher auf den Beinen und gelegentlich hatte sie Schwierigkeiten mit der Orientierung. Einmal hatte sie den Weg nach Hause nicht mehr gefunden und der Leiter des Supermarktes hatte sie heimgebracht. Sie hatte damals vor Scham fast im Boden versinken wollen.

So verließ die 84jährige die Wohnung nur noch in Ausnahmefällen. Die rechtlichen Änderungen in der Kranken- und Pflegeversicherung hatten es mit sich gebracht, dass seit 2026 für Personen mit der Pflegestufe gelb auch Hausbesuche durch Ärzte bezahlt wurden. Dadurch war auch ihre medizinische Versorgung sichergestellt. Ausflüge aus dem täglichen Einerlei ergaben sich nur durch die seltenen Besuche ihrer Kinder …

Unten auf dem Bürgersteig jagte ein Kurier auf einem dieser neumodischen Elektro-Einräder herum und lieferte ein kleines Paket in einem Büro im gegenüber liegenden Haus ab. Was es nicht alles gab? Für sie war es in ihrer Jugend das Größte gewesen, mit Freundinnen zum AVUS-Rennen zu gehen und den erfolgreichen Rennwagenfahrern zuzujubeln. Dieser eigentümliche Duft, der Lärm in der Steilkurve, die jubelnden Massen ... das alles hatte sie damals in Ekstase versetzt. Und sie wurde selbst eine Autonärrin, wie ihr späterer Ehemann auch. Ludwig hatte ihr einmal einen Ferrari Lusso Cabriolet geschenkt, natürlich in rot, mit Weißwandreifen. Der Wagen war Annes Liebling gewesen und sie ließ es sich nicht nehmen, den Wagen wöchentlich selbst zu waschen oder gar Kleinreparaturen selbst auszuführen. Es hatte ihr fast das Herz gebrochen, als sie feststellen musste, dass ihre Reaktionsgeschwindigkeit stark nachgelassen hatte. So war ein sicheres Fahren nicht mehr möglich, zumal sich der Verkehr in Berlin seit der Maueröffnung scheinbar verdoppelt hatte. Anne Lemke fühlte sich dem Ganzen nicht mehr gewachsen und hatte den Wagen widerstrebend an einen englischen Sammler verkauft.

Insgesamt war ihre wirtschaftliche Situation durchaus komfortabel – andere Menschen hätten sie sogar als reich bezeichnet. Das von ihr bewohnte Appartement gehörte ihr, ebenso mehrere Mietshäuser in bevorzugten Lagen in Berlin, Hamburg und München. Dazu kamen Liegenschaften in der Toskana und in der Camargue ... nur: was nutzte ihr das Ganze jetzt noch? Sie war zu ängstlich, um die Wohnung zu verlassen – zu einsam, um Freude und Trauer teilen zu können – zu krank, um in der gewohnten Weise am sozialen Leben teilnehmen zu können. Sie war nicht religiös und hatte sich Besuche der örtlichen Geistlichen verbeten, die „seien ja eh nur auf ihre Kohle scharf" … womit sie vielleicht nicht ganz Unrecht hatte. Die Nachbarn waren berufstätig und eher eigenbrötlerisch – bis auf den Hausmeister. Der hieß zudem auch noch Krause, wie aus einer uralten TV-Serie, und war ein Relikt aus einer längst vergangenen Zeit.

Als hätte dieser Mann geahnt, dass sie gerade über ihr Leben und dabei auch über ihn sinnierte, klingelte er an der Wohnungstür. Mit dem Rollstuhl brauchte sie einen Augenblick bis in die Diele, was den Kerl dazu veranlasste, ungeduldig gegen die Tür zu klopfen. „Frau Lemke, hier Krause. Ick hab Sie doch mehrfach jebeten, Ihren Rollator nich so mitten innet Treppenhaus stehen zu lassen. Die Putzfrau kommt denne jar nicht richtich inne Ecken und ick kann die Schluderei im Treppenhaus nich ab. Ick sach Ihnen det doch nich det erste Mal und…"

Frau Lemke hatte mittlerweile die Tür geöffnet und blickte den Typen in seinem grauen, schmuddeligen Kittel von unten an. „Ah, da sind se ja doch. Wissen Se, Frau Lemke …" „Zunächst erst einmal guten Tag,

Herr Krause. Einen letzten Rest an Kinderstube wollen wir doch nicht vergessen. Und außerdem wird der Rollator in zehn Minuten abgeholt, ich habe eben die Online-Nachricht des Sanitätshauses erhalten. Nur deshalb steht das Ding seit weniger als fünf Minuten im Flur. Also kein Grund, hier so einen Aufstand zu machen." Der Mann schnappte nach Luft. So hatte noch kein Bewohner gewagt, mit ihm zu sprechen, vor allem nicht dieses wackelige, alte „Schrapnell". „Na, hör'n se mal, jute Frau, det jeht aba nicht so und überhaupt ... dieser Ton ..." Frau Lemke unterbrach ihn unwirsch: „Nein, jetzt hören SIE MIR mal zu, HERR Krause. Sie sollten sich bewusst sein, mit wem SIE hier reden. Ich bin keiner der Mieter hier, die Sie meinen schikanieren zu können. Ich bin Eigentümerin von fünf der zehn Wohnungen dieses Hauses und Ihre Vergütung wird auch von meinen Beiträgen bezahlt. Und wenn Sie nicht Ihr Verhalten mir gegenüber überdenken, werde ich mich dafür einsetzen, dass Ihr Vertrag beendet wird. Und damit ... guten Tag, Herr Krause." Damit knallte sie ihm die Tür vor der Nase zu.

Da wurde Krause auf die Schulter getippt. „Juter Mann, steh'n se mal nicht so im Wech rum. Ick muss det Teil da abhol'n und ick hab's eilich." Der Mitarbeiter eines Sanitätshauses ergriff den Rollator und trug ihn die Treppe herunter. Kopfschüttelnd verschwand Krause und im Treppenhaus wurde es still.

Frau Lemke saß hinter der Wohnungstür in ihrem Rollstuhl und atmete schwer durch. Ein wenig hatte sie doch gezittert, aber das hatte ja sowas von gut getan. Dass diesem Lackaffen mal jemand übers Maul fährt, war lange überfällig gewesen. Jetzt konnte sie sich auf den Nachmittag vorbereiten. Ihre Kinder hatten sich angekündigt, es gebe wichtige Dinge zu besprechen. Was das wohl sein sollte? Sie ließ sich ungern in ihre Geldangelegenheiten reinreden, war sich aber bewusst, dass sie nicht mehr lange die Zusammenarbeit mit den Hausverwaltungen bewältigen können würde.

Genau um 16 Uhr klingelte es. Ihre Nachkommen wussten, dass sie Unpünktlichkeit hasste. Die Söhne Fabrizio und Danilo und die Tochter Valerie hatten Kuchen und Blumen mitgebracht. Danilo übernahm es, an dem hypermodernen Kaffeevollautomaten Milchkaffee und Espresso zu zapfen und Valerie deckte den Tisch. Nach den üblichen Höflichkeitsfloskeln kam Fabrizio auf den eigentlichen Grund des Besuchs: „Mutter, wir haben doch bereits mehrfach darüber gesprochen, dass du es vielleicht etwas bequemer hättest, wenn du in eine Wohnanlage ziehst, in der man sich um dich kümmert. Schau, wir wohnen ja alle etwas weiter entfernt und …" „Jetzt halt mal die Luft an, mein Junge. Erstens: Potsdam und Falkensee sind nicht gerade aus der Welt und zweitens: ich habe mehrfach betont, dass ich nicht in so ein Mumien-KZ will. Ich dachte, das hätten wir ein für alle Mal geklärt." Danilo sprang ein: „Natürlich, Mama. Das würden wir auch gar nicht in Erwägung ziehen. Daher haben wir etwas besorgt, was dir das Leben hier etwas erleichtern soll." Damit verließ er die Wohnung und kehrte zehn Minuten später zurück. Er stellte etwas Großes in der Diele ab, was Frau Lemke von ihrem Platz im Sessel nicht sehen konnte.

„Nun spannt mich nicht weiter auf die Folter", forderte die neugierige alte Dame. Valerie klatschte zwei Mal in die Hände und rief: „Robert, komm bitte her." Nach dieser Aufforderung erklang ein leises Summen und im Türrahmen erschien ein Wesen, wie es bislang nur in Science Fiction Filmen zu erleben war. Ca. 1,60 Meter groß, die Physiognomie eines ca. 16jährigen Jungen, dunkle Haare – und eine völlig emotionsfreie Mimik. Voller Stolz setzte Valerie zu einer Erklärung an: „Robert ist der Prototyp unserer neuesten Erfindung. Er ist ein Medi-Serv-Bot und auf dich geprägt. Wir haben ihn mit all deinen Medizindaten, Vorlieben und Abneigungen programmiert. Er soll dir im Haushalt und Alltag helfen. Toll, nicht wahr? Komm, Mutter, probier's mal aus, gib ihm irgendeinen Befehl. Du musst nur vorher immer seinen Namen sagen."

Anne Lemke starrte mit offenem Mund auf das elektronische Geschöpf, das ab sofort permanent in ihrer Wohnung anwesend sein sollte. Ihr Gesicht verzog sich zu einem bösen Grinsen, als sie den Befehl gab: „Robert, schalt dich ab." Als würde bei einem Menschen der Muskeltonus auf einen Schlag aufhören, sackte Robert in sich zusammen und blieb mit gesenktem Kopf in der Hocke sitzen. „Prima, den wichtigsten Befehl kapiert der Blechmann schon." Sprachlos starrten ihre drei Kinder sie an. Fabrizio brach das Schweigen. „Mutter, was soll DAS? Wir machen uns einen Kopf, wie wir dir das Leben erleichtern können und du machst hier deine Mätzchen. Du bist einfach undankbar." Es folgte eine lange Diskussion, die mit einem Kompromiss endete. Anne erklärte sich bereit, den Haushaltsgehilfen drei Monate zu testen und die Kinder stimmten zu, nach dieser Testphase den Roboter wieder abzuholen, sofern ihre Mutter ihn nicht mehr wollte. Dann erhielt sie einige Demonstrationen und schlussendlich endete der Nachmittag in relativer Harmonie.

Die nächsten drei Tage verblieb Robert, der Roboter, in der Position, in die ihn seine Besitzerin durch den kurzen Befehl versetzt hatte. Doch am vierten Tag kam sein großer Augenblick. Frau Lemke saß wieder einmal im Rollstuhl und war außer Stande, aus dem Hängeschrank in der Küche ein Paket Kaffeebohnen zu nehmen. Widerwillig stieß sie hervor: „Robert, komm in die Küche." Das Summen erklang, Robert richtete sich unmittelbar auf und stand augenblicklich neben ihr. *„Wie kann ich helfen?"* Seine Herrin hielt den Kopf schief und taxierte ihre elektronische Haushaltshilfe. Da er ungefähr ihre Größe hatte, wäre er ihr hier keine Hilfe. Seufzend sagte sie: „Schade, du kommst ja auch nicht oben an den Kaffee ran." Robert blickte in Richtung der Schranktür, hob den Arm und plötzlich dehnte sich sein Unterarm auf die doppelte Länge aus. *„Hätten Sie gerne Arabica Bohnen oder bevorzugen Sie eher die Robusta?"* Mit offenem Mund starrte Anne ihren Gehilfen an. Dann stammelte sie „Arabica" und Robert füllte sofort die gewünschten Bohnen in den Kaffeeautomaten. *„Ich habe gespeichert, dass Sie Ihren Milchkaffee mit fettarmer Milch und Caramel-Aroma bevorzugen. Wünschen Sie jetzt einen?"* Sie bejahte und Robert drückte die entsprechenden Knöpfe. *„Ich serviere Ihnen das Getränk gerne im Wohnzimmer, Frau Lemke."* Statt menschlicher Füße hatte Robert eine Ansammlung von Kugellagern, die in einer bügeleisenähnlichen

Ummantelung steckten. Daher erklang immer ein leises Summen, wenn er sich bewegte. So rollte der Diener mit der großen Porzellantasse in den Wohnraum und stellte sie auf dem Tischchen neben dem Sessel ab. *„Wünschen Sie auch etwas Gebäck?"* „Ach, ich habe bestimmt nichts mehr im Haus." Der Roboter stand bewegungslos da und Anne konnte sehen, wie sich seine „Augen" flackernd bewegten, als würde er etwas in einem imaginären Buch lesen. *„Wenn es Ihnen recht ist, werde ich eine Bestandsaufnahme der Vorräte machen und die Grundbedürfnisse direkt in den Supermärkten ordern. Da ich mit dem Kühlschrank vernetzt bin, weiß ich, dass allerdings einige Zutaten vorhanden sind. Wären Ihnen Madeleines angenehm?"* Jetzt war Frau Lemke sprachlos und nickte. *„Ich ziehe mich zurück"*, war Roberts Antwort und er verschwand mit dem mittlerweile vertrauten Summen.

Es waren kaum 20 Minuten vergangen, als Robert mit einer Schale duftender, heißer Madeleines neben ihr stand. *„Vorsicht, heiß!"* Frau Lemke musste sich eingestehen, dass sie besser waren, als sie das Gebäck jemals hinbekommen hatte. Aber es wurde Zeit, dass SIE wieder die Regie übernahm. „Robert, bitte bestell beim Supermarkt noch die Zutaten für

Zürcher Geschnetzeltes. Das hatte ich schon lang nicht mehr." Erneut das rasante Augenflackern. *„Ich habe das Gewünschte soeben nachgeordert. Die Lieferung erfolgt heute zwischen 17.30 Uhr und 18 Uhr. Haben Sie weitere Aufträge? Ansonsten ziehe ich mich jetzt zurück und werde das Bad reinigen."* Schmunzelnd winkte seine Gebieterin ab.

Kaum eine Stunde später rollte Robert wieder herein, in der einen Hand ein Glas mit Wasser, in der anderen eine rosafarbene Tablette. *„Es wäre jetzt an der Zeit für Ihr Blutdruckmedikament."* Ein Blick auf die Uhr bestätigte diese Annahme. Schon praktisch, dachte Anne bei sich. Dann steuerte sie ihren Rollstuhl ins Bad, das tatsächlich vorbildlich gereinigt worden war. Sogar das erste Blatt der Toilettenpapierrolle war wie in einem guten Hotel spitz gefaltet.

Robert nahm pünktlich um 18 Uhr die Lebensmittellieferung an, ließ Frau Lemke auf dem elektronischen Pad den Kauf verifizieren und begann mit dem Kochen. Auch dieses Gericht gelang ihm in Restaurantqualität. Einerseits war Frau Lemke durchaus mit den Leistungen zufrieden, aber sie hatte doch ein ungutes Gefühl, wenn sie daran dachte, was der Roboter ihr alles abnahm. Womit sollte sie sonst ihren Tag verbringen? Daher stellte sie ihm am Abend eine Frage: „Sag mal, Robert, spielst du Poker?" Und wieder das Augenflackern. *„Ich bin programmiert, Texas Holdem, Seven Card Stud und Crazy Pineapple zu spielen. Welche Art wäre Ihnen recht?"* Sie klatschte begeistert in die Hände. „Texas Holdem. Die Karten und Chips sind in der obersten Schublade des Sideboards." *„Danke für die Information, das ist mir bekannt"*, lautete die nüchterne Antwort. Seltsam, woher wusste er das?

Sie spielten mit wechselndem Glück einige Partien, wobei Anne den Eindruck hatte, dass Robert sich gelegentlich vorsätzliche Patzer erlaubte. Da kam ihr eine Idee. Als sie wieder mit dem Geben dran war, legte sie verdeckt eine Karte mehr auf ihren Stapel und erhielt dadurch ein besseres Blatt, mit dem sie gewann. Als sie auslegte, hatte sie die überzählige Dame geschickt im Stapel Restkarten verschwinden lassen. „Gewonnen, Robert. Siehst du? Ihr Maschinen könnt doch nicht immer den Menschen schlagen." *„Ich hätte Sie mit 72,3%iger Wahrscheinlichkeit besiegt, wenn Sie nicht gemogelt hätten, Frau Lemke."* Anne war perplex. „ICH soll gemogelt haben? Wie kommst du denn darauf? Das würde ich NIE ..." Im gleichen Moment öffnete sich in Roberts Stirn eine Klappe, ein

Objektiv kam zum Vorschein und sandte auf eine freie weiße Wand ein gestochen scharfes Video in Nahaufnahme, das den Betrug deutlich und in Zeitlupe zeigte. „Ich hab jetzt keine Lust mehr. Ich gehe jetzt zu Bett." Frau Lemke warf ärgerlich die Karten auf den Tisch. *„Gute Nacht. Wenn Sie keine weiteren Anweisungen haben, werde ich mich um den Abwasch kümmern und mich danach upgraden und laden. Wecken um 8 Uhr?"* Frau Lemke antwortete nicht, putzte sich noch schnell die Zähne und legte sich dann schlafen. Von den Hausarbeiten bekam sie nichts mehr mit.

In den folgenden Wochen gewöhnte sie sich immer mehr an den Gehilfen und legte ihre anfängliche Antipathie teilweise ab. Das Fehlen jeglicher Mimik blieb jedoch äußerst verstörend für sie. Dies teilte Frau Lemke auch Danilo mit, der sich drei Wochen nach dem Nachmittagskaffee telefonisch nach ihrem Befinden erkundigte. „Tja, Mutter, daran arbeiten wir zurzeit. Aber genau das ist wahnsinnig schwierig. In den Hollywoodfilmen sieht das immer super einfach aus, aber Mimik benötigt eine solche Vielzahl von Muskeln, dass schon die Technologie extrem anspruchsvoll ist, geschweige denn die Programmierung. Aber wie gesagt, Problem erkannt, leider noch nicht gebannt. Teste Robert einfach weiter und sag uns alles, was du als störend empfindest."

Nachdem seine Mutter wieder aufgelegt hatte, begab sich Danilo in das Büro seines Bruders und bat ihre Schwester zu einem kurzen Gespräch. „Sie scheint sich langsam mit dem Bot angefreundet zu haben. Wenn es jetzt keinen außerordentlichen Zwischenfall gibt, wird er die Drei-Monats-Frist überstehen. Ein Glück, dass Mutter immer so berechenbar ist. Ein gegebenes Wort hat Bestand. Ich werde zum Ende der Testphase den Execute-Code senden und dann ist es nur noch eine Frage von wenigen Tagen. Valerie, glaubst du, du kannst unsere Gläubiger noch so lange hinhalten? Es sind ja nur knapp zwei Monate und die müssten sich doch prolongieren lassen." Valerie antwortete: „Einfach wird es nicht, aber Lefevre scheint einen Narren an mir gefressen zu haben. Wenn ich mal mit ihm Essen gehe und ihn dann ein wenig tatschen lasse, sollte ich das hinbekommen." Fabrizio druckste herum. „Mir schmeckt das Ganze einfach nicht. Die zweite Generation unserer Medi-Serv-Bots ist beinahe serienreif und wir würden das auch aus eigener Kraft schaffen. Es ist doch nicht nötig, dass wir Mutter etwas antun." Danilo schüttelte den Kopf. „Du kannst jetzt keinen Rückzieher machen, Bruderherz, dafür ist die Sache zu weit gediehen. Glaub mir, sie wird nicht leiden. Das Unausweichliche wird einfach nur etwas beschleunigt. Beschwichtigend legte er dem Bruder einen Arm um die Schultern.

Anne Lemke richtete ihren gewohnten Trott immer mehr auf die Anwesenheit des Roboters ein. So überließ sie ihm komplett die Führung des Haushalts und die Maschine richtete sich nach ihren Wünschen. Immer wieder gab es jedoch Ereignisse, die sie nachdenklich machten: ihm waren die Zugangsdaten ihres Online-Bankkontos bekannt, er wusste, wo sie ihr Testament aufbewahrte, usw. Aber ebenso ergaben sich fast komische oder auch emotional berührende Alltagssituationen. Zum Beispiel bügelte er Blusen mit einer Akribie, wie Frau Lemke sie nur bei ihrem verstorbenen Mann erlebt hatte. Eines Tages saugte Robert die ganze Wohnung und Anne stand der Sinn nach Musik. So startete sie ihre Playlist mit deutschen Rockmusikern, darunter Wolf Maahn, Edo Zanki und Achim Reichel. Als das Lied „Für immer und immer wieder" erklang, saß sie in ihrem Sessel und wippte den Rhythmus des Liedes mit dem Fuß mit. Als sie sich umblickte, um Robert um eine Tasse Kaffee zu bitten, sah sie, dass der elektronische Diener zum Takt des Songs mit den servo-motor-betriebenen Hüften wackelte. „Robert, du bist ja ein Rock-Fan." Der Roboter hielt inne und imitierte eine menschliche Geste, den nachdenklichen Blick an die Decke. *„Das ist in meiner Programmierung nicht vorgesehen. Ich werde heute Nacht eine komplette Systemdiagnose durchführen.“*

Die „Probezeit" war nun beinahe zu Ende und daher fanden sich Danilo und Fabrizio bei ihrer Mutter ein. Valerie war an dem Tag verhindert, ein wichtiges Kundengespräch mit einem gewissen Lefevre. Frau Lemke zählte ihre Änderungswünsche auf, vorrangig eine menschenähnliche Mimik, und die Söhne versprachen, diese in die Überarbeitung einzubeziehen. „Nur werden wir in den nächsten zwei Monaten so gut wie nicht erreichbar sein. Valerie, Danilo und ich haben uns die Regionen aufgeteilt und befinden uns auf einer ausgedehnten Promotion-Tour: Messen, Krankenkassen, Gesundheitsämter, Verbände, etc." Fabrizio blickte sie stolz an. „Wir haben sogar Anfragen aus dem Ausland. Also hab bitte etwas Geduld. Wir kümmern uns." Frau Lemke war einverstanden und verabschiedete ihre Kinder, ihnen alles erdenklich Gute für ihre Geschäftsaktivitäten wünschend. Als die Brüder gemeinsam im Auto saßen und Fabrizio die Route für den Auto-Piloten eingab, zog Danilo sein Smartphone hervor und blickte den Jüngeren an. „Wir sind uns also einig?" Fabrizio nickte nach einigem Zögern. Also tippte Danilo, der geistige Vater des Projektes

„Konsolidierung", eine lange Zeichenfolge ein und drückte auf die Sendetaste.

Im gleichen Augenblick zuckte der Roboter in Frau Lemkes Wohnung zusammen, blieb einige Sekunden starr stehen und fuhr dann in seinem Tun fort. Am Abend aber veränderte sich sein bisheriges Verhalten. War er bislang eher devot und bittend gewesen, waren seine Aussagen jetzt von einer Art Endgültigkeit, einer ungewohnten Dominanz. *„Frau Lemke, es ist Zeit für Ihre Blutdrucktablette. Bitte nehmen Sie sie SOFORT ein."* Die alte Dame war zwar etwas verwirrt, folgte aber der Anweisung.

In den folgenden Wochen wurde das Verhalten der Maschine rigider, der Ton rauer. Dabei unterband er jegliche Bemühung seiner Herrin, sich irgendwie Hilfe zu verschaffen. So hatten ihr Handy und ihr Pad auf einmal keine Netzanbindung mehr, das Festnetz-Telefon war defekt und der Aufzug musste gewartet werden. „Robert, ich verlange mit meinen Kindern zu sprechen. Gib mir sofort das Telefon." *„Sie wissen, Frau Lemke, ihre Söhne und die Tochter dürfen zurzeit nicht gestört werden. Bitte nehmen Sie wieder Platz, Sie regen sich zu sehr auf. Ich registriere einen Anstieg Ihrer Blutdruckwerte und*

Ihres Pulses. Ich werde Ihnen entsprechende Medikamente vorbereiten." **Er nötigte die resolute Frau mit massivem Druck, die Tabletten und Tropfen einzunehmen. Von ihr unbeobachtet, mischte er ihr auch seit drei Tagen ein Sedativum in ihren Abendtrunk, der sie schläfrig und antriebslos machte. So erwachte sie an den Morgen danach stets erschöpft und wie gerädert und verbummelte den Tag mit Nichtigkeiten. Als ihr diese Wesensänderung bewusst wurde, versuchte sie gegenzusteuern. Sie goss bei den nächsten, sich bietenden Gelegenheiten den Schlummertrunk in die Zimmerpflanzen. Sie übersah dabei, dass Robert ihre medizinischen Werte permanent checken konnte. Robert bemerkte also das Ausbleiben der Körperreaktionen auf die Tropfen und tat am vierten Abend der Arzneimittel-Vernichtung das Unerhörte: er rollte auf Frau Lemke zu, stellte das Glas mit dem präparierten Getränk neben ihr ab und mit einer blitzartigen Bewegung zog er aus einer Schublade in seinem Bauch zwei Klettfesseln hervor, mit denen er Frau Lemkes Arme an der Lehne ihres Rollstuhls fixierte.** „*Sie bedürfen dringend der Ruhe und medikamentöser Behandlung. Ihr Herzschlag ist arrhythmisch und ihre Atmung ist zu flach. Es besteht die Gefahr einer Hypoxie. Einen Moment bitte*", **er legte die Spitze eines Zeigefingers auf ihren Handrücken,**

„außerdem liegt Ihr aktueller Blutzuckerwert bei 231. Ich werde entsprechende Gegenmaßnahmen ergreifen." **Mit angstverzerrtem Gesicht wand sich die alte Dame in ihren Fesseln, aber ohne Erfolg. Sie begann zu rufen, mit der brüchigen Stimme einer verängstigten Greisin. Robert war unmittelbar wieder zur Stelle.** *„Bitte beruhigen Sie sich, Frau Lemke. Ihnen wird sofort geholfen."* **Damit hob er den Saum ihrer Bluse an und stach die kurze Nadel eines Insulin-Pens in die Bauchdecke. Ein Druck auf den Kopf des Gerätes und eine programmierte Menge des Wirkstoffes wurde abgegeben. Als Nächstes hielt er ihr zwei Tabletten vor den Mund. Anne Lemke zog den Kopf zurück und presste die Lippen zusammen. Der elektronische Wachhund wusste sich zu helfen, indem er mit der freien Hand die Nase der Frau zuhielt, bis diese mit offenem Mund nach Luft schnappte. Diesen Moment nutzte er und warf ihr die Tabletten in den Mund. Dann drückte er ihr den Unterkiefer hoch, um ein Ausspucken zu verhindern. Irgendwann musste sie schlucken. Da erst gab er sie frei und setzte ein Wasserglas an ihren Lippen an. Der Roboter verweilte neben dem Rollstuhl stehend, bis er die nachlassende Körperspannung seines Opfers registrierte. Jetzt erst löste er die Fesseln, fuhr sie ins Schlafzimmer und hievte sie auf ihr Bett.**

Diese Tortur setzte sich in den nächsten Tagen fort und Frau Lemke wurde immer verzweifelter. Eines Morgens überreichte er ihr die Post, natürlich geöffnet, mit der Bemerkung: „*Sie haben eine Mitteilung des Einwohnermeldeamtes erhalten. Sie müssen persönlich Ihren neuen Ausweis abholen. Da sie Pflegestufe gelb haben, ist es auch möglich, eine Vollmacht auszustellen. Ich werde morgen Vormittag diesen Termin für Sie wahrnehmen. Bitte unterzeichnen Sie die Vollmacht hier.*" Bestimmt tippte er mit einem Finger auf die gestrichelte Linie des Formulars. Frau Lemke kam dieser Anweisung erfreut nach, bot sie doch die Möglichkeit, einmal für ein paar Stunden ohne ihren Bewacher zu sein. Vielleicht gelang ihr ja auch die Flucht und …

„*Zu Ihrer eigenen Sicherheit werde ich die Wohnung abschließen. Ich habe Ihnen eine Tasse Kaffee und eine Scheibe Brot mit Emmentaler in der Küche bereitgestellt.*" Diese Feststellung machte ihre Hoffnung auf ein Entkommen zunichte. Resigniert beobachtete sie, wie der digitale Kerkermeister die Wohnung verließ und schaute aus dem Fenster, wie er auf dem Bürgersteig aus ihrem Blickfeld entschwand. Mit ihrem inzwischen reparierten Rollator bewegte sie sich auf die Dachterrasse und lehnte sich über die Betonbrüstung. Wirre Gedanken schossen ihr durch den Kopf: wenn er auch die Kontaktaufnahme verhinderte, warum tauchten ihre Kinder nicht hier auf, wenn ihre Mutter nicht mehr zu erreichen war? Machten die sich denn gar keine Sorgen? Ein Blick in den Abgrund ließ sie überlegen, ob der kurze Moment des Schmerzes nicht das Ende ihrer Gefangenschaft wert wäre. Es war doch nur ein kurzer Weg nach unten ... der Aufprall ... ein heftiger Schmerz ... und das Martyrium wäre vorbei. Oder auch nicht! Bettlägerig, bewegungsunfähig, an Kabel und Schläuche gebunden, durch Gerätetechnik am Leben erhalten, der Geist intakt und der Körper eine inaktive Hülle ... eine Existenz dieser Art – der Begriff LEBEN war aus ihrer Sicht dafür unpassend – war für sie und ihren verstorbenen Mann nie eine Option gewesen.

Sie hatte mit dem Rollator eine Stelle an der Brüstung gewählt, die auf beiden Seiten durch dicht gewachsene Zypressen verdeckt war. Hier hockte sie auf dem Hilfsmittel und sinnierte über ihre Chancen nach. Plötzlich vernahm sie ein fremdartiges Geräusch – als wäre etwas Schweres auf die Kiesfläche der Terrasse gefallen. Neugierig spähte sie um eine Zypresse herum und sah, dass sich jemand vom Dach des benachbarten Hauses aus auf ihren Dachgarten hatte fallen lassen. Die Person war schlank und mit Jeans und einem Kapuzenpullover bekleidet. Mit vorsichtigen Schritten näherte sie sich der Balkontür und betrat das Wohnzimmer. Sich vorsichtig umblickend, näherte sie sich dem Sideboard und begann, die Schubladen zu durchsuchen.

Komisch, vor dem Roboter hatte sie Respekt, sogar Angst, aber diesen wildfremden Menschen betrachtete sie als geringere Bedrohung. Sie nahm ihre ganze Kraft zusammen und tastete sich Schritt für Schritt über den Kies zurück in die Wohnung, peinlich genau darauf bedacht, Geräusche zu vermeiden. Der Einbrecher war offenbar so konzentriert, dass er ihr Eintreten nicht bemerkte. „Geld werden Sie da nicht finden, ich hab immer nur wenig im Haus." Erschreckt fuhr der Mensch herum. Anne Lemke besah sich ihr Gegenüber genau: unter der Kapuze ragten dunkelbraune, gelockte, lange Haare hervor. Ein schön geschnittenes, fast androgynes Gesicht … allerdings mit einem leichten Flaum an der Oberlippe, der ihn als männlich kennzeichnete. Ängstlich hetzten seine Augen von links nach rechts und sondierten eine Fluchtmöglichkeit. Der Mann, er musste so um die 18 Jahre alt sein, sah die alte Dame nachdenklich an. „Was überlegen Sie, junger Mann? Wie Sie mich am besten beseitigen können?" Jetzt wurde sein Blick konsterniert. Mit unverkennbarem französischen Akzent antwortete er: „Aber, Madame, wie können Sie so etwas annehmen? Naturellement nicht, ich bin doch keine Verbrecher! Mich zwingt die Not zu meine Taten!"

Der Duktus diesen jungen Bengels schien aus einer anderen Zeit zu stammen. Er hätte eher zu Cary Grant in „Über den Dächern von Nizza" gepasst. Daher konnte Anne Lemke es nicht vermeiden, trotz ihrer Anspannung zu lächeln. „Welche Art von Not meinen Sie, junger Mann?" Der Einbrecher entspannte sich etwas. „Madame, Sie 'ören es, ich bin Franzose. Seit das Schengener Abkommen ausgesetzt wurde, ist es nicht mehr so leicht, für eine Ausländer eine Job in Deutschland zu bekomme. Ich bin Étudiant ... wie sagt man ... Student, Sport, Mathematik und Philosophie ... und meine Eltern 'aben kein Möglichkeit, mich zu unterstützen. Ich gebe Nach'ilfe, aber das reicht vorn und 'inten nicht. So ... malheureusement ... ich wurde ein Verbrecher, un voleur. Werden Sie mich anzeigen, Madame?" Die alte Dame legte den Kopf schief. „Ihr Franzosen trinkt euren Kaffee doch gerne stark, oder? Wie heißen Sie eigentlich?" Mit großen Augen starrte der Franzose sie an. „Je m'appelle ... ich 'eiße Mathieu. Und ich liebe Café au lait."

So saßen ein junger Dieb französischer Abstammung und eine Seniorin mit einem elektronischen Wärter auf einer Terrasse in Berlin Wilmersdorf und tranken gemeinsam Kaffee. Die gesamte Situation war derartig skurril, dass es auch nicht weiter schlimm war, wenn Frau Lemke dem Fremden ihre ganze Leidensgeschichte erzählte. Ausführlich beschrieb sie die Situation und Mathieu hörte geduldig zu. Darüber vergaßen sie völlig die Zeit und auf einmal war es 13 Uhr. Eigentlich hätte Robert längst zurück sein müssen. Frau Lemke wurde sichtlich nervöser. Daher stellte Mathieu ihr eine entscheidende Frage: „Darf ich 'elfen? Es kann aber etwas ... violent ... 'eftig werden." „Sie erhalten hiermit von mir Carte blanche, Mathieu." Der junge Mann nickte und holte aus seiner Jackeninnentasche ein seltsam geformtes Gerät.

Sie mussten nicht lange warten. Keine Viertelstunde später vernahmen sie, wie an der Tür ein leichtes Summen vom Öffnen des elektronischen Schlosses ertönte. Dann schwang die Tür auf und Robert rollte herein. Im gleichen Augenblick sprang Mathieu hinter der Tür hervor, setzte das fremdartige Gerät an Roberts Nacken an und betätigte einen Schalter. Es erklang ein knisterndes Geräusch, die Kameraaugen des Roboters weiteten sich und aus seinem geöffneten Mund drang heller Rauch. Dann kippte er vornüber und blieb regungslos liegen.

Frau Lemke war die Aufregung zu viel gewesen und sie hatte ihren Aufpasser im Rollstuhl erwartet. Jetzt näherte sie sich dem leblosen Haufen Elektronikschrott und fragte ihren Retter: „Und jetzt ist es wirklich ausgestanden? Schauen Sie mal, Mathieu, der weiße Qualm. Wir haben zwar keinen Papst, aber immerhin eine Roboterleiche." Ihr war auf einmal so leicht ums Herz, dass sie sogar schon wieder Witze machen konnte. Mathieu grinste und fragte: „Frau Lemke, ich 'abe eine gute Freund, er ist Elektroniker. Wollen Sie wissen, ob die Maschin einfach verrückt ist? Oder kaputt? Oder ob noch etwas anderes da'inter steckt?" Frau Lemke vertraute dem unerwarteten Helfer so sehr, dass sie sein Angebot annahm. Mathieu machte mit seinem Mobiltelefon einen kurzen Anruf und gab dem Gesprächspartner die Adresse von Frau Lemke durch.

Eine Stunde später klingelte es und ein drahtiger, junger Kerl kam in einem Affenzahn die Treppe heraufgelaufen. Er umarmte und küsste Mathieu und stellte sich Frau Lemke als Niklas vor. Sogleich näherte er sich dem inaktiven Roboter und war begeistert. „Was für ein faszinierendes Stück

Technik, ein echtes Meisterwerk. Und doch so ein Satansbraten. Na, dann wollen wir mal schauen, ob wir seinem Hirn noch ein paar Geheimnisse entlocken können." Er untersuchte die Körperoberfläche der Maschine und fand endlich unter der Achsel einen versteckten USB-Zugang. Dort stöpselte er sein mitgebrachtes Notebook ein. „Ich könnt's ja auch per WLAN, aber wie heißt es so schön? Die beste Funkverbindung ist ein Kabel." Dann hieß es still sein und Mathieu und Frau Lemke versorgten den Experten in den nächsten zwei Stunden mit Kaffee und Cola.

Es war bereits dunkel, als Niklas sein Notebook zuklappte. „Frau Lemke, ich glaub, ich habe was gefunden. Aber das wird Ihnen nicht gefallen." „Raus mit der Sprache, junger Mann. Ich kann Einiges vertragen." Niklas seufzte und sah Mathieu flehentlich an. Dieser schaute auf einen Zettel, auf dem Niklas etwas notiert hatte. Der Franzose verstand, nötigte Frau Lemke auf die Couch, setzte sich neben sie und hielt ihre Hand.

„Das Ding hatte keine Fehlfunktion, ganz im Gegenteil. Er arbeitete hocheffizient und programmgemäß. Der Roboter ist keine wildgewordene Maschine. Er hat nur eindeutige Befehle ausgeführt. Ich habe den Quellcode mit einiger Mühe knacken können. Der Kerl, der das programmiert hat, ist 'ne echte Koryphäe. Und als ich erst einmal im System drin war, konnte ich auch alles in Klarschrift lesen. Daher weiß ich auch, wer die Steuerbefehle eingegeben hat. Und die wären noch heftiger geworden. Eine Timeline sah vor, Sie sukzessive mit Insulingaben zu töten." Die Seniorin wurde zappelig. „Nun reden Sie doch nicht dauernd um den heißen Brei herum, mein Junge. Wer wollte mir das antun?"

„Es war nicht EINE Person! Sagen Ihnen die Namen Valerie, Danilo und Fabrizio etwas?"

Drei Jahre nach diesen Ereignissen starb Frau Lemke … friedlich, in ihrer eigenen Wohnung, eines natürlichen Todes. Bei der Beisetzung waren ihre Kinder nicht anwesend, denn sie saßen eine mehrjährige Haftstrafe wegen gemeinschaftlichen Mordversuchs ab. Hinter dem Sarg gingen nahezu 100 Trauergäste … und die ersten in der Schlange waren zwei junge Männer, die an der Grabstelle einen Kranz mit einer Trauerschleife niederlegten. Auf dieser stand: „Merci, Mama Anne!"

Eine weitere sehr nah an der Realität orientierte Geschichte ist *Rose und Hyäne.* Ich habe mir nicht einmal die Mühe gemacht, manche echte Namen zu verändern ☺ Ich nehme Sie, verehrte Leserinnen und Leser, mit auf eine Reise in meine Kindheit und gewähre Ihnen einen intimen Einblick in mein Leben. Dabei überlasse ich es Ihrer Fantasie zu entscheiden, ob oder wenn ja, wo die Realität endet und in die Fiktion übergeht.

Als ich das erste Mal diesen Song hörte, entstand vor meinen Augen das Gesicht einer Figur der folgenden Story. Und, wie so oft, stellte ich mir die bange Frage, wie oft Achim beim Schreiben seiner Songs von mir unerkannt in der Nähe stand und mein Leben wohl als unbeteiligter Chronist begleitet hat.

ROSE UND HYÄNE

Reisen Sie mit mir zurück zu Ereignissen aus dem vergangenen Jahrtausend, in die 60er Jahre des 20. Jahrhunderts. Wir befinden uns in Cuxhaven, damals noch eine pulsierende Hafenstadt an der Mündung der Elbe … und somit das ECHTE Tor zur Welt, nicht wie Hamburg. An großen Hafenanlagen legten riesige Stückgutfrachter an und löschten ihre kostbare

Ladung. Am „Steubenhöft" oder der „Alten Liebe" lagen zuweilen Kombi-Frachter der HAPAG, mit deren Besteigen Menschen ihre bisherigen Leben aufgaben und mit Hoffnungen beladen einen Neuanfang in der „Neuen Welt" wagten. Nicht umsonst wurde der klassizistische Backsteinbau, der als Bahnhof diente, im Volksmund gelegentlich nicht mit dem offiziellen Titel „HAPAG-Hallen" bezeichnet, sondern „Halle der Tränen" genannt.

Eine gewisse Exotik erhielt der Hafen durch das dort ebenfalls angesiedelte englische Minensucher-Geschwader … und durch die Lotsenstation, welche den Lotsen als Standort diente. Diese leiteten die von Hamburg kommenden oder dorthin fahrenden Schiffe durch die sich ständig ändernde Fahrrinne der Elbe. In einer langen Reihe von flachen Backsteinbauten am Kai eines der Hafenbecken waren Fischhändler und Restaurants beheimatet und über das Kopfsteinpflaster der Kais rollten tagtäglich die LKW, welche die Tonnen von Frischfisch von den Auktionshallen zu den Käufern transportierten.

Alles in allem herrschte hier im Kleinen die Art von Seefahrtsromantik, die man ansonsten aus Hamburg oder Freddy-Quinn-Filmen kannte – zumindest für die Touristen!

Als solcher war der dickliche Junge, der langsam entlang der Deichstraße schlenderte, nicht mehr anzusehen. Gewiss, er war in Cuxhaven nicht zuhause, aber er fühlte sich zumindest so. Das lag auch daran, dass er seit frühester Kindheit sowohl in den Ferien, als auch, vor Beginn seiner Schulzeit, im Verlauf des Jahres öfter in der Hafenstadt lebte. Sein Onkel und seine Tante betrieben auf der besagten Deichstraße ein Berufsbekleidungsgeschäft, in dem sich Handwerker, Fischer und Seeleute mit ihrer Garderobe eindeckten. Als jüngstes von drei Kindern einer Familie aus Düsseldorf, fand er öfter Unterschlupf bei den Verwandten, wenn bei seinen Eltern mal wieder extreme Ebbe in der Kasse herrschte. Diese schwierige finanzielle Situation war dem Jungen durchaus bewusst und so war ihm klar, dass er nicht mit den Summen Taschengeld rechnen konnte, die seinen Klassenkameraden zur Verfügung standen. Seine Leidenschaften waren Bücher, Kino und kleine Cowboy-Figuren … die er sich nur sehr selten leisten konnte. Der Junge war deswegen beileibe nicht eifersüchtig auf die Freunde oder enttäuscht von seinen Eltern – er haderte nur mit seinem Schicksal, da er in sich keinerlei Fähigkeiten sah, die es ihm irgendwie ermöglicht hätten, sein Taschengeld aufzubessern.

So drückte sich Jörg, so sein Name, immer wieder am Fenster der Buchhandlung, der Spielzeugläden und den Schaukästen des Lichtspielhauses die Nase platt – wohl wissend, dass viele dieser Träume unerreichbar bleiben würden.

Seine Erziehung und sein Wesen brachten es mit sich, dass er hilfsbereit war. Dies galt insbesondere gegenüber seiner Tante und seinem Onkel, die ihn ja schließlich beherbergten und verköstigten. So versuchte er sich im Laden nützlich zu machen: er half beim Auspacken der angelieferten Waren, wischte Staub in den Regalen oder brüllte „KUNDSCHAFT", wenn seine Verwandten im Lager zu tun hatten und ein Kunde das Geschäft betrat. Eine der regelmäßigen Pflichten war die Versorgung der Familienangehörigen mit Mittagessen. Jörg konnte mit seinen gerade mal elf Jahren nicht kochen, aber er holte bereitwillig von der nur wenige Häuser vom Laden entfernten „Frittenbude" Schaschlik, Currywurst oder Frikadellen, je nach dem, wonach es Onkel Herbert oder Tante Ruth an dem Tag gerade gelüstete. Jörg war dem Besitzer des Imbisses, Willi Wessels, meist nur Onkel Willi genannt, bestens bekannt. Als „Stammkunde" wurde er daher auch bevorzugt behandelt und bekam bei einer längeren Wartezeit auch mal ein paar Pommes Frites geschenkt.

Weitaus spannender als dieser „Kurztrip" war jedoch der Weg zur Fischräucherei. Auf der Fahrenholzstraße befand sich in einem gedrungenen Backsteinbau eine uralte Räucherei, deren Wände von Jahrzehnten des Räucherns von Aal, Makrele und Heilbutt pechschwarz geworden waren. Der würzige Duft umschmeichelte die Nase schon von Weitem, bevor man das Haus oder den zwölf Meter hohen Ziegelschornstein überhaupt sehen konnte. Hier herrschte um die Mittagszeit IMMER ein großer Andrang, da die Werften und Ankerplätze nicht weit entfernt waren, und die Werktätigen sich dort mit einem Imbiss eindeckten.

So stand an diesem sonnigen Apriltag im Jahr 1969 der mollige Held unserer Geschichte in der Warteschlange vor dem Tresen. Jörg hatte genug Zeit, sich umzublicken und die Leute vor ihm zu taxieren. Als er sich umdrehte, sah er schräg gegenüber auf der anderen Straßenseite nicht zum ersten Mal, dass in einem der Fenster des dort gelegenen Hauses eine Frau auf der Fensterbank saß und eine Zigarette rauchte. Der Junge sah sie fasziniert an … und fragte sich, warum diese Dame denn nur so wenig an hatte. Gut, es war Frühling, aber mit 14 ° Celsius sicherlich noch nicht so warm, dass man ein Sonnenbad nehmen konnte.

Er musste die Frau unbewusst wohl länger angestarrt haben, denn auf einmal lächelte sie ihn an und winkte ihn zu sich. Zur damaligen Zeit war es durchaus üblich (und noch nicht so gefährlich), zu Fremden höflich oder ihnen behilflich zu sein. Also gab Jörg seinen Platz in der Schlange auf – er war eh der Letzte in einer langen Reihe - und ging zu der Frau. Diese fragte unverblümt: „Ich hab dich hier schon öfter gesehen. Wer bist denn du? Und was machst du hier?" Seiner gutbürgerlichen Erziehung entsprechend gab der Junge Antwort. „Ich heiße Jörg und ich hole für meinen Onkel das Mittagessen. Dem gehört das Berufsbekleidungsgeschäft Rohmann auf der Deichstraße." Selbstbewusst hob er das Kinn. Mochte die Frau vielleicht jetzt nicht viel anhaben – vielleicht war sie ja arm, aber sie konnte ja einen Mann haben, der zur See fuhr oder Koch oder Bäcker war. DAS wäre dann ja neue Kundschaft für Onkel und Tante, so seine einfache Logik.

Die Frau lächelte noch breiter und zeigte dabei ihre perlweißen Zähne zwischen ihren blutrot geschminkten Lippen. Sie blies den Rauch ihrer Zigarette, der angenehm nach Menthol roch, in die Luft und erwiderte: „Das ist aber sehr nett von dir. Bekommst du dafür denn wenigstens ordentlich Botenlohn?" Verwirrt zögerte der Junge. Wieso Botenlohn? Ruth und Herbert ließen ihn doch schon kostenlos bei ihnen wohnen und essen – da konnte er doch kein Geld für so eine Kleinigkeit nehmen. Zögerlich schüttelte er den Kopf. „Das sind doch meine Tante und Onkel ... da kann ich doch nix nehmen!" Die Frau legte den Kopf schief und sah Jörg nachdenklich an. Dann streckte sie ihm die Hand mit ihren dunkelrot lackierten Nägeln und den vielen Goldringen entgegen: „Ich bin die Roswitha, aber du darfst mich Rose nennen. So sagen alle meine Freunde zu mir. Und wir sind doch schon sowas wie Freunde, oder?" Jörg sah das zwar nicht so, wagte aber nicht, der Erwachsenen zu widersprechen. Er war von der forschen, aber freundlichen Art der Frau etwas eingeschüchtert. „Sag mal, Jörg, wenn du deinen Verwandten Essen holst, würdest du das dann vielleicht auch für mich einmal tun?" Es sprach nichts dagegen ... wie gesagt, die Erziehung in der damaligen Zeit. Jörg nickte stumm. Rose griff ins Innere des Zimmers und holte ihr Portemonnaie hervor. Daraus nahm sie ein 5-Mark-Stück und drückte es dem Kind in die Hand. „Kennst du die Frittenbude auf der Deichstraße?" „Na klar, die von Onkel Willi. Da kauf ich auch öfter ein!" Rose verkniff sich den Kommentar, dass man dies der Figur des Jungen auch ansehe. „Wenn du den Fisch für deine Familie abgeliefert hast, würdest du mir dann eine Currywurst und eine kleine Portion Pommes holen?" Jörg nickte erneut und Rose bedankte sich. Dann stellte er sich erneut in der Schlange vor der Räucherei an, die nun jedoch deutlich kürzer als zuvor war.

Eine Viertelstunde später lieferte er den bestellten Aal und Heilbutt bei Tante Ruth ab, gab ihr das Wechselgeld und verabschiedete sich mit „ich hab noch was vor". Ruth saß vornübergebeugt am Schreibtisch des Kontors und brütete über den Monatsabrechnungen. Daher war ihr Kommentar eher lapidar: „Ist gut, pass nur auf den Verkehr auf." Damit zog der „Jung-Caterer" los. Im Gegensatz zu seiner Mutter, die überfürsorglich war, genoss Jörg in Cuxhaven eine Freiheit, die ihm geradezu paradiesisch vorkam. Nur wenige Beschränkungen, jede Menge Vertrauen … oder war es nur Sorglosigkeit der kinderlos gebliebenen Verwandten? Egal, das Ergebnis zählte und das machte Jörg mehr als zufrieden. Also zog er los und holte bei Onkel Willi das von Rose georderte Essen ab. Mit den in Papier eingewickelten Speisen in der einen und dem Wechselgeld in der anderen Hand ging er den gleichen Weg entlang wie eine halbe Stunde zuvor. Rose saß noch immer in ihrem Fenster und winkte ihm zu. Jörg überreichte das Päckchen und wollte der Frau das Wechselgeld in die Hand drücken. Diese aber schüttelte ihre blonde Lockenpracht. „Nee, nee, das behältst du mal schön.

Wenn du schon einen Lieferservice machst, dann soll das nicht umsonst sein." Artig bedankte sich der Knabe und zog davon.

Auf dem Weg zurück zum Laden wurden seine Schritte immer langsamer. Er zählte das Wechselgeld nochmals nach. 1,80 DM ... aus heutiger Sicht nicht viel, aber für ein Kind, das 5 DM Taschengeld im Monat erhielt, ein Vermögen. Dabei durfte man nicht außer Acht lassen, welches Preisgefüge damals herrschte: ein Micky Maus Heft kostete 80 Pfennig, ein Laib Brot 1,20 DM und eine der heiß ersehnten Cowboyfiguren war für 35 Pfennig zu bekommen. Mit einem Botengang ein Drittel des monatlichen Taschengeldes verdienen, DAS eröffnete ungeahnte Möglichkeiten. An der Strecke lag ein Ladenlokal, in dem neben Antiquitäten auch An- und Verkauf von Trödel stattfand. Dazu gehörten zur großen Freude des kleinen Comic-Fans auch Hefte mit Micky Maus, Zack oder Fix und Foxi. Und diese wurden für 35 Pfennig angeboten ... und für zehn Pfennig zurückgekauft. Freudestrahlend betrat Jörg das Geschäft und erstand drei Comics. Mit seiner Beute kehrte er zurück in das Ladenlokal seiner Verwandten und vertiefte sich in die gezeichneten Geschichten.

Jörgs Onkel und Tante waren eingefleischte Kaufleute mit Leib und Seele und möglicherweise hatte dies auf den Neffen abgefärbt. Der Junge lag abends in seinem Bett und überlegte, wie er die neue Bekanntschaft gewinnbringend nutzen konnte. Zu einer Lösung gekommen, löschte er das Licht und schlief zufrieden ein.

Am nächsten Tag erledigte er seine Aufgaben eher oberflächlich und trieb sich dann in der Mittagszeit in der Nähe der Räucherei herum. Wie erhofft, war Rose wieder an ihrem Fenster sichtbar. Sogleich winkte sie ihn wieder zu sich und beauftragte ihn, heute ein halbes Hähnchen zu besorgen. Diesem Auftrag folgte eine Bitte: „Sag mal, wenn du sowieso schon bei Onkel Willi bist, kannst du dann für eine Freundin auch etwas mitbringen?" Neben Rose stand auf einmal eine weitere, ebenfalls so knapp bekleidete Frau, die um ein Schaschlik und Kartoffelsalat bat. Diese Aufträge wurden prompt erledigt und bescherten dem Jungunternehmer den satten Verdienst von vier DM. In seinem Kopf begann es zu rattern und ein Teil des Geldes wurde direkt in einen berittenen Cowboy und einen Indianer mit prächtigem Kopfschmuck umgesetzt.

In den folgenden Tagen und Wochen wurde Jörg zu einer bekannten Größe auf der Fahrenholzstraße und er erledigte auch andere kleine Botengänge für die Damen des besagten Hauses. Ohne, dass er konkret nachgefragt hatte, war er sich jedoch sicher, dass es besser wäre, wenn Onkel und Tante nichts von seinem Betätigungsfeld erfahren würden. Wie weise diese Entscheidung gewesen war, zeigte sich zwei Wochen später. Da nämlich mokierte sich sein Onkel beim Abendbrot über dieses fragwürdige Etablissement gegenüber der Räucherei. Dabei fielen Begriffe wie „Nutten" und „Bordsteinschwalben", gefolgt von der Anweisung, sich von dem Haus und dessen Bewohnern ja fernzuhalten. Jörg schwieg, nickte und dachte sich seinen Teil.

Rose hatte sich mit dem Kind angefreundet und ihm sogar die namensgebende Rose gezeigt, die als Tätowierung ihr linkes Schulterblatt zierte. „Ich hab noch so eine, aber an einer Stelle, die ich dir nicht zeigen darf", meinte sie kichernd. Eines Nachmittags - Jörg war auf dem Weg ins Kino - hörte der Junge durch das offen stehende Fenster von Roses Zimmer eine laute Männerstimme und das angsterfüllte Schluchzen seiner Freundin. „DU WILLST MIR DOCH NICHT SAGEN, DASS DAS ALLES AN KOHLE WAR!" Diesem Ausruf folgte ein klatschendes Geräusch – eine Ohrfeige, diesen Klang kannte Jörg aus eigener Erfahrung. Er trat neugierig näher, hob die wehende Gardine ein bisschen beiseite und sah, wie ein bulliger Mann in schwarzer Lederjacke erneut mit der Hand ausholte und sie auf Roses Hintern niedersausen ließ. Ohne nachzudenken brüllte das Kind: „Lass das, du tust ihr weh. Rose ist meine Freundin!" Verblüfft hielt der Schläger inne, drehte sich um, entdeckte den Jungen und ließ ein hyänenartiges Lachen erklingen. „SO junge Freier lässt du also schon ran, mein Mädchen. Diesen Geschäftssinn hätte ich dir gar nicht zugetraut."

Jörg erkannte das verheulte Gesicht von Rose und stand mit offenem Mund sprachlos am Fenster. Kopfschüttelnd verließ der brutale Kerl das Zimmer und ging an dem Jungen vorbei raus auf die Straße. Dort glitt er in die weißen Sitze eines roten, amerikanischen Cabrios und ließ den Motor aufheulen. Dann erklang erneut das widerliche, tierhafte Lachen und er rief im Vorbeifahren: „Dann gib mal acht, dass deine Freundin heute noch ihr Pensum schafft, mein lütter Schieter!" Jörg trat ans Fenster, um nach Rose zu sehen. Diese trat schniefend näher und Jörg sah, dass ihre linke Wange rot und geschwollen war. Er kramte in seiner Hosentasche und reichte ihr ein zerknülltes Papiertaschentuch. Lächelnd nahm sie es an, bedankte sich und trocknete ihre Tränen. Dann beugte sie sich vor und hauchte dem Kind einen unendlich zärtlichen Kuss auf die Wange. Jörg

errötete und stammelte: „Kann ich dir helfen, Rose?"
Sie schüttelte traurig lächelnd den Kopf: „Nein,
gegen Shorty ist kein Kraut gewachsen. Aber danke,
mein tapferer Held, dass du für mich eingestanden
bist. Das hätte sonst keiner für mich gemacht."

Nachdenklich wanderte der Junge zurück zu seinen
Verwandten. In sich gekehrt saß er auf den Stufen
der Treppe, die hoch ins Kontor führte. Ruth und
Herbert fiel die Einsilbigkeit ihres Neffen nicht auf.
Das Kind überlegte hin und her, fand aber keine
Lösung. Da kam ihm der Zufall zu Hilfe. Die Ladentür
öffnete sich und das vertraute Gebimmel erklang.
Jörg rief gelangweilt „Kundschaft" und sah dann erst
hoch. Wie ein massiger Berg stand auf einmal ein
Mann vor ihm. Das Abendrot schien durch die
Fensterscheiben und zeichnete von der Person nur
einen Schattenriss. Onkel Herbert kam direkt
herunter und begrüßte den Kunden. „Herr
Kommissar Reuter, guten Abend! Was kann ich für
Sie tun?" Polizei? Jörg sprang erregt auf. Der konnte
ihm bestimmt helfen oder zumindest Rat geben.

Der Beamte grinste den Jungen freundlich an und bat
Onkel Herbert dann um eine Jeans. Bei
Stammkunden hatte Jörgs Onkel alle Größen fein
säuberlich notiert und so war die bevorzugte Marke
und Größe schnell gefunden. Eine Anprobe erübrigte

sich. „Ich hab da aber noch eine spezielle Bitte. Nils, der Sohn meiner Schwester, hat Geburtstag und er wünscht sich so ne spezielle Kappe. Ich weiß gar nicht, wie ich die beschreiben soll. Er hat nur gesagt, sie MUSS grau sein, nicht blau. Und sie muss nen Kinnriemen zum Hochklappen haben. Wissen Sie vielleicht, was er meint?" Herbert war ebenfalls ratlos. Das Kind jedoch hatte so eine Ahnung und verschwand im Lager. Nach nicht einmal zwei Minuten kehrte er zurück und hielt in der Hand eine Kappe, wie sie die Südstaatensoldaten im Amerikanischen Bürgerkrieg getragen hatten. „Die sind im Moment total in, in meiner Klasse haben die allein drei Jungs. Wir haben sie auch noch in allen Größen da." Schüchtern reichte er die Mütze dem Polizisten. Der lächelte hocherfreut. „Genau, DAS ist sie, Nils hat mir ein Foto gezeigt. Und die Größe ist auch direkt die passende. Sie haben einen echt tüchtigen Gehilfen, Herr Rohmann." Onkel Herbert schien vor Stolz glatt fünf Zentimeter zu wachsen. Reuter trat auf Jörg zu, reichte ihm die Hand und sagte: „Ich bin Raik. Wenn du auch mal Hilfe brauchst ... du hast was gut bei mir." Jörg nahm all seinen Mut zusammen. „Ich hab da wirklich ein Problem. Aber ... Raik ... können wir ... auch allein darüber reden?" Raik Reuter neigte den Kopf und sah den Jungen nachdenklich an. „Klar, das können wir. Von Mann zu Mann. Bist du schon mal Motorrad gefahren?" Er schaute dabei Jörgs Onkel an. Dieser nickte zustimmend. „Nein, noch nie." „Dann komm, ich hab meinen Bock vor der Tür stehen und immer einen zweiten Helm dabei. Der müsste dir halbwegs passen."

Vor Aufregung zappelig ließ sich Jörg beim Aufsteigen helfen und dann brausten sie los in Richtung Hafen. Am Rande eines Hafenbeckens stand eine Imbissbude und der Kommissar holte für sich ein Bier und eine Limo für seinen Sozius. Dann hockten sie sich auf zwei nebeneinander liegende Poller und Raik Reuter fragte: „Dann mal raus mit der Sprache. Hast du Ärger?" Jörg zögerte. Konnte man dem Mann trauen? Aber wen sollte er sonst fragen? Sein Onkel hatte ja gesagt, dass er sich von den Leuten auf der Fahrenholzstraße fernhalten sollte. Von dem war also keine Hilfe zu erwarten. Aber wie am besten anfangen? Also begann er seine Beschreibung mit seinem kleinen „Lieferservice" und schilderte dann die Vorkommnisse zwischen Rose und Shorty. Raik hörte schweigend zu. Als Jörg mit seiner Schilderung schlussendlich fertig war, starrte der Polizist stumm auf die „Alte Liebe", deren Silhouette in der Dämmerung kaum noch zu erkennen war.

„Ich werde jetzt mal mit dir wie mit einem Erwachsenen reden, Jörg, denn du scheinst sehr vernünftig für dein Alter zu sein. Dieser Shorty ist uns bei der Polizei bestens bekannt. Aber wir haben ihm nie ein Verbrechen nachweisen können. Er ist gerissen und brutal. Wenn deine Freundin nicht gegen ihn aussagt, haben wir keine Chance, ihm etwas anzuhängen … zumindest auf legalem Wege nicht." Jörg nahm den letzten Schluck seiner Limo und fragte: „Und was soll ich jetzt tun?" Wenn wir nichts unternehmen, wird er Rose immer wieder wehtun." Der Polizist zuckte hilflos mit den Schultern. „Ich sagte ja, auf legalem Weg geht nichts. Aber ich kann mal an passender Stelle ein paar Kommentare fallenlassen. Dann fehlt nur noch ein Auslöser. Weißt du, Leute wie dieser Shorty verstehen nur EINE Sprache … und die ist nicht das Gesetz. Komm, wir machen noch einen kurzen Abstecher in den Hafen, dann bring ich dich wieder nach Hause. Kennst du den Fischereihafen schon genau?" Jörg verneinte und hockte sich deprimiert hinter Raik Reuter auf dessen Maschine.

Vor einer Lagerhalle angekommen, stieg Raik ab und ging auf eine Gruppe Hafenarbeiter zu. Sie schienen ihn zu kennen und begrüßten ihn mit Schulterklopfen und einem herzlichen Lachen. Dann begann Raik eine längere Erzählung, während der er immer wieder in Richtung seines Motorrades wies, auf dem Jörg noch immer missmutig hockte. „Was nutzt einem denn die Polizei, wenn sie ja doch nichts gegen die Gauner unternahmen?", ging es ihm durch den Kopf.

Als er seinen Vortrag beendet hatte, kam Raik mit einigen der Männer zu seinem Motorrad. „Männer, das ist Jörg, der kleine mutige Kerl, der sich mit Shorty angelegt hat. Begrüß mal meine Freunde, Jörg." Eingeschüchtert reichte das Kind jedem der Männer die Hand. Ihr Händedruck war hart, beeindruckend hart … und irgendwie Vertrauen einflößend. „So, jetzt kennt ihr meinen Schützling. Schaut einfach mal, was ihr machen könnt." Einer der vierschrötigen Männer – Raik hatte ihn Fiete genannt – brummte nur: „Mit dem haben wir eh noch ‘ne Rechnung offen, wegen Raimund. Seit der den Streit mit dem Macker hatte, ist dessen linkes Bein steif geblieben und er musste seinen Krabbenkutter verkaufen. Jetzt lebt er von Rente und ist Tag für Tag besoffen. Frau weg, Kind weg … ein einziges Elend. Langsam muss mal Schluss sein damit." Er wuschelte durch Jörgs Haare. Dann wurde der Junge nach Hause gebracht und erzählte Ruth und Herbert lediglich von dem Ausflug in den Hafen. Diese waren damit zufrieden und hakten nicht weiter nach.

Am übernächsten Tag stand Jörg wieder auf der Fahrenholzstraße. Wieder war Roses Fenster auf und wieder drangen ihre Schmerzlaute nach draußen. Wo war denn jetzt die Polizei, dein Freund und Helfer? Oder die Hafenarbeiter? Alles nur Geschwätz! Wohl wissend, dass er keine Chance gegen den Zuhälter hatte, wollte er resignieren, traute sich dann aber doch, durch das Fenster zu schauen. Rose lag mit blutüberströmtem Gesicht auf dem Boden und Shorty stand über ihr. Wieder erklang sein Hyänenlachen und in dem Jungen stieg kalte Wut auf. Er nahm allen Mut zusammen und stellte sich Shorty beim Verlassen des Hauses in den Weg. „Du darfst Rose nicht wehtun, du DARFST das nicht!" Beim ersten Mal war Shorty noch belustigt gewesen. Jetzt aber war er von der kleinen, dicken Kröte nur genervt. „Verpiss dich, du fette Qualle, oder ich mach dich platt." Damit schlug er dem Jungen so brutal ins Gesicht, dass Jörg zu Boden stürzte, heftig aus der Nase blutend. Vor Angst hatte er sich eingemacht. Dann sah er hinüber zu der Räucherei. Die wartenden Kunden starrten wie gelähmt auf die Szenerie, aber keiner machte Anstalten, dem Kind zu helfen. Shorty ließ den Motor seines Autos aufheulen und fuhr mit Kavalierstart an. Mit dem Mut der Verzweiflung warf sich Jörg in die Fahrbahn des Wagens und wurde zur Seite geschleudert. Mit einem seltsam verdrehten Arm blieb er auf dem Kopfsteinpflaster liegen. Der

Zuhälter war ausgestiegen und betrachtete regungslos sein Opfer. Nun endlich kam Bewegung in die Gruppe der Tatzeugen. „Haltet den Mann auf ... das Kind totgefahren ... MÖRDER!" Nun war auch Rose auf die Straße getreten, mit schwankenden Schritten, das Gesicht und der Körper von Schlägen und Blut gezeichnet. Sie sank neben dem Jungen auf die Knie und streichelte ihm weinend über das bleiche Gesicht.

Shorty sprang in seinen Wagen und raste davon ... verfolgt von ein paar Motorrädern, die gerade um die Ecke gebogen waren. Ein Rettungswagen war nach wenigen Minuten da und brachte den Verletzten ins nächstgelegene Krankenhaus. Ein Arm und das Schlüsselbein waren gebrochen. An eine Heimfahrt rechtzeitig vor Schulbeginn war nicht zu denken. Jörgs Eltern hatten sich von Bekannten Geld für den Zug geliehen und waren gleich am nächsten Tag nach Cuxhaven gefahren. Aber weder sie noch Onkel und Tante konnten aus dem Jungen herausbekommen, weshalb er das getan hatte. Zeugen hatten die Ereignisse ziemlich deutlich beschrieben, aber einen Reim konnte sich keiner wirklich darauf machen. Keiner ... außer Jörg und Rose ... und Raik Reuter. Die Prostituierte besuchte den Jungen täglich an seinem Krankenbett, brachte ihm Comics und las ihm vor. Raik stand bei seinem ersten Besuch kopfschüttelnd neben dem Bett und fragte: „Sag mal, hast du eigentlich noch alle Latten am Zaun? Sich mit 'nem Zuhälter anlegen ... mit elf Jahren. Aber Respekt, die Nummer hätte kaum ein Erwachsener abgezogen. Jetzt haben wir nur ein Problem: wir können Shorty nirgends finden. Er ist zur Fahndung ausgeschrieben, aber ich denke, der wird sich längst ins Ausland abgesetzt haben ... nach Dänemark oder Schweden. Ich glaube nicht, dass er dir noch gefährlich werden kann. Und deiner Freundin Rose auch nicht!"

In den folgenden Jahren kam Jörg immer wieder zu Besuch nach Cuxhaven und sein erster Besuch galt immer Raik. Die Ereignisse des Jahres 1969 kamen aber nie wieder zur Sprache und von dem Zuhälter fehlte jede Spur. Als Nächstes suchte Jörg immer Rose auf und es war zur Tradition geworden, dass er jedes Mal eine Currywurst mit Pommes Frites statt Blumen zur Begrüßung mitbrachte. Nach einigen Jahren im „horizontalen Gewerbe" hatte sie genug auf die hohe Kante gelegt, um sich in Duhnen eine kleine Frühstückspension kaufen zu können. Und als Jörg anlässlich seines 16. Geburtstags wieder einmal an die Elbmündung zurückkehrte, zeigte sie ihm als Geschenk auch das zweite Rosen-Tattoo ...

Kurz vor seinem 45. Geburtstag erhielt Jörg einen Briefumschlag mit einem schwarzen Rand. In diesem lag eine Todesanzeige: Roswitha Johansson war nach kurzer schwerer Krankheit einem Krebsleiden erlegen. Die Beisetzung hatte bereits stattgefunden. In dem Umschlag befand sich noch ein weiteres, verschlossenes Kuvert. Als Jörg es öffnete, fiel ihm ein Gegenstand vor die Füße. Bevor er ihn aufhob, las er erst den Zettel, der sich ebenfalls in dem zweiten Kuvert befand:

„Für Jörg, meinen kleinen, großen Helden. Wir haben nie mehr über die Sache damals gesprochen, aber du und ich, wir beide wissen, dass ich ohne dich nicht mehr lange zu leben gehabt hätte. Shorty hätte mich irgendwann totgeschlagen, das ist mal sicher. Ich verdanke dir mein Leben, mein Junge, und ich werde diese Schuld niemals begleichen können. Wenn du diese Zeilen liest, bin ich gestorben und ich will, dass du wenigstens die volle Wahrheit erfährst. Eine Woche nach den Geschehnissen kam ein Mann zu mir, ein Motorradfahrer. Er nannte seinen Namen … Fiete … und er sagte, dass ich nun keine Angst mehr haben müsse. Dann drückte er mir etwas in die Hand, was ich diesem Schreiben beilege. Ich liebe dich, mein Junge, mein Jörg, wie ein Kind, wie einen kleinen Bruder, den ich nie hatte. Und ich habe dich nie vergessen. Deine Freundin Rose!"

Jörg schluckte schwer und bückte sich nach dem herabgefallenen Gegenstand. Es war ein silberner, runder Anhänger für eine Kette. Auf der Vorderseite war eine Rose eingraviert, auf der Rückseite ein Name: Shorty. Beide Gravuren waren mit Blut verschmiert …

Ich gehöre zu der Generation vor Henry Maske und den Klitschko-Brüdern. Die Männer meiner Familie waren allesamt große Boxfans und das brachte es mit sich, dass ich in den Nächten, in denen Muhammad Ali seine großen Kämpfe hatte, aufstehen durfte. Mein Vater und mein Bruder kommentierten mehr oder weniger fachkundig die jeweiligen Aktionen der Kämpfer. Ich hingegen schwelgte in der Fantasie, auch einmal so etwas zu können oder so stark zu sein. Leider zählte ich zu dem großen Heer der Loser: dick, ungeschickt, kein Selbstbewusstsein. Als ich Achims Lied über *Boxer Kutte* hörte, fühlte ich mich an diese Zeit erinnert und empfand einfach nur Sympathie für diesen Underdog, der sich durch nichts unterkriegen lässt.

BOXER KUTTE

„Na, komm schon hoch, du kleine Schwuchtel! Zeig doch mal, was du drauf hast!" Der andere Junge schlug erneut zu und Kurt ging zu Boden. Kein Wunder, der Bursche war zwei Jahre älter und mindestens einen Kopf größer als der schmächtige Elfjährige. Blut schoss aus der Nase des Jungen und rann in seine Augen. Er rieb sie heftig mit den Knöcheln seiner Hand, als ihn ein erneuter Schlag in die Magengrube traf, der ihn wieder zu Boden schickte. Kurt rang nach Atem, der Fausthieb hatte seinen Solar plexus getroffen und er versuchte verzweifelt auszuatmen. Dann fiel sein Kopf nach hinten auf den Asphaltboden des Pausenhofes der Mittelschule am Gerhart-Hauptmann-Ring. Die Umstehenden verdrückten sich schnell, als sich der aufsichtführende Lehrer dem Kampfplatz näherte. Dieser beugte sich herab und tätschelte ein paar Mal mit der flachen Hand Kurts Wange, der daraufhin die Augen wieder aufschlug. „Was ist denn hier passiert? Mit wem hast du dich wieder geprügelt, Kurt Hartmann?"

Kurt konnte machen, was er wollte. Immer war ER irgendwie derjenige, der an allem Unglück schuld war, selbst wenn er blutend bewusstlos am Boden lag. Mittlerweile glaubte er es fast selbst. Daher folgte er wortlos dem Lehrer in das Büro des Direktors Benno Bode. Dieser hatte am heutigen Tag nun wirklich keine Zeit für „diesen Scheiß", wie er es nannte. Kurz ließ er sich von der Lehrkraft die Geschehnisse beschreiben, fragte Kurt nicht einmal nach SEINER Sicht der Dinge und verpasste ihm fünf Stunden Nachsitzen. An die Tatsache, dass die Wunden des Kindes vielleicht der Versorgung bedurften, verschwendete er keinen Gedanken. So saß Kurt den Rest des Schultages mit blauem Auge,

100

geschwollener Nase und einem blutigen Hemd in der Klasse. Lediglich die junge Referendarin, noch voller Enthusiasmus einer Berufsstarterin, kühlte mit nassen Tüchern sein Gesicht und gab ihm eine Schmerztablette.

Als er nachmittags nach Hause kam, war wie immer niemand da. Missmutig stieg er die Stufen zur Wohnung in der sechsten Etage der Mietskaserne hoch. Der Aufzug war seit Wochen defekt. Die beiden Kanarienvögel in ihrem Käfig begrüßten ihn tschilpend. In der Mikrowelle erwärmte er sich den Rest Eintopf vom Vortag und machte sich dann an seine Hausaufgaben. In fast allen Fächern lavierte er sich so gerade durch, lediglich Mathe verschaffte ihm regelmäßig eine „5" auf den Zeugnissen. Die konnte er glücklicherweise mit Englisch ausgleichen, das ihm einfach so zuflog. Über seine Zukunft machte er sich weder Gedanken noch Illusionen … wie auch, mit elf Jahren! Er würde vermutlich wie sein Stiefvater bei Siemens anfangen, entweder mit Glück über eine Ausbildungsstelle oder aber als ungelernter Hilfsarbeiter. Seine Mutter arbeitete bei einer Reinigungskolonne, wie ihr dritter Ehemann im Schichtbetrieb. Nur selten waren alle drei zeitgleich in der Wohnung. Und wenn, dann war das die schlimmste Zeit … denn die beiden Erwachsenen waren Alkoholiker, die auch öfter mal ausrasteten, wenn sie voll waren. Entweder sie stritten und verprügelten sich gegenseitig, oder aber einer von ihnen knöpfte sich Kurt vor – manchmal aber auch beide. Wenn es mal wieder soweit war, versuchte Kurt sich unsichtbar zu machen und floh an seinen geheimen Platz ... auf dem Dach des Hochhauses am Karl-Marx-Ring. Irgendwann einmal hatte jemand vom Gebäudeservice seinen Generalschlüssel verloren und Kurt hatte ihn gefunden und nie zurückgegeben. Wenn er ganz verzweifelt war, ging er auf das Dach und blickte über Neuperlach in die Ferne. Nachts verfolgte er das nahezu endlose rote Band der Rückleuchten, wenn der Berufsverkehr Richtung Süden aus München hinausstrebte. Er fragte sich, was es wohl da hinten, am Horizont zu entdecken gäbe. Aber als er nach der Prügelei in der Schule auf dem Dach stand, trat er das erste Mal an den Rand und überlegte, wie lange es wohl dauern würde, bis er da unten aufschlüge und ob es sehr weh täte.

„Bist du völlig bescheuert? Was machst du hier?" Eine schwere Hand legte sich auf Kurts Schulter. Erschreckt fuhr er herum, verlor beinahe das Gleichgewicht und wurde von zwei starken Armen umfangen und vom Abgrund zurückgerissen. In der Dunkelheit des anbrechenden Abends konnte er das Gesicht des Mannes nicht gut erkennen. Warum eigentlich nicht? Ja klar, logo, der war schwarz, das war ein Neger, hätte sein Stiefvater gesagt. „Wie kommst du überhaupt hier rauf, Junge?" Beinahe wäre es Kurt rausgerutscht, dass er einen Schlüssel habe. Im letzten Moment nuschelte er leise: „Tür war offen." „So ein Leichtsinn. Da hätte doch wer weiß was passieren können. Ich muss mal im Plan nachsehen, wer hier zuletzt den Kontrollgang gemacht hat. Der hat dann bestimmt vergessen abzuschließen." Der Farbige atmete erleichtert auf. „So, jetzt aber nix wie weg hier." Damit bugsierte er den Jungen ins Treppenhaus und brachte ihn zur Wohnungstür. Die Treppenhausbeleuchtung reichte aus, dass der Mann jetzt Kurts Gesicht erkennen konnte. „Was ist denn mit dir passiert? Wer hat dich denn als Punch benutzt?" Kurt sah ihn fragend an. „Ist ein Ausdruck aus der Boxersprache. Du bist also verprügelt worden?" Kurt nickte nur und senkte den Blick. Schweigend dachte der Hausmeister nach. „Willst du dir das weiter gefallen lassen oder möchtest du was dagegen unternehmen?" Mit offenem Mund und weit aufgerissenen Augen sah Kurt den Fremden an. Dann, kaum merklich, nickte er. „Gut, dann komm Freitagabend um 18 Uhr vors Haus. Ich hol dich dann ab. Aber sei pünktlich, sonst kannst du es vergessen."

Kurt kehrte in die Wohnung zurück und legte sich ins Bett. Da fiel ihm ein, dass er ganz vergessen hatte zu fragen, WAS der Mann denn mit ihm vorhabe. Ein wenig Furcht bekam er nun doch, denn man las und hörte ja immer wieder, dass Kinder von irgendwelchen Typen missbraucht oder gar umgebracht wurden. Und immerhin war der Kerl ein Schwarzer und damit direkt verdächtig ... sagte sein Stiefvater immer. Glücklicherweise hatten seine „Alten" am Freitag Spätdienst und waren nicht zuhause. Kurt hatte die ganze Wohnung gesaugt und die Fenster geputzt, wie es auf seinem Aufgabenplan gestanden hatte. Jetzt bloß keinen Mist bauen und auffallen, sonst wäre es bald vorbei mit ... ja, mit was eigentlich? Mit was auch immer – ALLES war besser, als immer nur das Opfer sein. Der Farbige war zur vereinbarten Zeit zur Stelle und Kurt erwartete ihn bereits. „Gut, du hältst dich an Vereinbarungen. Das ist immerhin schon etwas – heutzutage. Mein Name ist Benson. Und wie heißt du?" Kurt stellte sich vor und stieg in den alten VW Jetta ein. Während der Fahrt zum Frankfurter Ring in München-Milbertshofen erzählte Benson seinem jungen Schützling, was er mit ihm vorhatte. „Weißt du, ich hatte als Kind eine ähnliche Statur wie du. Und als Kind eines farbigen US-Soldaten hat man es eben nicht leicht. Ich musste früh lernen, mich meiner Haut zu wehren. Da habe ich mit dem Boxen angefangen.

104

Tja, und heute kann ich mich ganz gut verteidigen und bin ganz fit für meine 42 Jahre." Kurt hatte schweigend zugehört.

An der autobahnähnlichen Straße angekommen, sah sich der Junge verwundert um. So weit war er noch nie gewesen. Moderne Bürobauten lagen direkt neben abgeranzten Bruchbuden, feine Ingenieurbüros hatten ein SM-Studio als Nachbarn. Benson schob den Jungen durch eine Stahltür, deren Schutzlackierung teilweise abgeblättert war. Drinnen dominierte eine schummrige Beleuchtung die Szenerie. Rhythmische Geräusche von Springseilen, das federnde Bollern von Boxbirnen, das Aufstöhnen des Boxers beim heftigen Auftreffen seiner Faust auf den Sandsack … das alles schaffte eine unvergleichliche Atmosphäre, die von dem Geruch nach Schweiß und scharfen Putzmitteln komplettiert wurde.

Kurt wurde einem kleinen, dicken Mann von etwa 60 Jahren vorgestellt. Der Knabe hatte natürlich schon einmal im Fernsehen den Stallone-Film „Rocky" gesehen und fühlte sich sofort an den Trainer des Stars in diesem Streifen erinnert. „Das ist Charly, mein Trainer und inzwischen Freund. Charly, darf ich dir Kurt vorstellen? Er hat in etwa das gleiche Problem wie ich damals. Würdest du dich seiner annehmen?" Der Alte blickte griesgrämig von unten auf den hochgewachsenen Schwarzen. „Du hattest wenigstens Talent, mein kleiner Schokoklops. Wie steht's denn damit bei dem lütten Schieter?" Nachdenklich zog der Senior den Rotz hoch. „Das solltest du selbst beurteilen, Charly. Niemand kann das besser als du." „Hör auf, mir Honig um den Bart zu schmieren und mach, dass du dich umziehst. Ich hab dir für heute Dragan als Sparringspartner besorgt. Da kannst du mal zeigen, was du noch drauf hast."

Dann wandte er sich zu Kurt um. „Zum Umziehen hast du also nichts mit." Kurt versuchte sich zu rechtfertigen: „Benson hat mir nicht gesagt, dass ich was mitbringen sollte. Und bis ich ins Auto gestiegen bin, wusste ich gar nicht ..." „Papperlapapp", unterbrach ihn der Alte. „Hier, mach mal!" Damit warf er dem Kind ein Springseil zu. Was sollte das denn? Kurt war doch kein Mädchen, das Seilhüpfen übte. Diese Ablehnung sah man wohl auch seinem Gesicht an. „Wenn du dabei schon rumzickst, kannst du es gleich vergessen und verschwinden. Und? Was ist jetzt?" Mit vor der Brust verschränkten Armen fixierte ihn Charly. Missmutig begann Kurt zu hüpfen. Nach wenigen Seildrehungen stolperte er bereits und fiel hin. Charly rollte mit den Augen. Kurt jedoch sprang trotzig auf, schnappte sich das Seil und begann von neuem. Beim zweiten Mal klappte es besser und er stürzte erst beim 30. Sprung. Und wieder rappelte er sich hoch und machte unaufgefordert weiter. Jetzt hatte er seinen Rhythmus gefunden und es begann, Spaß zu machen. Nach zehn Minuten war er schweißgebadet, weigerte sich aber aufzuhören. Charly hatte schließlich nicht gesagt, dass er es sollte. Seine Muskeln brannten wie Feuer und schrien nach einer Pause, aber eisern behielt Kurt sein Tempo bei.

Die anfänglich skeptische Miene des Alten hatte sich verändert. Jetzt lag darin so etwas wie Anerkennung. Er hob die Hand zum Zeichen, dass Kurt aufhören sollte. Keuchend ließ der das Seil fallen und ging in die Knie. „Nicht schlappmachen. Komm mal hierher, an den Punchingball. Mal sehen, wie du damit zurechtkommst." Schweratmend stellte Kurt sich vor das Sportgerät und hieb mit der rechten Faust dagegen. Der oben und unten an Gummiseilen befestigte Lederball schnellte zurück, traf ihn an der Brust und schickte ihn zu Boden. Kurt wurde wütend und prügelte jetzt wie ein Wilder auf den Ball ein … der sich naturgemäß wehrte. Mehrere Momente blieb unklar, wer aus diesem Fight als Sieger hervorgehen würde. Dann aber schien Kurt den Takt der Kugel durchschaut zu haben, wich ihr geschickt aus und hieb dann auch mit der Linken zu. Kurze Zeit später war er völlig außer Atem. Charly hielt den Punchingball fest und stützte sein Kinn darauf. „Unbegabt bist du nicht, das ist mal klar. Und Durchhaltevermögen hast du auch. Aber die Technik … heiliges Hammonia … aber das willst du ja hier lernen. Ist doch so, oder?" Kurt nickte stumm und wunderte sich zum wiederholten Mal über die seltsame Aussprache des Trainers. „Was bitte ist Hammonia?" Charly schüttelte den Kopf. „Gott, der Gerechte, wo soll das bloß mit dieser Jugend hinführen? Hammonia ist lateinisch für Hamburg … und das ist die schönste Stadt der Welt! Und von da komm ich wech!" Als wäre damit alles gesagt, ging er weg und kehrte mit einem Eimer und einem Schrubber zurück. „So, aufwischen, hier rund um den Boxring. Danach kannst du den Anderen zusehen und lernen. Und nächsten Freitag bringst du 50 Euro mit, das ist hier der Monatsbeitrag."

Kurt war Hausarbeit gewohnt und erfüllte seinen Auftrag. Dann hockte er sich auf eine Bank und sah zu, wie Benson Dragan nach Strich und Faden verdrosch. Der zehn Jahre jüngere Gegner hatte keine Chance, obwohl er mindestens 20 Kilo schwerer und einen halben Kopf größer als der Farbige war. Am Ende umarmten sich die beiden Kontrahenten und als sie den Mundschutz ausgespuckt hatten, sagte Dragan: „Ey, Digga, so ein

Vieh wie dich hab ich noch nie boxen sehen. Respekt, MAN!" Benson grinste und wischte sich den Schweiß aus dem Gesicht. Dann beugte er sich über die Seile des Rings herab zu Kurt. „Na, Kurt, wie war es?" Der Junge ließ sich mit der Antwort Zeit. „Anstrengend … und toll. Ich hab mir an dem Ball da irgendwann vorgestellt, dass es der Karsten wäre … der Typ, von dem ich das Veilchen habe. Von da an ging alles ganz leicht."

Kurt half Benson, die Boxhandschuhe auszuziehen und die Tapes aufzuschneiden. Dann flüsterte er: „Benson, ich hab aber ein Problem." „Was denn?" „Ich hab die Kohle nicht … für den Beitrag. Meinen Eltern brauch ich damit eh nicht zu kommen und neben der Schule und dann noch dem Training schaff ich keinen Job, um mir was dazu zu verdienen." Benson sah ihn nachdenklich an. Dann nickte er und verließ den Umkleideraum. Kurt folgte ihm und beobachtete, wie sein neues Vorbild in ein längeres Gespräch mit Charly vertieft war. Dann winkten ihn beide zu sich. „Wie steht's eigentlich mit deinen Eltern? Sind die sehr streng?" Kurt dachte nach, was er erzählen sollte. Aber er hatte Feuer gefangen. DAS hier war SEINE Welt. Also erzählte er wahrheitsgemäß von seiner Situation. Charly und Benson sahen sich an und Charly nickte. „Benson kommt zweimal in der Woche her zum Training,

Dienstag und Freitag. Er wird dich jedes Mal abholen und nach Hause bringen. Die ersten drei Monate sind zur Probe und wir sagen deinen Eltern nix. Bekommst du das hin?" Kurt nickte heftig. Irgendwie würde er es schaffen, diese Termine vor den Eltern zu verbergen. „Aber das Geld ...!" Charly unterbrach ihn direkt. „Wie ich gesehen habe, kennst du dich mit Schrubber und Lappen aus. Du wirst also an beiden Tagen nach dem Training die Halle und die beiden Ringe fegen und wischen und danach die Toilette saubermachen. Dafür trainierst du umsonst. Haben wir eine Vereinbarung?" Charly streckte ihm die Hand hin. Mit glänzenden Augen ergriff das Kind die Hand und Benson legte seine als am Pakt beteiligter Dritter obenauf. „So, ich bin für dich Charly ... oder Trainer ... aber mit SIE! Und du bist ab sofort Kutte. So sagen wir nämlich zu Kurt bei uns im Norden."

So begann Kurts oder besser gesagt Kuttes Boxkarriere. Das Schicksal kam ihm zur Hilfe, als die Arbeitgeber seiner Erziehungsberechtigten beschlossen, beide vorrangig für Spätschichten einzusetzen. So blieb die neue Freizeitbeschäftigung des Jungen unbemerkt. Peinlich genau achtete er darauf, dass er seine Trainingskleidung sofort mit anderen Teilen wusch, damit seiner Mutter nichts auffiele. Aber die körperliche Entwicklung kam schnell. Seine Oberarme wurden kräftiger, seine

Oberschenkel nahmen an Umfang zu, seine Schultern wurden breiter und seine Nackenmuskulatur ausgeprägter. Als dies seinem Stiefvater auffiel, führte dieser es auf die einsetzende Pubertät zurück. „Wird ja auch langsam Zeit, dass aus dir mal ein Mann wird. Bald kriegst du auch noch Haare am Sack. Hast du denn schon mal gewichst?" Kurts Mutter haute ihm dafür mit der Fernsehzeitung auf den Kopf, was zu einem erneuten Streit führte, dem sich Kurt auf's Dach entzog.

Neben der rein körperlichen Veränderung vollzog sich auch ein Wandel seines Wesens. Er war nicht mehr so still und zurückgezogen. Er ging mit hoch aufgerichtetem Kopf über den Schulhof und dies wurde auch von den Mitschülern bemerkt. Der besagte Karsten hielt ihn eines Tages zusammen mit seiner vierköpfigen Entourage in der Pause auf. „Haste im Supermarkt Proteinshakes geklaut? Oder klauste deiner Mama die Pille? Du hast ja richtig Tittis bekommen." Damit kniff er ihn in die rechte Brust. Aber da war nichts weich, da war nur harte Muskelmasse, die sich nicht zusammenquetschen ließ. Stattdessen ließ Kurt die linke Faust blitzschnell gegen die Nase des Gegenübers krachen. Dieser sackte bewusstlos in sich zusammen. Niemand außer den Umstehenden hatte das Geschehen bemerkt und Karstens Spießgesellen wichen ängstlich zurück. Die

Ohnmacht währte nur wenige Sekunden und als Karsten die Augen aufschlug, sah er Kuttes Zeigefinger vor seiner Nasenspitze. „Nie wieder, hörst du? Sprich mich nie wieder an. Sonst mach ich dich platt." Kutte wusste genau, dass weder Charly noch Benson von dieser Geschichte erfahren durften. Drohungen dieser Art wären eines echten Sportsmannes unwürdig. Die Warnung verfehlte jedoch nicht ihre Wirkung. Noch zwei Jahre später – Karsten war zweimal kleben geblieben und in Kuttes Klasse gekommen – weigerte er sich, mit Kurt in einer Gruppe zusammenzuarbeiten. Lieber nahm er einen Verweis in Kauf.

Kutte wurde immer besser. Mittlerweile bestritt er auch gelegentlich Jugend-Boxkämpfe, natürlich mit der kompletten Schutzausrüstung. Seine Eltern hatten tatsächlich über ein Jahr nichts von seinen Aktivitäten mitbekommen, bis Kurt eines Abends den Beiden ein kleines Plakat und zwei Eintrittskarten überreichte. „Ist mein erster öffentlicher Kampf, nix Großes. Nur ein Stadtteilvergleich im Münchener Süden. Kommt ihr?" Er wurde mit Fragen bestürmt und gab bereitwillig Antwort. Es war das erste Mal, dass er das Gefühl hatte, seine Eltern stolz zu machen. Selbst der nörgelige Stiefvater nickte und willigte in den Besuch des Wettkampfes ein. Kutte hatte an diesem Abend zwei Kämpfe auszutragen, seine ersten und zugleich letzten in der U13-Klasse. Charly und Benson waren bei ihm, als es zum Wiegen ging. Als sie in die Umkleide zurückkehrten, fasste Benson ihn an den Schultern. „So, Kutte, das ist jetzt also dein erster großer Auftritt. Mach uns keine Schande und kämpfe hart und fair. Und damit jeder direkt weiß, woran er bei dir ist und wer du bist, bekommst du etwas von Charly und mir." Damit holte er ein zusammengefaltetes Stück dunkelroten Stoff hinter dem Rücken hervor. Als er ihn ausbreitete, erkannte Kurt, was das war: ein ärmelloser Bademantel mit Kapuze, einer Mönchskutte ähnlich. Auf dem Rücken war das Emblem des Clubs eingestickt, ein goldener Phönix, und darunter stand in goldenen Lettern: Kurt „Kutte" Hartmann. Stolz streifte er das Teil über und konnte die Freudentränen nicht unterdrücken. „Na los, du Weichei, lass deinen Gegner nicht warten." Charly lag diese Art von Gefühlsduselei, wie er es nannte, nicht. Für diese Veranstaltung war es erlaubt worden, dass sich jeder der Kämpfer ein Auftrittslied aussuchen durfte. Einer der Jungen aus der gegnerischen Mannschaft wollte wohl besonders witzig sein, denn er hatte sich das Pippi Langstrumpf Lied ausgesucht. Pippis Stärke hätte ihn vielleicht gerettet, technisch war er aber Kuttes Vereinskameraden nicht gewachsen. Kurt war als nächster dran. Zu den Klängen von „Best years of our lives" von Baha-Men tänzelte er durch die Halle, ganz wie die großen Boxer, deren Fights er auf Video gesehen hatte. Sein Gegner, ein breitschultriger Blondschopf, war sicherlich etwas schwerer, aber bei weitem nicht so behände wie Kurt. Beide erfüllten aber die Voraussetzung für die Gewichtsklasse Fliegengewicht.

Der Kampf sollte über drei Runden zu je zwei Minuten gehen … eigentlich! Nach dem Handshake ging Kutte in seine Ecke zurück und erhielt von Charly einen letzten Hinweis. „Geh in Rechtsauslage, damit rechnet der nicht. Der schätzt dich anders ein und weiß nicht, dass du ein Changer bist." Kurt nickte und der Gong erklang. Bei den Amateur-Junioren-Kämpfen gab es strikte Regeln für Schutzausrüstung und Trefferflächen. Das alles nutzte Kuttes Gegner aber nichts, denn Charlys Schützling schickte Blondie nach 60 Sekunden auf die Bretter. Der Ringrichter brach den Kampf sofort ab, als er in die schielenden Augen des am Boden Liegenden blickte. "K.O. in der ersten Runde!" Der Gong erklang und Kutte hörte durch den Helm die Jubelschreie seiner Mutter.

Auch seinen zweiten Kampf zwei Stunden später gewann er, allerdings da über die volle Distanz. Es war ein klarer Punktsieg. Zum Feiern lud Benson alle in ein griechisches Lokal ein, was der Vater nur unter Murren annahm. „Ich lass mich doch nicht von dem Bananenfresser einladen." Kurt raunte ihm zu: „Lass Benson das nicht hören, sonst lässt er DICH deine Eier fressen. Der ist unser Vereinsmeister." Kleinlaut gab der Stiefvater nach und es wurde ein wirklich schöner Abend.

Danach wurde alles irgendwie anders. Oder doch nicht alles! Seine Eltern blieben die mürrischen Quartalssäufer und Kurt hatte nach wie vor seine Schwierigkeiten mit Mathe. Aber sonst? Die Mädchen sahen ihn auf einmal ganz anders an und kicherten verschämt, wenn er an ihnen vorbeiging. Er bestritt immer mehr öffentliche Kämpfe und erreichte eine beeindruckende Zahl an Siegen. Mit der Zeit hatte er sogar eine kleine Fangemeinde, die ihm durch die Münchener Stadtbezirke und später dann auch durch ganz Bayern folgte. Kurz nach seinem 17. Geburtstag kam es jedoch zu einem folgenschweren Ereignis. Das Verhältnis seiner Eltern hatte sich von Jahr zu Jahr verschlechtert und eines Abends kam es zu einem mächtigen Krach … wegen des Fernsehprogramms. Sein Stiefvater holte mit der flachen Hand aus und schlug seine Mutter mitten ins Gesicht. Diese knallte mit dem Kopf gegen die Schrankwand und blieb mit einer Kopfplatzwunde liegen. Anstatt aufzuhören und Hilfe zu holen, stellte der Stiefvater sich neben seine bewusstlose Frau und holte mit dem Fuß zum Tritt in den Bauch aus. Kurt warf sich dazwischen und streckte den Mann nieder. Dann rief er die Polizei und einen Krankenwagen. Der Notarzt stellte fest, dass seine Mutter neben der blutenden Wunde eine leichte Gehirnerschütterung hatte und nahm sie mit ins Krankenhaus zur Beobachtung. Seinem Stiefvater hatte Kurt den Unterkiefer gebrochen. Kaum verständlich brüllte dieser: „Ich zeig dich an. Dich mach ich fertig." Es gab tatsächlich eine Gerichtsverhandlung, bei der Kurt zu einer Jugendstrafe von 20 Sozialstunden verknackt wurde. „Aber das war Notwehr! Hätte ich denn warten sollen, bis er meine Mutter totschlägt?" Der Richter war freundlich und erklärte: „Junger Mann, bei jedem normalen Jugendlichen hätte ich das auch gelten lassen. Aber Sie sind ausgebildeter Kämpfer. Ihre Fäuste sind Waffen. Dessen müssen Sie sich immer bewusst sein. Sie hätten Ihren Stiefvater auch einfach zurückdrängen können." Unzufrieden verließ Kurt das Gericht und diente widerwillig seine Strafe ab.

An ein gemeinsames Wohnen war jetzt natürlich nicht mehr zu denken. Kurt hatte die Mittelschule mehr schlecht als recht abgeschlossen und stand nun vor der Überlegung, was aus ihm werden sollte.

Berufsboxer? Ein so großes Talent sah er in sich nicht. Benson meinte: „Ich kann ja mal rumfragen." Und tatsächlich fand er einen Ausbildungsplatz als KFZ-Mechatroniker für seinen Schützling. Außerdem besorgte Charly ihm einen Platz in einer WG in einem Lehrlingswohnheim, wo Kurt das erste Mal Freundschaften schloss. Sein bester Kumpel wurde Gonzo, der ihn auch gelegentlich zu seinen Wettkämpfen begleitete.

Seine Mutter hatte sich zwischenzeitlich von ihrem nunmehr dritten Ehemann getrennt und so konnte Kurt sich auch wieder mit ihr treffen. Sie entwickelte einen unheimlichen Stolz auf ihren Sohn und legte ganze Ordner mit Zeitungsausschnitten und Fotos an. Seine Abschlussprüfung bestand er problemlos, aber drei Tage vor seiner Lossprechung starb Charly. Kutte war total niedergeschlagen und weinte wie ein Schlosshund während der Beisetzung seines Trainers und Mentors. Als er an die Grube trat, in die der Sarg herabgelassen worden war, flüsterte er leise: „Danke für alles, mein Charly, für jeden Rat und jeden Klaps, den ich von dir bekommen habe." Dann warf er einen Bund goldgelber Rapsstengel, Charlys Lieblingsblüten, in das Grab und dazu seine erste, seine „Kinder-Kutte". Benson legte seinen Arm um Kuttes Schultern und gemeinsam verließen sie den Friedhof.

Es war ein regelrechter Bruch im Leben des jungen Boxers. Benson übernahm das Training und versuchte, Kurt ein paar neue Dinge beizubringen. Aber irgendwie schien ihm der Biss abhanden gekommen zu sein. Bei den Wettbewerben in den folgenden Monaten verschlechterte er seine Kampfbilanz deutlich, aber es zeigte sich ein neuer Wesenszug. Egal, wie hart oder oft Kutte getroffen wurde, er stand immer wieder auf. Keiner seiner Gegner schaffte einen echten Knockout. Dies trug ihm den Respekt seiner Gegner und anderer Vereine ein. Es gab erste Anfragen von Boxpromotern, ob er nicht ins Profilager wechseln wolle, aber er lehnte jedes Angebot ab. Gonzo machte ihm deshalb schwere Vorwürfe. Beide waren nach der Ausbildung Freunde geblieben und hatten zusammen mit einem Jungkoch eine WG gegründet. „Hör mal, wie kannst du sowas ablehnen? Garantierte zwei Mille jeden Monat extra, exklusive Steuern. Da könntest du dir endlich eine eigene Wohnung leisten und auch deinen Traumwagen kaufen." „Ach ja? Und vor allem dir immer wieder unter die Arme greifen, so chronisch klamm wie du immer bist." Gonzo hörte nicht auf, den Freund zu bedrängen und nach einem ernsten Gespräch mit Benson traf Kutte seine Entscheidung. Er würde ins Profilager wechseln. Benson war stinksauer, da er seiner Entdeckung zwar viel zutraute, ihn aber für die Härte des

Berufsboxens für zu weich hielt. Kutte wollte ihm das Gegenteil beweisen.

So stieg er in die Szene ein, bestritt erste Kämpfe in Bayern und Baden-Württemberg und arbeitete sich langsam in der deutschen Rangliste hoch. Mittlerweile war er 25 Jahre alt, auf dem Zenit seiner Kraft und Technik. Gonzo entwickelte sich zu einer Art Manager, der für seinen Kumpel Kämpfe organisierte, für deren reibungslosen Ablauf sorgte und auch Einiges in Kuttes Privatleben regelte. Mit dem Ruhm kamen auch die Schattenseiten: Abstürze durch Alkohol, Festnahmen durch die Polizei, nachdem er nackt mit drei seiner Groupies im Brunnen des Botanischen Gartens aufgegriffen worden war und schließlich auch Kokain. Er verlor seine Schnelligkeit, war viel zu rasch aus der Puste und ging bei wichtigen Entscheidungen mehrfach zu Boden. Seine Nehmerqualität war jedoch ungebrochen, er beendete jeden Kampf stehend, wenn auch immer seltener als Sieger. Benson hatte sich zurückgezogen und beobachtete seine Entwicklung nur noch aus der Ferne. Mit der Zeit erkannte Gonzo, dass er sich mit der Beschaffung der Drogen einen Bärendienst erwiesen hatte. Kaum jemand war bereit, noch gegen seinen Fighter anzutreten. Die große Kohle war inzwischen auch verpulvert und man hielt sich als Sparringspartner der erfolgreichen Kämpfer und mit zwielichtigen Undergroundkämpfen über Wasser.

Immer öfter kam es zum Streit zwischen Kutte und Gonzo. Einmal schlug der Boxer seinen Freund nieder, der darauf ins Krankenhaus musste. Aber die unheilige Gemeinschaft der Beiden endete nicht, dafür waren sie für einander zu wichtig. Kurz nach seinem 28. Geburtstag bekam Kutte noch einmal eine große Chance. Ein junger, erfolgreicher Kubaner wollte unbedingt gegen ihn antreten. Bereits ein Star in seiner Heimat und ganz Lateinamerika, bewunderte er diesen deutschen Boxer, dessen Durchhaltewillen ihm imponierte. Der Vizeweltmeister im Halbschwergewicht bestand darauf, dass der Kampf in der MBS-Arena Potsdam ausgetragen würde. Dort hatten bereits seine großen Idole, darunter die Klitschkos, grandiose Siege erzielt. Ramon Valdez war jung, erfolgreich, heißblütig … und von keinerlei Selbstzweifel geprägt. Ähnlich dem jungen Muhammad Ali, tönte er herum, er sei der Größte. Er würde der Erste sein, der „the German Tumbler" (das deutsche Stehaufmännchen) dauerhaft auf die Bretter schicken würde.

Kutte nahm das Training wieder auf, speckte ab, schaffte währenddessen sogar einen kalten Entzug und kam langsam wieder in Form. Gonzo unterstützte ihn nach Kräften und tauschte sogar die etablierte Crew aus. Der neue Cut-Man war Kurt von Anfang an unsympathisch, aber Gonzo schwor Stein und Bein auf ihn. Sie hatten sich zur Vorbereitung ein Ferienhaus am Stadtrand von Potsdam gemietet und Kurt erledigte sein Laufpensum ungestört am Ufer des Templiner Sees. Seine Popularität war so gering, dass er von den normalen Passanten nicht erkannt wurde. Lediglich ein Steppke von etwa neun Jahren zupfte den Boxer während einer Dehnungsübung an einer Parkbank an seinem Sweatshirt. „Du, biste nicht der Kutte? Der, den noch keener k.o. jehauen hat. Det find ick knorke. Ick bin der Fridolin. Jibste mir nen Autojramm?" Damit streckte er ihm seinen linken Arm hin, der in einem Gips steckte. Kutte grinste. „Wie ist dir das denn passiert?" „Nee, is nicht vom Boxen, ick bin mittem Arm inne Autotür hängenjeblieben. Aba wenn ick zehne bin, denn werd ick ooch Boxer, so wie du. Meen Papa is ooch nen jroßer Fan von dir." Kurt unterschrieb auf dem Gips mit seinem Namen und der Widmung „für meinen größten Fan Fridolin". Stolz zog der Junge mit seiner Mutter davon und der Sportler setzte sein Training fort.

Der Abend des Kampfes war gekommen. In den Katakomben der Arena herrschte hektisches Treiben. Ein privater TV-Sender hatte sich die

Übertragungsrechte gesichert und überall wuselten Reporter mit Kameras und Mikrofonen umher. Das Interview am Vormittag hatte sich als One-Man-Show für den Kubaner gestaltetet. Kutte war einsilbig und höflich geblieben, während der Andere sich immer wieder zu verbalen Tiefschlägen hatte hinreißen lassen. Die Kampfbörse war beachtlich. Der Sieger würde mit drei Millionen nach Hause gehen, der Verlierer bekam immerhin noch 750.000 €. Gonzo scharwenzelte den ganzen Tag nervös um seinen Freund herum und brachte auf einmal einen schmierig aussehenden Asiaten mit in die Umkleidekabine. „Darf ich dir Mr. Park Chung vorstellen? Er kommt aus Korea und ist in ganz Asien ein bekannter Boxpromoter. Wenn du hier eine gute Vorstellung ablieferst, wird er uns gut bezahlte Kämpfe in Südkorea, Malaysia und Japan vermitteln. Boxen ist da echt im Aufwärtstrend und die Hallen sind immer brechend voll." Kutte starrte den feisten kleinen Kerl mit dem Mondgesicht an. Dieser hätte die richtige Figur, um selbst als Sumo-Ringer aufzutreten. Und die beiden hinter ihm stehenden Leibwächter brauchten allein schon für ihre Gesichter Waffenscheine. Kurt erhob sich und reichte dem Asiaten die bereits getapte Hand. „Pleased to meet you, Mr. Park Chung!" Dieser strahlte über das ganze Gesicht, streckte die Linke mit erhobenem Daumen hoch und sprach mit hoher

Stimme: „Very good fight, make big money. We best friends." Damit stellte er sich neben den Deutschen, hob sein Handy und machte ein Selfie. Der Koreaner verließ mit seinem Gefolge den Raum und Kurt blickte den Freund fragend an. Gonzo beeilte sich mit einer Erklärung: „Ich hab den Typen gestern Abend in Berlin getroffen, im Adlon. Dem quillt die Kohle echt aus dem Arsch. Die Buchmacher drehen durch. Die Wetten stehen 3:1 gegen dich." „Du machst mir echt Mut!" Gonzo druckste herum. „Mhmmm ... also, da wäre noch was ... das sind natürlich nur die offiziellen Wetten. Unter dem Tisch läuft da noch viel mehr. Da wird viel differenzierter gewettet. Und ... tja, wie sag ich das am besten ... es wäre gut, wenn du bis zur neunten Runde durchhältst ... und erst dann auf die Bretter gehst."

Kutte fixierte den Jugendfreund scharf. „Sag das nochmal. Der Kampf ist geschoben?" Gonzo wich ängstlich zurück, denn der Boxer war aufgestanden und näherte sich drohend. „Du musst das verstehen, Kurti. Wir brauchen doch die Kohle. Und du bekommst auch deinen Anteil an den Wetterlösen. Ganz bestimmt. Park Chong zieht im Hintergrund die Fäden und regelt das alles. Wenn wir mitspielen, dann kriegen wir jede Menge Termine in Asien, das ist DER neue Markt!" „Und dafür soll ich heute Abend also Fallobst spielen? Denk ich im Traum nicht dran." Gonzo wisperte flehentlich: „Kutte, du MUSST! Hörst du? Du MUSST! Die Typen haben mir gesagt, wenn du nicht spurst, tun die deiner Mutter und meiner kleinen Schwester was an. Das kannst du doch nicht wirklich wollen! Tanja ist doch erst 16. Du hast sie doch auch gerne und sie vergöttert dich. Du MUSST mitspielen." Kutte senkte den Blick, schwieg ein paar Minuten und sagte dann: „Mach, dass du rauskommst. Nach diesem Fight will ich dich nicht mehr sehen. Und bleib mir ja vom Ring weg."

Kutte marschierte als Erster in die vollbesetzte Arena. Tosender Jubel und gellende Pfiffe empfingen ihn, als er zu „Best years of our lives" an den Fans vorbeischritt. Er begab sich in seine Ecke, wo er sofort von seinem Masseur, dem Assistenztrainer und dem Cut-Man umringt wurde. Dann erschien Ramon Valdez auf der Bildfläche. „The final Countdown" wummerte aus den Lautsprechern. Arrogant blickte er ins Publikum, heischte um Beifall und machte höhnische Gesten in Kuttes Richtung. Das übliche Procedere nahm seinen Lauf: der Ringsprecher gab die Daten der Kontrahenten bekannt und stellte Punkt- und Ringrichter vor, der Ringrichter ermahnte die Boxer zu fairer Kampfweise und dann erklang der Gong zur ersten Runde.

Sie taxierten sich, testeten sich aus, machten den einen oder anderen Vorstoß, aber ein wirklicher Kampf kam nicht zustande, sodass am Ende der Runde ohrenbetäubende Pfiffe und Buhrufe erklangen. Ruhig hörte Kutte sich die Ratschläge seines Teams an und bereitete sich auf den zweiten Waffengang vor. Valdez wurde etwas aktiver, tänzelte mehr und versuchte, den Deutschen zu provozieren. Dieser blieb jedoch vorsichtig und defensiv. So schleppte sich der Kampf mühsam bis in die fünfte Runde. Echter Applaus war von den Zuschauern schon lang nicht mehr zu hören. Es überwogen die Unmutsbekundungen. Bei einem Blick zur Seite entdeckte Kutte in der ersten Sitzreihe Benson. Mit steinerner Miene hatte dieser den Kampf verfolgt. Kutte erhob sich und winkte seinen alten Freund zu sich an den Ring. Das entsprach zwar nicht den Regeln, wurde aber von den Offiziellen toleriert. Benson stieg in Kuttes Ecke hoch und beugte sich vor. Kutte fragte: „Hast du nen Tipp für mich ... Schokoklops?" Er benutzte den alten Kosenamen, den Charly dem Farbigen gegeben hatte, um ein wenig von der alten Vertrautheit aufkommen zu lassen. „Geh in die Rechtsauslage, damit rechnet er nicht. Er ist Rechtshänder und wird überrascht werden. Nur pass auf die Deckung auf, er ist sauschnell." Kutte drückte die Hand des Freundes mit seinen Handschuhen und flüsterte: „Bleib bitte in meiner Ecke", und Benson nickte. Dann erklang der Gong.

Kutte nutzte den Rat des Freundes und wechselte die Schlaghand. Valdez war verdutzt und steckte einige schwere Treffer ein, die ihn taumeln ließen. Er wurde sogar einmal angezählt und diese sechste Runde ging eindeutig an Kutte. Aber bereits in der nächsten hatte er sich auf die veränderte Situation eingestellt, er war schließlich nicht umsonst lateinamerikanischer Meister. Jetzt steckte Kutte Schlag um Schlag ein und ging nach einem präzisen Uppercut auf die Matte. Bei „6" kam er wieder hoch, schüttelte sich und der Ringrichter gab den Kampf wieder frei. Die nächsten beiden Runden gingen klar an Valdez und der Deutsche wurde seinem Ruf als „Stehaufmännchen" gerecht. Gonzo hatte sich entgegen Kuttes Anweisung doch in seiner Ecke eingefunden und blickte immer wieder ängstlich auf die Uhr. In der Pause nach der achten Runde kletterte er hoch und raunte in das Ohr des Kämpfers: „Denk dran, jetzt geht es um alles. Unsere Leben hängen davon ab. Ich flehe dich an ..." Benson zog die Stirn kraus. Was ging denn da ab? Kutte drängte Gonzo weg und setzte sich den Mundschutz ein. Er ließ den Nacken kreisen und ging zur Ringmitte. Ein Blick ins Publikum zeigte ihm das feixende Gesicht von Park Chung, der beide Daumen hochhielt.

Valdez ging mit ungebrochener Energie gegen den Deutschen an. Pausenlos prasselten die Schläge gegen dessen Körper. Kutte steckte jede Menge ein, wich aber auch geschickt aus. Dann ein Augenblick der Unachtsamkeit – Valdez brach durch – eine rechte Gerade und Kutte sank zusammen. Er war nur wenige Sekunden bewusstlos und kam wieder hoch. Der Ringrichter zögerte, den Kampf wieder freizugeben. Es war immerhin der achte Niederschlag für den Münchener. Gonzo blickte panisch auf seine Uhr, nur noch 15 Sekunden. Was machte der Idiot da? Benson schaute seinen Schützling stolz an. Park Chungs Miene hatte sich vor Hass verzerrt. Dann nickte der Mann in dem weißen Oberhemd und Ramon Valdez ging wie ein wilder Stier auf seinen Gegner los. Kutte pendelte mit dem Oberkörper, täuschte geschickt Schläge an und landete sogar noch einen Leberhaken, bevor das wohlbekannte Geräusch den Durchgang beendete. Als er in seine Ecke zurückwankte, sah er, wie sich der Koreaner mit dem kleinen Finger quer über die Kehle fuhr. Dann befahl er Gonzo mit einem Fingerzeig zu sich und redete energisch auf ihn ein. Am Schluss der Anweisungen packte er Gonzo am Ohr und verdrehte es. Der Schrei des Managers ging im Geräuschchaos der Halle unter. Er hielt sich die Hand auf die angeschwollene Ohrmuschel und kehrte an den Ring zurück. „Letzte Chance, Kurt. Runde elf, sonst ist es aus." Jetzt wurde er von Benson weggestoßen. „Mach, dass du wegkommst, du Ratte!" Als Gonzo sich fortschlich, gab er dem Cut-Man ein verstecktes Handzeichen. Dieser nickte, schmierte auf das Kühleisen eine Creme aus einer Tube, die in seiner Hosentasche gesteckt hatte, und versorgte damit die Platzwunde über Kuttes linker Augenbraue.

Kutte wuchtete sich von seinem Schemel hoch und bevor er wieder den Mundschutz einsetzte, rief er dem ehemaligen Freund nach: „Runde elf, schau genau hin!" Runde zehn verlief mit leichten Vorteilen für Kutte und in der Pause fragte Benson: „Was ist hier eigentlich los? Wird hier was manipuliert?" „Ich erklär's dir nach dem Kampf, versprochen." Kutte setzte sich tapfer gegen Valdez' Punches zur Wehr und erhöhte den Druck. Doch je länger der Kampf dauerte, desto schwindeliger wurde es dem Deutschen. Das Gesicht des Gegners verschwamm und er konnte seinen Blick nicht mehr richtig fixieren. Es kostete ihn unglaubliche Mühe, sich überhaupt auf den Beinen zu halten. Nach zwei Minuten hatte sich der Deutsche soweit unter Kontrolle, dass er seine Falle vorbereiten konnte. Immer wieder hatte er den Kubaner mit dem gleichen Bewegungsablauf gekontert, sodass dieser jetzt den genauen Ablauf erahnen konnte. Der Kubaner täuschte in gewohnter Weise mit links an und wollte dann mit der Rechten durchbrechen. Genau darauf hatte Kutte gewartet. In dem winzigen Augenblick des Wechsels der Schlaghand war sein Gegner kaum gedeckt und der Weg zu dessen Kinn frei. Kutte legte all seine verbliebene Kraft in den Schlag und traf den Mann genau in der Kinnmitte. Dessen Kopf schlug nach hinten und er stürzte wie ein gefällter Baum. Der Ringrichter begann sofort, ihn anzuzählen und als er bei „10" angelangt war, war der Kubaner noch immer nicht bei Bewusstsein.

Kutte wurde zum Sieger erklärt und die Menge in der Arena tobte. Er gab noch einige Interviews, ließ sich mit diversen Fans fotografieren und zog sich zusammen mit Benson und dem Masseur in die Umkleide zurück. Auf dem Weg zur Kabine schwankte er immer wieder und suchte bei Benson Halt. Er duschte sich ausgiebig und ließ sich dann von dem Physiotherapeuten intensiv bearbeiten. Dann schickte er ihn raus und war mit Benson allein. Er erklärte dem alten Freund die Hintergründe und am Ende seines Berichtes nickte der Farbige und meinte: „Ich weiß nicht, wie ernst du die Drohung nehmen musst, aber du solltest in der nächsten Zeit aufpassen." „Hoffentlich hab ich nicht zu viel abbekommen. Mir ist immer noch schwindelig und mir wird langsam auch übel", merkte der Boxer an.

Arm in Arm verließen sie die Arena durch einen Nebenausgang und liefen zu Bensons Auto.

Am nächsten Morgen saß Fridolin auf der Couch im Wohnzimmer und frühstückte. Heute hatte er Sport in der Schule und er wollte seinen Lehrer fragen, ob sie nicht auch einmal etwas über Boxen erfahren könnten. Voller Stolz blickte er auf das Autogramm, das er von dem berühmten Boxer auf seinen Gips bekommen hatte. Leider war es schon ein wenig unlesbar geworden. Im Fernseher lief das Morgenprogramm von Sat1, das sich seine Mutter jeden Morgen ansah. Als die Nachrichten vorbei waren, waren die Sportnews dran. Der Junge nippte gerade an seinem Kakao, als er folgende Nachricht sah:

Unfassbare Tragödie in Potsdam! Nach dem gestrigen Kampf gegen den amtierenden Vize-Weltmeister verließ der deutsche Boxer Kurt H. die MBS-Arena unerwartet als Sieger. Er war in Begleitung seines alten Freundes und Trainers. Auf dem Weg zu ihrem Fahrzeug brach der Sportler bewusstlos zusammen. Eine Reanimation blieb erfolglos. Ob er an den Folgen des Boxkampfes verstarb, muss eine Obduktion klären. **Ein Sprecher des internationalen Boxverbandes erklärte heute** *Morgen auf unsere Nachfrage, dass Kurt H.* **posthum** *in die „International Boxing Hall of Fame"* *aufgenommen würde.*

Fridolin hat nie mit dem Boxen angefangen …

Der Song *Nachtexpress* erschien mir irgendwie aus der Zeit gefallen. Als befänden wir uns noch in der Zeit des Kalten Krieges. Aber ich vermute, dass auf irgendeine Weise unser Land immer noch ein spannendes Spielfeld für bestimmte Menschen darstellt.

Ich stellte mir beim Anhören vor, wie sich die Situation in dem Zug wohl mit vertauschten Rollen darstellen würde. Wie würde ein Jedermann, ein Mensch wie du und ich, in einer absoluten Ausnahmesituation reagieren? Würde er seinem Standardhandlungsmuster treu bleiben oder wäre es eine Option, sich dem Reiz des Extremen hinzugeben? Ganz ehrlich, ich weiß es nicht …

NACHTEXPRESS

Es war später Abend. Sie kam von einem Besuch bei einer Freundin zurück. Sie hatten sich verquatscht und dabei mehr als nur eine Flasche Wein geköpft. Das Angebot, bei der Freundin zu übernachten, hatte sie dankend und ein wenig schwankend abgelehnt. Zu sehr hatte sie sich auf das gemeinsame Frühstück mit ihren Kindern gefreut, die sie seit Monaten nicht gesehen hatte.

Jetzt stand sie frierend am Hamburger Hauptbahnhof und wartete auf den Nachtzug, der sie in einer halben Stunde in ihre Wohnung nach Bergedorf bringen sollte. Nervös blickte sie sich um und bemerkte eine Gruppe junger Männer, die offensichtlich alkoholisiert und lärmend die Treppe zu ihrem Gleis herabstiegen. Sichernd blickte sie sich um, denn ihr waren die Vorkommnisse in Deutschland in den letzten Monaten durchaus in Erinnerung. Sie war nicht ängstlich und wirkte aufgrund ihrer Körpergröße nicht direkt wie ein „Opfertyp", aber vier Männern, die an sich sportlich und fit wirkten, hatte sie nur wenig entgegenzusetzen. Suchend blickte sie sich nach Streifen der Bahnpolizei oder der Security um, aber wie immer waren die nicht da, wenn man sie am nötigsten brauchte. So zog sie sich langsam und möglichst unauffällig hinter eine Säule zurück und hoffte, so der Aufmerksamkeit der Randalierer zu entgehen. Diese grölten nun die Klassiker der Ballermann-Junggesellenabschiede und prosteten sich mit Wodka aus Flaschen zu.

Ein sichernder Blick um die Ecke wurde ihr zum Verhängnis. Einer der Kerle wurde aufmerksam auf sie, wies seine Kumpane auf die einsame Frau hin und mit einem hämischen Grinsen kamen sie zu viert auf sie zu. Gehetzt sah sie sich um, suchte eine Fluchtmöglichkeit, aber die Gruppe hatte sich aufgespalten und nahm sie nun in der vollen Breite des Bahnsteigs in die Zange. Sie riefen ihr etwas in einer ihr unbekannten Sprache zu, boten ihr etwas aus ihren Flaschen an ... und kamen immer näher.

Der Kleinste in der Gruppe, ein Rothaariger, wollte sich wohl hervortun und machte den Anfang. Er posierte vor ihr, hielt ihr lallend den Wodka hin und griff mit der freien Hand in sein Gemächt und rieb es. Sie starrte ihn an und schrie ihm ins Gesicht, dass er sich verpissen solle. Unbemerkt hatten sich zwei der Kerle von den Seiten genähert und sie urplötzlich an den Armen gepackt und diese auf ihrem Rücken fixiert. Vor Schmerz schrie sie auf und dieser Schrei gellte durch die Bahnhofshalle. Keiner der wenigen Fahrgäste auf den anderen Bahnsteigen reagierte mit mehr als einem desinteressierten Anheben des Kopfes. In ihr stieg Panik auf und in diesem Augenblick packte der Rotschopf eine ihrer Brüste und quetschte sie hart. Sie schrie wieder auf ... und erstarrte.

Sie hatte sich an der Kopfseite eines uralten Transportwagens befunden, mit dem Bahnarbeiter Gepäck in die Züge verluden. Das Gitter dieses Geräts presste sich gegen ihren Rücken und die dort fixierten Arme und Hände. Doch was war das? Der Druck auf ihre Arme und Hände ließ schlagartig nach und der rechts von ihr Stehende brach zusammen. Sekunden später tat es ihm der Linksstehende gleich. Dann entdeckte sie einen ihr fremden Mann hinter sich. Dieser stand völlig entspannt und grinste die verbliebenen beiden Chaoten wölfisch an. Diese waren sich unsicher, wie sie nun handeln sollten ... aber dann entschlossen sie sich zum Angriff. Der Schwarzhaarige stürzte vorwärts und wollte den Gegner mit erhobener Flasche niederschlagen, aber der Unbekannte wich aus, hieb ihm mit der Handkante gegen den Kehlkopf, wodurch der Bursche wie vom Blitz gefällt zusammensank. Er hielt sich krampfend die Hände an den Hals, strampelte mit den Beinen und blieb dann starr liegen. Der letzte verbliebene Russe, denn um solche handelte es sich, schrie wutentbrannt auf, hieb seine Wodkaflasche gegen den Gepäckwagen und schickte sich an, seinem Gegenüber mit dem spitzzackigen Flaschenrest das Gesicht zu filetieren. Sein Gegner hatte in der ganzen Zeit kein Wort gesagt und wich gekonnt dem ersten Armschwung aus. Blitzschnell riss er den Arm hoch und presste den Elektroschocker, mit dem er die beiden ersten Angreifer außer Gefecht gesetzt hatte, gegen die Kehle des Schlägers. Auch dieser brach unmittelbar zusammen. Der Schwarzhaarige hatte scheinbar eine Grenze überschritten. Mitleidslos beugte sich der siegreiche Gegner herab, achtete darauf, dass die am

Boden liegenden und langsam zu sich kommenden Russen die Situation beobachten konnten und legte den Schocker erneut an ... dieses Mal auf die Genitalien. Bereits beim ersten Schock hatte sein Opfer geschrien, aber jetzt hatte das Geräusch kaum noch etwas Menschliches an sich. Seine Freunde riefen nun in gebrochenem Deutsch, dass der Mann doch aufhören solle. Doch dieser lächelte erneut in Richtung der Kerle ... und setzte die Schockwaffe genau auf dem geschlossenen Auge des bewusstlos vor ihm Liegenden auf. Ein erneuter Blick zu den verbliebenen Männern, ein erneutes Lachen ... und dann löste er das Gerät aus. Er musste irgendetwas an der Waffe manipuliert haben, denn es gab keinen kurzen Schock wie die Male vorher, sondern man konnte die zuckenden blauen Funken über Sekunden erkennen. Der Bursche schrie nicht mehr, als sein Auge unter der Wirkung der Waffe zerplatzte und der flüssige Inhalt unter dem Lid hervorquoll. Nun zeigte sich nackte Angst in den Gesichtern der Russengruppe und sie nahmen mehr oder weniger humpelnd Reißaus.

Die Frau hatte mit wachsendem Entsetzen diese Vorgänge beobachtet, starr wie das Kaninchen vor der Schlange. War sie zunächst froh über ihren Retter gewesen, nahm ihre Fassungslosigkeit von Sekunde zu Sekunde zu. So war sie eher ängstlich als erleichtert, als sich der Mann IHR zuwandte. „Geht es Ihnen gut? Brauchen Sie etwas? Sind Sie verletzt?" Seine sanfte, dunkle Stimme wollte so gar nicht zu der maßlosen Brutalität passen, die er eben noch an den Tag gelegt hatte. Sie blieb stumm und schüttelte den Kopf. Nach wie vor war sie mit dem Retter auf dem Gleis alleine. Die benachbarten Gleise hatten sich mittlerweile geleert. Die Digitalanzeige kündigte die Einfahrt eines Expresszuges nach Italien innerhalb der nächsten Minute an.

Da zuckte der Fremde zusammen. Am Kopf der Treppe erschienen zwei Köpfe, die sich suchend umblickten. Hastig drehte sich der Fremde um, schaute die Frau an, überlegte kurz und, als der Zug quietschend neben ihnen zum Stehen kam, zog er die Hand aus der Manteltasche. Er presste eine schwere Automatikpistole gegen den Bauch der Frau. „Keine Fragen. Einsteigen, du kommst mit!", herrschte er sie an. Ihr Mund stand offen und sie ließ sich widerstandslos seinen Arm um ihre Schulter legen. Dabei presste er ihren Kopf gegen seine Schulter, sodass sie wie ein eng umschlungenes Liebespaar auf Reisen wirkten. Sie stiegen in den hypermodernen Schlafwagen des privaten Unternehmens „Rail de Luxe" ein. Dort empfing sie direkt ein freundlich lächelnder Schaffner, der nach ihren Reservierungen fragte. „Wir haben keine, aber ich bin sicher, sie haben noch ein Abteil für ein paar frisch Verliebte frei." Der Blick des Angestellten ging fragend zum Gesicht der Frau, die ihn ausdruckslos anblickte. „Naja", dachte dieser bei sich, „verliebt sein sieht wohl bei manchen Leuten seltsam aus." Aber er behielt seine Gedanken bei sich und führte seine unerwarteten Gäste mit professioneller Freundlichkeit zu einem Abteil. „Es tut mir leid, aber wir haben nur noch ein Superior-Abteil frei. Bis nach Genua kostet das Abteil 1200 €." Entschuldigend hob er die Schultern hoch, aber der Mann zog, ohne mit der Wimper zu zucken, seine Brieftasche hervor und reichte dem Bediensteten acht 200 € Scheine. Die Zahlung wurde quittiert, es wurde noch eine Bestellung für den Speisewagen aufgegeben und schlussendlich bekam der Passagier die Zugangskarte überreicht. „Herzlich Willkommen im Nachtexpress nach Genua. Eine angenehme Nacht wünsche ich. Der Kellner wird Ihre Bestellung in spätestens zehn Minuten zu Ihnen bringen." Damit schloss sich die Tür des Abteils.

Die Beine gaben unter ihr nach und sie sackte auf dem edel bezogenen Bett zusammen. Er ignorierte dies und legte seinen kleinen Rucksack, den Mantel und sein Sakko ab. Dabei entdeckte sie, dass der Russe mit der zerschlagenen Flasche wohl doch nicht so ungeschickt gewesen war. Das weiße Hemd war an der Hüfte blutdurchtränkt. Scharf zog er den Atem nach innen, als er sich das mit der Wunde bereits verklebte Hemd auszog.

Normalerweise hätte sie sich längst wegen ihrer Entführung echauffiert. Zumindest hätte sie jetzt ihren Entführer zur Rede stellen können. Aber was tat sie stattdessen? Ganz entgegen ihrer sonstigen Gewohnheit, energisch für ihre eigenen Interessen einzutreten, stand sie auf und holte aus dem zum Abteil gehörenden kleinen Bad ein Gästehandtuch und einen feuchten Waschlappen, mit dem sie wortlos die Wunde reinigte. Sie konnte erkennen, dass die Wunde weder tief noch bedrohlich war. Der Mann entnahm aus dem Rucksack eine Art kleines Erste-Hilfe-Paket und reichte es ihr. Damit versorgte sie die Wunde notdürftig und war in dem Augenblick fertig, als es an der Tür klopfte. „Service bitte, Ihre Bestellung!" Er sprang auf, blickte durch den Türspion und sah sie fragend an: „Würdest du?" Sie nickte und er verzog sich in das Bad.

Die Frau nahm das Tablett mit den Speisen und Getränken entgegen und übergab dem Kellner ein paar Münzen, die ihr der Mann aus dem Bad anreichte. Das Tablett enthielt eine Vielzahl unterschiedlicher Sandwiches, filetiertes Obst sowie Wasser, Orangensaft und eine Flasche Champagner.

„Ich denke, den haben wir uns nach dem Schrecken verdient, was meinst du?" Sein Lächeln hatte jetzt nichts von der animalischen Wildheit während des Kampfes. Schien ihm da das Leid der Gegner Befriedigung verschafft zu haben, war es jetzt einfach Freude über die glückliche Flucht. Flucht? Vor wem eigentlich? Denn dass es eine Flucht gewesen war, war unverkennbar. Sie konnte nur mit den beiden Männern zu tun haben, deren Köpfe sie am Treppenabsatz gesehen hatte.

„Vor wem läufst du davon?" Die ersten Worte, die sie an ihren Retter richtete. Der blickte sie mit Interesse an. „Eine schöne Stimme hast du", ignorierte er ihre Frage. Er öffnete die Champagnerflasche, goss die Gläser ein und reichte ihr eines. Er stieß mit ihr an und zögerlich nahm sie einen Schluck. Eiskalt war das Getränk und es war köstlicher als alles, was sie je zuvor getrunken hatte. Sie leerte es in einem Zug und reichte ihm bittend das Glas herüber. Er lächelte, schenkte ihr nach und trank ebenfalls. „Meine Lieblingsmarke. Schwer zu bekommen, aber bei einem Zug dieser Klasse eigentlich zu erwarten."

„Schwer zu bekommen? Wieviel kostet denn so eine Flasche?" Er überlegte kurz. „Im Handel, wenn sie günstig ist, 180 €. Hier im Zug ... nun, es war schon ein wenig mehr." Sie hielt den Atem an. Sie hatte noch nie in einem Hotel genächtigt, das auch nur annähernd die Klasse dieses Zugabteils hatte. Sie hielt sich mit einem kleinen Job und etwas Schwarzarbeit mehr schlecht als recht über Wasser. Es war schon Luxus, zu Weihnachten mal zu prassen und sich das Filet für das Fondue beim Metzger kaufen zu können. Und jetzt DAS!

Welch ein Anachronismus und welches Wechselbad der Gefühle in so kurzer Zeit! Das Warten, die Kälte, die Angst vor den Angreifern, die unbändige Brutalität ihres Verteidigers, der Luxuszug, das Essen, der Sekt ... was ging hier vor sich? Und vor allem: warum stellte sie keine Fragen?

Er hatte begonnen, die Sandwiches zu verspeisen und reichte ihr eines mit Roastbeef. Sie griff dankbar zu und biss hinein. Ebenso wie das Getränk, war das Essen vorzüglich. Jetzt erst merkte sie, wie hungrig sie war. Mit ungewohnter Schnelligkeit mampfte sie drei Sandwiches und tupfte sich dann zufrieden den Mund mit der Serviette ab. Er hatte mittlerweile ihr Glas zum dritten Male nachgeschenkt und der Champagner stieg ihr zu Kopf.

„Kann ich sichergehen, dass du nicht abhaust, wenn ich mich jetzt dusche?" Er hatte diese Frage mit schiefgelegtem Kopf gestellt. Sie lächelte unsicher, blickte aus dem Fenster auf die vorbeirasende

Landschaft und meinte: „Wohin sollte ich denn gehen? Fliegen kann ich nicht und die Notbremse würdest du merken." Er lächelte, trat näher auf sie zu, ergriff ihre Hand … und legte ihr blitzschnell eine Handschelle ums Handgelenk. „Ich gehe lieber auf Nummer sicher", sagte er und zerrte die Entsetzte zur Couch, die an der Wand fixiert war. Dort befestigte er das Gegenstück der Schelle an einer stählernen Armlehne. Sie wehrte sich, wollte protestieren, aber er legte ihr grob die Handfläche auf den Mund. „Solltest du randalieren, schlage ich dich k.o. Also lass es lieber." Da war es wieder, das Raubtier, die Grausamkeit in seinen Augen. Er musste nicht weitersprechen, sie wusste, dass es keine leere Drohung war.

Nach einer Viertelstunde kam er aus dem dampfenden Bad heraus und war nur mit einem Badetuch um die Hüften bekleidet. Interessiert betrachtete sie seinen Körper. Er war nicht schlank, eher bullig. Aber seine Haut war von unzähligen Narben gezeichnet, besonders auf seiner Bauchdecke. Sie sah aus, als wäre sie von einer Schrotladung zerfetzt worden. An seinem Hals erkannte sie eine Narbe von fast 20 Zentimetern Länge. Was war diesem Mann bloß zugestoßen?

„Willst du auch?" Seine Hand wies in Richtung Bad. „Wohin willst du mich verschleppen?" Er sah sie an, zögerte und sprach: „Ich weiß noch nicht. Du bist eigentlich die perfekte Tarnung für mich. Also mindestens bis Genua. Danach werden wir sehen, ob ich dich weiter brauche." „Aber ... aber ... das geht nicht! Meine Kinder erwarten mich. Ich habe sie für morgen eingeladen und ..." Er unterbrach sie. „Hör zu, ich kann auf deine Belange jetzt keine Rücksicht mehr nehmen. Die Kerle, die du auf der Treppe gesehen hast, sind seit Tagen hinter mir her. Und die sind von einem anderen Kaliber als die kleinen Bastarde eben. Die sind mindestens so gut wie ich, wenn nicht besser. Und wenn die mich kriegen, dann ist das, was ich vorhin mit dem miesen kleinen Scheißer gemacht habe, ein Spaziergang. Wie alt bist du? 45? O.k., nicht charmant, ich weiß. Aber das lässt den Schluss zu, dass deine Kinder nicht mehr gestillt oder ins Bett gebracht werden müssen. ICH brauche dich jetzt mehr als sie, glaub mir. Also, was ist jetzt mit der Dusche?" Sie überlegte kurz, nickte und hob die fixierte Hand. Er löste die Fessel. Sie zog sich im Bad aus, stellte sich unter die Dusche und war überrascht, wie gut ihr das warme Wasser tat. Sie seifte sich gründlich ein und ließ das Nass über ihre Haut perlen. Nach einigen Minuten wurde ihr bewusst, dass ihre Hand zwischen ihren Schenkeln lag und sie intensiv ihr Geschlecht rieb. Was war nur in sie gefahren? Sie hatte sich in Lebensgefahr befunden, war offenbar von einem Killer entführt worden und fuhr einer ungewissen Zukunft entgegen. Was brachte sie jetzt dazu, sich in dieser Art und Weise zu berühren?

Verwirrt stellte sie das Wasser ab und suchte nach einem Handtuch. Sie fand nur noch ein Kleines und verfluchte nicht zum ersten Male ihre sportliche Statur. An ihr wirkte ein normales Handtuch wie ein Waschlappen an einer dieser bulimischen Teeniegören aus den Modekatalogen. Sie war aber zu nass, um ihre Straßenkleidung anzuziehen. So bedeckte sie notdürftig ihre Blöße und trat wieder in das Abteil. Er hatte mit seinem Smartphone gearbeitet und hob den Kopf. Seit Ewigkeiten hatte sie sich nicht mehr SO einem Mann gezeigt und war in den letzten Jahren nur auf männliches Desinteresse gestoßen. Nichts anderes erwartete sie jetzt, aber …

Dieser Kerl wandte den Blick nicht ab. Er verzog nicht vor Widerwillen das Gesicht oder grinste hämisch. Nein, es war etwas, was sie nur noch schwach in Erinnerung hatte. Es war Verlangen. Einerseits fühlte sie sich geschmeichelt, war aber Realistin genug, um sich eines Irrtums gewiss zu sein. Andererseits … es war ein so unsagbar erregendes Gefühl, einmal wieder begehrt zu werden. Aber das konnte nicht echt sein. Der Kerl war auf der Flucht, wer weiß, wie lange schon. Das war keine Leidenschaft, das war einfach Notgeilheit. Nicht SIE war gemeint, sondern nur die beliebig austauschbare Öffnung zwischen ihren Schenkeln. Reserviert blickend strubbelte sie sich mit dem letzten Gästetuch durch das nasse Haar. „Genug gesehen? Oder hast du durch das Schlüsselloch geguckt?"

Er grinste, schüttelte den Kopf und tippte weiter auf dem Display des Telefons herum. Sie zog sich im Bad T-Shirt, Bluse und Slip an, auf die Hose verzichtete sie zunächst. Sie nahm im Sessel ihm gegenüber Platz und beobachtete ihn. Er schien sie völlig vergessen zu haben und seine Mimik spiegelte Sorge wider. Dann seufzte er, schloss das Programm und ließ sich auf die Couch zurücksinken. „Ich bin müde. Wir sollten etwas schlafen." Er nickte hin zu dem relativ breiten Bett. Sie zog die Augenbrauen hoch. „Zusammen?" „Siehst du noch ein zweites? Oder willst du draußen im Gang oder in der Dusche pennen?" „Und vermutlich wirst du mich wieder anketten?" „Logo. Schließlich kennen wir uns doch kaum."

Resigniert streckte sie den rechten Arm vor und er legte erneut die Fessel an. Diese fixierte er am

Bettrahmen und legte sich neben sie. Starr lag sie auf der Seite und lauschte sie seinen regelmäßigen Atemzügen. Sie würde keine Sekunde neben diesem Verbrecher schlafen und …

Sie erwachte von der ungewohnten Stille. Der Zug hatte angehalten. Vorsichtig sah sie aus dem Fenster, konnte aber kein Schild erkennen, das den Namen des Bahnhofs preisgab. Sie hatte sich zwar vorgesehen, aber ihre Bewegung hatte ihn doch geweckt. Er hatte sich aufgerichtet und blickte über ihre Schulter. „Könnte Frankfurt sein." Da klopfte es an der Tür. Er sprang auf, zog seine Waffe und trat an den Türspion. Er konnte nichts erkennen, der Gang war dunkel. Er trat auf die Seite neben den Türscharnieren und fragte: „Was gibt's?" Statt einer Antwort wurde die Tür aufgetreten und zwei Männer stürzten herein. Dem zweiten hieb er den Griff der Pistole auf den Hinterkopf, woraufhin dieser zusammenbrach. Dann wollte er die Waffe auf den anderen abfeuern, aber sie versagte. Der Erste, ein Kahlkopf, warf sich herum und zielte mit einer langläufigen Pistole auf den Mann. Alles lief wie in Zeitlupe ab. Sie hatte die leere Champagnerflasche mit den Fingern erreicht und schwang diese über dem Kopf des Einbrechers. Aus dem Augenwinkel hatte dieser die Bewegung bemerkt und schwenkte die Waffe in ihre Richtung. Dieser Moment der

Ablenkung reichte und der bislang Namenlose warf sich dem Feind entgegen. „Nicht mein Weib", stieß er hasserfüllt zwischen den Zähnen hervor und warf sich zwischen sie und den Lauf der gegnerischen Waffe. Überrascht zögerte der Angreifer und in diesem Augenblick krachte die schwere Flasche auf seinen Schädel. Sie hatte ihre Kraft und die Wucht des Schlages wohl unterschätzt. Das Glas zerbarst in einer kleinen Explosion und hinterließ eine klaffende Wunde auf dem blanken Schädel des Mannes.

Ihr Retter trat zu dem von ihr Niedergeschlagenen und sah auf ihn herab. Im Bruchteil einer Sekunde hatte er einen Fuß erhoben und ließ ihn auf den Kehlkopf des Bewusstlosen niedersausen. Mit einem grässlichen Knacken gaben die Knorpel nach und mit einem leisen Zischen endete das Leben des Angreifers. Sie hatte wieder entsetzt dieses Bild der ungezügelten Rohheit betrachtet und sah nun, wie er zu ihr ans Bett trat. Er tastete am Hals des Kahlkopfes herum und suchte nach dem Puls. Dann nickte er zufrieden. „Du hast zwar einen ganz schönen Wumms, aber er hat's überlebt." Er tätschelte das Gesicht des Ohnmächtigen. Dieser stöhnte und öffnete die Augen. Die beiden Männer führten eine hektische und leise Unterhaltung in einer ihr unbekannten Sprache. Dann wurde die Stimme des Kahlen lauter und hasserfüllt. Speichel sprühte aus seinem Mund und er versuchte, nach irgendetwas zu greifen, was ihm als Waffe dienen konnte. Sein Gegner beugte sich vor, nutzte die Angeschlagenheit des am Boden Liegenden aus und zischte durch die Zähne: „Ich sagte dir doch: NICHT … MEIN … WEIB!" Damit verdrehte er ihm den Kopf, bis das Genick mit einem trockenen Knacken brach. Augenblicklich sank der Kerl in sich zusammen.

Sie blickte ihn wie paralysiert an und ihr Entsetzensschrei blieb in ihrer Kehle stecken. Er sah sie lange an und flüsterte dann: „Weißt du, was er über dich gesagt hat? Er hat gesagt: *was willst du denn mit dieser alten Kuh – bist du so verzweifelt?* Das konnte ich nicht zulassen!" Er hatte den Kopf gesenkt. Der Zug war in der Zwischenzeit wieder angefahren und rauschte rhythmisch über die Schwellen. Sie wollte sich ihm nähern, wurde aber von der Handschelle zurückgehalten. „Wie … hast du … mich genannt?" Ihre Worte kamen unsicher und kaum hörbar über ihre Lippen. Sein Blick traf sie schräg von unten. „Als ob du es nicht genau verstanden hättest!" „Aber … aber warum?"

„Als du aus dem Bad kamst … ich … ich wäre beinahe direkt über dich hergefallen. Weißt du eigentlich, wie erregend schön ich dich finde?" Sie lachte bitter auf. „Schön? ICH? Wen willst du hier

148

verarschen? Ich weiß selbst, wie ich aussehe und …" In diesem Augenblick stand er neben ihr und seine Handfläche traf hart ihre Wange. Der Schlag schleuderte sie auf dem Bett herum. „WAG ES NIE WIEDER, so von dir zu reden. Wag es nicht. Du bist eine starke Frau. Du hast mein Leben verteidigt. Mich, einen völlig Fremden, der Dinge tut, die in dir Abscheu erwecken. Ich akzeptiere nicht, dass du klein gemacht wirst, weder durch Fremde, noch durch dich selbst. IST DAS KLAR?" Jetzt streichelte die gleiche Hand ihre Wange, die sie eben noch gemaßregelt hatte. Aber sie war weder zornig noch ängstlich nach dem Schlag. Seine Worte hatten etwas in ihr ausgelöst, seine Worte … und der Hieb. Mit einem Mal war in ihr die gleiche Hitze wie unter der Dusche und sie schlang den freien Arm um seinen Hals. Ihr Kuss war salzig feucht von den Tränen, die ihre Wangen herunterrannen. Sie hatte immer insgeheim davon geträumt, von so etwas wie … Verlangen … Hemmungslosigkeit…Wildheit … gepaart mit Lust.

Er löste die Handschellen und ließ seine Hände über ihren Körper gleiten. Sie erschauderte unter seinen Berührungen und suchte seine Nähe. Das war doch Wahnsinn, was sie taten. Aber warum fühlte es sich dann so richtig, so gut an? Er entkleidete sie vorsichtig mit den Worten: „Du hast ja nichts zum

Wechseln", was ihr ein Lächeln entlockte. Ihr Liebesspiel begann zärtlich und langsam, nahm aber schnell an Leidenschaft und Heftigkeit zu. Er nahm sie mit heftigen Stößen, als sie keuchend hervorpresste: „Fick mich, bitte … hart!" Er zog sich aus ihr zurück und blickte sie erstaunt an. „Nicht aufhören", wimmerte sie verzweifelt. Das Rattern des Zuges über Schwellen und Weichen übertönte die Lustschreie der Frau und im Zwielicht des Abteils glühten ihre Wangen.

Sie hatte so viel davon gehört, gelesen … alles hatte sie erschreckt. Sie hatte Abscheu und Ablehnung erwartet. Doch … was hatte er getan? Sie fühlte sich ausgeliefert, in Besitz genommen, unterworfen … und doch tat es so gut und er durfte in keinem Falle aufhören.

Sie war wie von Sinnen und entschied von einem Moment zum anderen, dass diese Wohltat, diese Erweckung, dieser Grenzgang, nicht unbeantwortet bleiben durfte. So warf sie sich herum, zog ihn zu sich herab und zeigte ihm, wie sehr sie ihn wollte. In völliger Erschöpfung sank sie anschließend neben ihm nieder.

Erst jetzt wurde ihr bewusst, dass neben dem Bett die Leichen der beiden Angreifer lagen. Seltsam, wie wenig sie das jetzt berührte. Erschöpft, befriedigt, unendlich entspannt schlief sie ein — in Löffelchenstellung an den Fremden ohne Namen gepresst.

Sie wurde von der Dissonanz eines digitalen Weckers aus dem Schlaf gerissen. Der Wecker zeigte an, dass es sechs Uhr am Morgen war. Sie sah sich in dem Abteil um, riss die Tür zum Bad auf … er war nicht mehr da! Und die Leichen der Killer auch nicht! Das konnte, das DURFTE nicht sein! Nicht nach dieser Nacht! Wo war er? Verstört blickte sie sich nochmals im Abteil um, aber es schwebte nur noch sein Duft im Raum. Da entdeckte sie auf dem Boden ein Blatt Papier. Sie hob es auf und hatte Mühe, die Schrift zu entziffern.

„Mein Weib, ich musste gehen. Verstehst du? Ich MUSSTE, ich wollte es nicht. Die fremden Agenten sind noch immer hinter mir her. Und sie dürfen nichts von dir wissen. Damit hätten sie mich in der Hand. Ich wäre verwundbar, wenn sie von dir wüssten. Ich muss mich von dir fernhalten. Aber ich habe deinen Namen und deine Adresse, ich habe in deiner Handtasche geschnüffelt, verzeih. So weiß ich, wie ich dich erreichen kann. Wenn du in Gefahr sein solltest, inseriere in der FAZ in den Immobilien ein Gesuch: Drei-Zimmer-Wohnung in Düsseldorf

gesucht, für Solistin der Deutschen Oper am Rhein. Ich werde dann kommen und für dich da sein.

Wenn der Wecker klingelt, hast du noch 20 Minuten Zeit. Dann bist du in Basel. Im Kopfkissen findest du Geld für die Heimfahrt und ein Schächtelchen mit einem Ring. Bitte bewahre ihn für mich auf, bis wir uns wiedersehen. Die Typen? Die liegen in einem anderen Abteil. Mach schnell und achte darauf, dass du nichts vergisst.

Ich werde dich finden, mein Weib. Ich weiß nicht, wann. Aber wenn ich das alles hinter mir habe, werde ich eines Tages vor deiner Tür stehen … und nicht mehr weggehen, wenn du mich dann noch willst.

Georg

Die Tränen schossen in ihre Augen und sie suchte in ihrer Handtasche nach einem Taschentuch. Da fühlte sie ihr Handy vibrieren. Sie las auf dem Display eine Whatsapp-Nachricht ihrer Kinder: *Sind gegen 10 Uhr da, Mama. Sollen wir Brötchen mitbringen?*

Diese Situation war so surreal, so irre. Durch den Lautsprecher des Abteils erklang eine neutrale Stimme: *Verehrte Fahrgäste, wir haben soeben die*

Schweizer Grenze passiert. Bitte halten Sie Ihre Ausweise bereit. Die Passkontrolle erfolgt in Basel, das wir in 3 Minuten erreichen.

Irgendwie war sie sicher, dass sie ihn wiedersehen würde ... irgendwann. Für einen erneuten Grenzgang, bei dem sie ihn dann für immer begleiten würde ...

Dolles Ding ist Achims aktuellstes Lied, das ich zu einem Krimi verarbeitet habe. Warum? Weil ich mir gedacht habe: da ist noch etwas offen, etwas ist nicht zu Ende erzählt. Nicht, dass ich damit das Lied kritisieren würde. Ganz im Gegenteil, ich finde, es ist mit seiner Instrumentierung für mich eines seiner besten. Aber es mag wohl den verschlungenen Gängen meines Krimi-Hirns geschuldet sein, dass mir bereits nach einmaligem Hören eine Variante der Handlung einfiel. Als Reminiszenz an einen Künstler, den ich sehr verehre, habe ich Achim selbst in der Geschichte auftreten lassen. Wir kennen uns bislang nicht persönlich, aber ich habe mit aller gebotenen Vorsicht Einiges im Internet recherchiert und zum Teil der Handlung werden lassen … neben meinen eigenen Wahrnehmungen, denn seine Musik begleitet mich seit fast 40 Jahren.

DOLLES DING

00.15 Uhr. Die Bundestraße 431 war menschenleer. Welche Form der Mond hatte, war wegen der geschlossenen Wolkendecke nicht zu erkennen. Das einzige Licht, dass die Schwärze wie Laserschwerter durchdrang, waren die Scheinwerfer von Achims

Auto. „Finster wie im Bärenarsch", dachte er bei sich. Das Clubkonzert in der *Bar 63* in Glückstadt war gut gelaufen. Mit fast 50 zahlenden Gästen war das Haus brechend voll gewesen und wäre beinahe aus allen Nähten geplatzt. Seine beiden Musikerkollegen waren unmittelbar nach den Zugaben aufgebrochen. Er selbst hatte sich noch einen Kaffee gegönnt und sich dann auf den Weg gemacht. Der sogenannte „Afterglow" mit seinen Fans hatte ihm nie so recht behagt und mit zunehmendem Alter war er eher noch eigenbrötlerischer geworden. Gewiss, die Rampensau war noch Teil seines Wesens, aber nach dem Konzert war's dann auch gut. Die vielen Jahrzehnte Erfahrung in der Musikbranche hatten gezeigt, dass es gerade solche kleinen Gigs waren, mit denen man perfekt die Wirkung eines neuen Albums auf die Zuhörer testen konnte. So war schon mancher Titel aus der Playlist rausgeflogen, nachdem der Applaus eher verhalten erklungen war.

Müde rieb sich Achim über die Augen. Sie brannten vom Starren in die Scheinwerfer, die ihn während seines Auftritts ins rechte Licht gerückt hatten. Hätte er doch lieber in Glückstadt übernachten sollen? Aber nein, am nächsten Morgen, früh um 10 Uhr, hatte sein Management einen Promo-Termin bei einem Lokalsender ausgemacht. Und in den morgendlichen Berufsverkehr nach Hamburg rein, das wollte er sich nicht antun. Zum Glück hatte er beim Anlassen des Wagens noch den Verkehrsbericht mitbekommen. Da war durchgegeben worden, dass die A23 diese Nacht wegen umfangreicher Baumaßnahmen auf einer Strecke von 14 Kilometern gesperrt worden sei. Also bekam das Navi den Befehl, Autobahnen zu meiden.

Er war völlig allein auf der Straße. Kein entgegenkommendes Fahrzeug, kein vorausfahrendes Auto … nur die Monotonie einer unendlich scheinenden Landstraße. Und jetzt kam auch noch etwas Bodennebel auf, wie in einem alten Edgar Wallace Film. Achim überlegte, ob ihn vielleicht etwas Musik wachhalten würde. Nee, seine eigene von heute Abend reichte aus. Er wollte seinen Ohren eine Pause gönnen. Leise summte er seinen Favoriten des neuen Albums vor sich hin, den „St. Georgs-Blues". Seine Finger trommelten den sanften Rhythmus auf dem Lenkrad mit. Ob er das Intro vielleicht doch mit einem weiteren Riff markanter machen sollte? Vor seinem geistigen Auge entstand das Bild der Souterrain-Kneipe im namensgebenden Stadtteil St. Georg, wo er in seiner Jugend oft und gerne abgehangen hatte. Die Reeperbahn … das war was für die Touristen. Er selbst und seine Jungs waren lieber in dem Arbeiterstadtteil St. Georg untergetaucht und hatten dort das pralle Hamburger

Leben gespürt. Menschliche „Unikümer" bevölkerten diese Wirtschaften: Tagelöhner aus dem Hafen, Fischer, Werftarbeiter, Nutten mit ihren Luden, Ladenbesitzer auf der Flucht vor ihrer kreischenden „Olschen" und vieles mehr. Manche von diesen Originalen hatten Einzug in seine Lieder gehalten – zumindest in die, die er selbst geschrieben hatte. Da kam ihm die Zeit der Zusammenarbeit mit Jörg in den Sinn ... Jörg, der so wunderbar mit der deutschen Sprache umgehen konnte, der einen poetisch-pornographischen Lyrikstil geprägt hatte, der ihm, zugegebenermaßen, einige seiner größten Hits beschert hatte – und der sich dann aus irgendeinem nicht nachvollziehbaren Grund entschlossen hatte, seinem Leben durch einen Spaziergang auf einer Münchener Autobahn ein Ende zu setzen. Die Nachricht hatte Achim damals völlig aus der Bahn geworfen ...

AUS DER BAHN? Was machte er hier auf der linken, der Gegenspur? Ruckartig riss er das Steuer herum. Schlingernd fuhr der Wagen wieder auf die richtige Fahrbahn und Achim atmete schwer durch. Das war er also wohl gewesen, der vielzitierte Sekundenschlaf. Er schüttelte heftig den Kopf und öffnete das Fenster. Vielleicht würde ihn die frische, kühle Nachtluft doch so lange wachhalten, bis er wieder in bewohntes Gebiet kommen würde. Zur Not

157

würde er dann eben eine halbe Stunde auf einem Supermarktparkplatz die Augen zumachen.

Im Lichtkegel des Scheinwerfers tauchte ein Ortsschild auf: Heist! Nee, hier würde er nicht anhalten. Sooo weit war es ja nun auch nicht mehr bis Hamburg. Am Ortsausgang trat er wieder aufs Gas und fuhr zügig weiter in die allumfassende Schwärze. Der Nebel war jetzt noch dichter als zuvor und eigentlich war es unvernünftig, die Höchstgeschwindigkeit rauszukitzeln. Aber Achim spürte, dass er nicht mehr lange durchhalten würde.

Ein Hinweisschild kündigte an, dass in zwei Kilometern Entfernung eine Straße nach links zur Luftwaffenkaserne in Appen abzweigen würde. Mit Grauen erinnerte er sich in diesem Augenblick an seinen Wehrdienst, der seine gerade auf einen Höhepunkt zusteuernde Musikerkarriere abrupt unterbrochen hatte. Gefreiter Achim hatte in Flecktarn durch die Lüneburger Heide robben, exerzieren und Wachdienst schieben müssen ... und sich immer wieder von den Vorgesetzten triezen lassen. Er sei doch Musiker, warum er dann nicht zum Heeresmusikkorps gehen würde. Und überhaupt, die langen Haare, seine ganze Einstellung, seine lasche Haltung gegenüber der Truppe ... aber sie würden aus ihm noch einen richtigen Mann machen. Sie hätten schon ganz andere kleingekriegt.

Und wieder zuckte Achim zusammen, denn er hatte erneut den Mittelstreifen überquert und befand sich zur Hälfte auf der Gegenspur. Er schickte ein stummes Dankgebet gen Himmel und meinte, ein ebenso stummes „Da nich für" von einem Schutzgeist zu hören.

Erneut schweiften seine Gedanken ab. Er sah sich in unmöglicher Kleidung aus der Flower-Power-Zeit der End-Sechziger bei einer Fernsehaufzeichnung wild mit einem Besen hantieren, seine Wonderland-Zeit. Dann, völlig unchronologisch, lächelte er kreischenden, pubertierenden Mädchen zu, seine Zeit als Teenie-Tröster bei den Rattles. Ebenfalls sah er sich, in Ehren ergraut, auf einem Fahrrad durch Hummelsbüttel radelnd. Dann wieder, mit deprimiertem Gesicht, vor den verschlossenen Türen des Pleite gegangenen Star-Clubs. Ihm begegneten Personen aus seiner Vergangenheit: James Last, Udo Lindenberg in seiner Phase als Drummer bei Doldingers Passport, Les Humphries und viele Andere.

Da, mitten in der „Pampa", auf der einsamsten Landstraße der westlichen Hemisphäre ... da leuchtete mitten in der Nacht eine rote Ampel auf.

Eine rote Ampel? Was sollte DAS denn? So ein Quatsch! Ach ja, eine Einweg-Strecke von nicht mal 100 Metern. Auf Kilometer hinaus konnte er sehen, dass kein Gegenverkehr kam. „Dolles Ding", dachte sich Achim. Jetzt hier vielleicht 5 Minuten warten? Für nix? Kurzentschlossen lenkte er den Wagen nach links und ignorierte das Verkehrszeichen. Er trat nochmals auf das Gaspedal, um die Engstelle möglichst zügig zu durchfahren. Ein Glück, dass er den Mercedes Viano mit der stärksten Maschine gewählt hatte. Sportliches Fahren ging zwar anders, aber so konnte er wenigstens sein Equipment unterbringen.

Er mochte vielleicht einen halben Kilometer gefahren sein, da geschah es. Ohne, dass er einen Autoscheinwerfer bemerkt hätte, sah er im Rückspiegel und in der Reflexion seiner Windschutzscheibe ein Blaulicht aufblinken. „Das ist ja echt 'nen dolles Ding! Wo kommen denn die auf einmal her?", dachte er bei sich. Noch trug er sich mit der Hoffnung, dass die Bullen auf einer Einsatzfahrt waren, die gar nichts mit IHM zu tun hätte. Weit gefehlt! Das Fahrzeug überholte ihn, setzte sich vor Achims Van und bremste deutlich ab. An einer Einbuchtung „right in the middle of nowhere", brachte ihn der VW-Transporter in dunklem Grau zum Stehen. Seltsam, das war doch keine offizielle Streife! Ein Zivilfahrzeug, mit magnetischem Blaulicht auf dem Dach? Nein, die beiden Typen, die aus dem T5 ausstiegen, trugen weder Zivil noch eine Polizeiuniform … sie trugen militärische Kleidung mit Fleckentarnung. Einer von den beiden hob eine Maschinenpistole an die Hüfte und zielte auf die Frontscheibe von Achims Wagen. Der andere trat an die Fahrertür und klopfte mit behandschuhtem Finger gegen die Scheibe. Aufstöhnend ließ Achim das Fenster herunter.

„Schönen guten Abend, oder besser guten Morgen, der Herr. Sie können sich sicher denken, weshalb wir Sie angehalten haben, nicht wahr?" Die tiefe Stimme des Mannes klang nicht unangenehm, aber doch sehr belehrend. Achim erwiderte: „Entschuldigen Sie bitte, aber schauen Sie doch mal auf die Uhr. Ich komme aus Glückstadt und muss nach Hamburg. Auf der ganzen Strecke ist IHR Wagen das einzige Fahrzeug, das mir begegnet ist. Sicher, war nicht richtig mit der Ampel … aber können Sie nicht Gnade vor Recht ergehen lassen? Ist doch wirklich niemand gefährdet worden." Mit hochgezogenen Augenbrauen schüttelte der Beamte, den eine besondere Kennung an der Schulter als Militärpolizisten auswies, den Kopf. „Ihre Fahrzeugpapiere und den Führerschein bitte." Achim gab ihm beides. Konzentriert schaute der Polizist sich die Daten an und verglich das Bild auf der Führerscheinkarte mit dem Gesicht des Fahrers, indem er mit einer Stablampe Achim mitten ins Gesicht leuchtete. Geblendet hob der Musiker die Hand vor die Augen. Als die Lampe gesenkt worden war, bemerkte Achim, wie sich die beiden Männer mit den Augen irgendwelche Signale gaben.

„Sagen Sie mal, dürfen Sie mich überhaupt kontrollieren? Ich meine, Sie sind doch Militärpolizisten und ich befinde mich hier doch ganz sicher nicht auf Bundeswehrgelände. Und …" „Steigen Sie doch bitte mal aus, Herr Reichel, aber ein bisschen plötzlich!" Der Sprecher hatte die Fahrertür aufgerissen und sein Kollege hatte sich bedrohlich neben ihm positioniert. „Der Penner zickt ganz schön rum, was, Klaas?" Sprachlos ob der Schärfe in der Stimme, stieg Achim aus. Ohne Ansatz holte der bislang Stumme kurz mit der Maschinenpistole aus und rammte dem überraschten Gegenüber die Schulterstütze mit Wucht in den Magen. Zischend fuhr Achim die Luft aus den Lungen und er klappte in der Körpermitte zusammen. Er schaffte es gerade noch, sich mit einer Hand auf dem Boden abzustützen.

Der Musiker sah Sterne vor den Augen und ihm war schlecht. Der Typ hatte ihn kalt erwischt. Die beiden Gauner flüsterten miteinander, aber Achim konnte nichts verstehen. Durch den Schock war er irgendwie taub und hörte alles wie durch Watte. Dann wurde er von den Kerlen unter den Achseln angepackt und aufgerichtet. Der mit der MP holte einen Kabelbinder hervor und fixierte Reichels Handgelenke auf dem Rücken. Als dieser erneut protestieren wollte, stopfte ihm der andere Mann einen Stofflappen in den Mund. Mit weit aufgerissenen Augen beobachtete er die folgenden Geschehnisse.

Der „MP-Mann", der von seinem Partner mit Hauke angesprochen worden war, trat dem Musiker in die Kniekehlen, sodass dieser wieder zu Boden sank. Der Mann mit dem Namen Klaas holte mehrere große Taschen aus der Heckklappe des Militärfahrzeugs, setzte sich in den T5, rangierte ihn zurück auf die Gegenspur und gab dann Vollgas. Mit aufjaulendem Motor raste er auf den Fahrbahnrand zu, jagte durch die begrünte Böschung und kam dann zwischen Bäumen zum Stehen. Alle Lichter wurden gelöscht und dann kehrte der Mann zu dem Mercedes und den beiden Wartenden zurück. „Pass auf, Hauke, wir packen den Burschen jetzt in seinen Wagen, laden die Beute ein und fahren weiter. Ben wird ganz sicher auf uns warten."

Gesagt, getan! Unsanft wurde Achim auf die hintere Sitzbank gestoßen, die Kerle warfen seine

Instrumente in den Straßengraben und deponierten die Gepäckstücke stattdessen im Kofferraum. „Vielleicht nutzt der Penner uns ja noch als Geisel etwas ... falls wir in eine Polizeisperre kommen." Hauke stimmte seinem Kumpan kopfnickend zu. „Aber die Uniformen behalten wir an. Wer weiß, wozu das noch gut ist."

Klaas setzte sich ans Lenkrad und fuhr zügig weiter. Hauke zündete für beide eine Zigarette an und nahm selbst einen tiefen Zug. Wohlig stöhnte er auf. Dann vernahm er Würgegeräusche von der Rückbank. „Schau mal nach, was mit dem Spacken ist. Nicht, dass der uns hier noch abkratzt!" Hauke folgte der Anweisung und entfernte den Knebel aus Achims Mund. Gierig sog dieser die Luft tief in seine Lungen, bevor er krächzend etwas sagte. „Sagt mal, geht's euch noch gut? Was soll der Scheiß? Wollt ihr Kohle? Ich hab nichts dabei, höchstens 50 Euro." Hauke grinste selbstgefällig. „Kohle haben wir selbst genug. Deine jämmerlichen paar Piepen brauchen wir nicht." „Und worum geht es dann?" Klaas sah seinen Gefährten von der Seite an. „Sollen wir's ihm sagen?" Hauke nickte heftig und Klaas begann voller Stolz zu erzählen: „Tja, das ist so 'ne Sache! Die Uniformen sind keine Attrappe, die sind echt ... genau wie wir. Wir sind Militärpolizisten und in der Marseille-Kaserne stationiert. Weißt du, der Verdienst als Berufssoldat ist nicht eben üppig. Selbst die Zulagen für Auslandseinsätze sind lächerlich. Wir haben unseren Arsch hingehalten ... im Kosovo, in Afghanistan, am Horn von Afrika. Haukes Ehe ist darüber kaputt gegangen und meine Freundin hat es auch nicht mehr ausgehalten zu warten – ob ich heil zurückkommen würde. Vater Staat meint es nicht gut mit seinen Helden und wir haben überlegt, was wir dagegen unternehmen könnten. Und dann haben wir durch Zufall in einer Kneipe mitbekommen, dass in Heist was laufen sollte. Du kannst doch Englisch, oder?" Achim nickte. Warum nur, dachte er, erzählen die Kerle mir so haarklein die ganze Story? Doch nur, wenn die mich „entsorgen" wollen ...

Klaas fuhr fort: „Nun, Heist ist der Ort und das Wort gibt's auch im Englischen. Bedeutet Raubüberfall. Klasse Duplizität, dieses Wortspiel, was? Aber weiter: die haben in der Nähe von Heist ein internationales Golfturnier organisiert, mit Benefizcharakter. Jedenfalls haben große Firmen Preise und Geld gestiftet und die Raiffeisenbank in Heist hat als Hauptsponsor auch die finanzielle Organisation übernommen. Der stellvertretende Filialleiter hat in der Dorfkneipe wie zehn nackte Neger mit den Promis angegeben, die da auftauchen sollen: Boris Becker, Liam Neeson, Kate Moss, der Ministerpräsident. Und ihm ist außerdem rausgerutscht, wann der Geldtransport die Kohle anliefert. Tja, und den haben wir uns geschnappt. Alles hat wie am Schnürchen geklappt und wir sind nun um 5.000.000 Euro reicher." Hauke räusperte sich. „Ganz geklappt? Naja, und was ist mit dem Wachmann?" Klaas fuhr seinen Kompagnon an: „Wer hat den Idioten denn aufgefordert, den Helden zu spielen? Für die paar Kröten … und jetzt ist er tot. Selber schuld."

Jetzt platzte es aus Achim heraus: „Und warum erzählt ihr mir den ganzen Coup? Bin ich jetzt auch ein Kollateralschaden?" Klaas grinste. „Nur, wenn du auch ein Held sein willst. Du bist eine zufällige, höchst willkommene Versicherung. Wenn irgendjemand den Raub beobachtet haben sollte, kann es sein, dass die Bullen bald nach unserem Wagen fahnden. Aber auf deine Karre kommt so schnell keiner. Ehe du vermisst wirst, sind wir schon längst außer Landes." „Und wie? Die Flughäfen sind doch als erstes dicht!" Überheblich lächelte Klaas. „Ach, weißt du, hätten wir fliegen wollen, hätten wir uns einfach in der Kaserne eine Maschine geklaut. Nein, wir haben was viel Besseres. Aber jetzt Schluss mit dem Geschwafel. Ich drück auf die Tube, damit Ben nicht auf uns warten muss."

Die weitere Fahrt verlief schweigend. Lediglich zur vollen Stunde schalteten sie das Radio an und lauschten, ob schon irgendwas von dem Überfall bekannt geworden war. Achim dachte krampfhaft nach. Er war doch immer so „plietsch" gewesen, warum war er auf die Typen reingefallen? Oder warum war er zu „kniepig" gewesen für ein vernünftiges Hotel? Er hätte es sich doch problemlos leisten können und dann wäre ihm diese Scheiße hier erspart geblieben.

Zwischenzeitlich hatten sie die Hamburger Stadtgrenze erreicht. Sie passierten Planten und Blomen, streiften St. Pauli und die Speicherstadt und überquerten die Norderelbe über die Freihafenbrücke. Jetzt zog Hauke ein Smartphone hervor und tippte etwas. Kurz darauf vernahmen die Insassen eine Stimme, die Anweisungen für die Weiterfahrt gab. Der Wagen näherte sich jetzt einem Bereich, den Achim als „echter Hamburger Jung" gut kannte. „SIE HABEN IHR ZIEL ERREICHT", verkündete die emotionslose Frauenstimme der Navigations-App. Der Viano stand auf einem kleinen Feldweg an der Kattwykstraße. Rechter Hand war das riesige Zollverschlussgelände, auf dem mehrere tausend PKW auf ihre Verschiffung in die ganze Welt warteten. Linker Hand lag, verdeckt von einem schmalen Grüngürtel aus Bäumen und Sträuchern, die Süderelbe. Achim wurde aus dem Wagen gezerrt und musste hinter den beiden Entführern her stolpern, bis sie das Ufer erreicht hatten. Hauke hielt ihn weiter mit der MP in Schach, während Klaas die restlichen Taschen aus dem Fahrzeug holte.

„Und jetzt?" Achim wurde es wieder übel. Hatte jetzt sein letztes Stündlein geschlagen? Klaas antwortete: „Was glaubst du? Dass wir dich über den Haufen knallen? Was hätten wir davon? Wenn du jetzt keine Zicken machst, kommst du mit heiler Haut davon. Ganz einfach." Der Musiker begehrte auf. „Ach nee, und der Wachmann vom Geldtransport? Ihr habt doch bewiesen, dass ihr über Leichen geht. Warum sollte ich euch trauen?" „Weil du erstens gar keine andere Wahl hast und zweitens war das mit dem kleinen Banken-Gardisten ein Unfall. Und jetzt halt die Klappe!" Reichel hielt es für geboten, dem Befehl Folge zu leisten. Klaas hob ein Fernglas an die Augen und spähte nach Süden. Dann gab er mit seiner Stablampe ein Lichtsignal.

Der Hamburger Hafen schläft nie, sagte man. Daher war auch zu dieser frühen Morgenstunde emsige Betriebsamkeit zu bemerken, auf dem Wasser, an den Kais, in den Hallen entlang der Elbe. Drei Minuten nach dem Lichtsignal war über das Grundrauschen des Hafenlärms ein hochfrequentes

Brummen zu vernehmen. Dann sahen sie es: ein Schlauchboot mit einem festen Aluminiumrumpf, ein sogenanntes RIB, hielt mit hohem Tempo auf sie zu. Am Steuer stand ein schwerer Mann mit dunkelblauem Troyer und blauer Wollmütze. Er steuerte das Boot ans Ufer und der Bug schob sich knirschend auf den Sand. Die Räuber begrüßten ihren Kumpan Ben, denn um niemand anderen handelte es sich, mit Handschlag und luden die Taschen ins Boot. „Macht hinne, Jungs. Und was ist mit dem?" Mit dem Kinn wies Ben in Achims Richtung. Klaas trat auf Achim zu, während Hauke bereits in das RIB geklettert war. „Zeit, Abschied zu nehmen, mein Bester. Alles Schöne geht auch mal zu Ende. Dir ist klar, dass wir dich nicht so einfach losmachen können, nicht wahr? Ein wenig Zeit brauchen wir noch, um aus der Elbe rauszukommen." Er fixierte nun auch Achims Knöchel mit einem Kabelbinder und warf das Handy des Musikers in weitem Bogen in den Fluss. Der Entführer half Achim, sich in den feuchten Sand niederzusetzen. Dann öffnete er den Knopf der Brusttasche von Achims Hemd und steckte ihm einen Aufnäher hinein, ein Wappenschild mit einem Stern und dem Bundesadler in der Mitte. „Souvenir", meinte Klaas und tätschelte Achims Kopf. „Wie sagt man eigentlich zum Abschied? Bei dir doch wohl am besten Aloha heja he, nicht wahr? Oder meinst du,

169

ich hätte dich nicht erkannt ... SPIELER!" Dann versetzte er dem Gefangenen mit der Stablampe einen heftigen Schlag auf den Schädel, der Achim bewusstlos umsinken ließ. Die nachfolgenden Tritte in seinen Bauch und gegen seinen Kopf bekam er zum Glück nicht mehr mit. Laut lachend schob Klaas das RIB vom Strand weg, sprang hinein und mit laut aufheulendem Motor jagte das Fahrzeug in Richtung Norden davon.

Achim taumelte durch einen diffusen Wust von Träumen, Alpträumen und Wahnvorstellungen.

Als er langsam wieder zu Bewusstsein kam, war das Erste, was er erblickte, ein typischer Beistellschrank eines Krankenhauszimmers. Er nahm wahr, dass jemand neben seinem Bett saß und seine Hand hielt. Er erkannte die Stimme, es war Heidi. Leise stöhnte er und sie richtete sich ruckartig auf. „Ein Glück, du wirst wach, Achim. Wir haben uns solche Sorgen gemacht. Wie geht es dir?" Müde winkte er ab und ließ den Kopf wieder ins Kissen sinken. Soso, im Krankenhaus war er also. Dann waren die beiden Gangster sicher schon meilenweit entfernt. Mühsam krächzte er: „Hat man sie erwischt? Klaas und Hauke? Die Bankräuber?" Durch leicht geöffnete Augen sah er in Heidis verständnislos blickendes Gesicht. Erschöpft schloss er die Augen wieder. Eine

Ärztin betrat das Zimmer und führte ein leises Gespräch mit Heidi. Achim verstand nur Wortfetzen: „vermutlich Sekundenschlaf ... Zehntelsekunde ... zum Glück keiner entgegen ... mitten in der Nacht ... Landstraße ... gegen einen Baum ... von der Straße abgekommen ... leichte Amnesie ... gibt sich wieder ... verschobene Realität ... Wahrnehmungs-störungen"

Dann war das alles nur ein böser Traum gewesen? Er hatte also einen Unfall gehabt und die ganze Story nie wirklich erlebt? Das konnte doch gar nicht wahr sein! Das war doch alles real gewesen, die Schläge, der Tathergang, das Boot an der Elbe, der nasse Sand unter seinem Hintern ... das alles konnte er sich doch nicht einfach zusammen fantasiert haben.

Aber es war wohl doch so! In den folgenden Stunden erwachte er immer wieder, wurde klarer im Kopf und blieb auch länger wach, sodass Heidi ihm den ihm unbekannten Hergang erzählen konnte. Man hatte ihn in seinem Wagen gefunden, eingeklemmt, die Front von einem Baum zerquetscht. Seit drei Tagen lag er hier in der Klinik in Altona, im künstlichen Koma. Er hatte mehrere Brüche, eine schwere Gehirnerschütterung und eine Milzruptur. Die Ärzte hatten Großartiges geleistet und unter Tränen berichtete Heidi, dass er wieder ganz gesund werden würde. Diese Neuigkeiten waren etwas zu viel auf einmal für Achim und er bat um ein wenig Ruhe. Heidi nickte und sagte, dass sie selbst einmal zur Toilette müsse.

Achim verspürte einen widerlichen Geschmack im Mund. Er tastete mit der linken Hand auf dem Beistelltisch herum auf der Suche nach einer Wasserflasche. Aber er fand nichts und versuchte, die Schublade zu öffnen. Vielleicht lag da ja was drin, ein Pfefferminz oder sowas, schoss es ihm durch sein gequältes Hirn. Er tastete weiter und fühlte etwas. Er holte den Gegenstand aus dem Kasten und hielt ihn sich nah vor die Augen, da er immer noch alles sehr undeutlich sah, wie durch einen Schleier.

Als Heidi das Krankenzimmer wieder betrat, lag Achim mit weit aufgerissenen Augen zitternd auf dem Bett. Auf seiner Brust lag ein schildförmiges Stoffemblem, mit einem Stern und dem Bundesadler in der Mitte …

Als ich das erste Mal den Titel *Mama Stadt* hörte, musste ich sofort an meine Heimatstadt Düsseldorf denken. Achim beschreibt in dem Lied die bunten Lackfassaden, die kalten Winde, die durch die Leben von Entwurzelten wehen, aber auch der unbändige Wille zum Überleben, zum Weitermachen … und so sehe ich mein Düsseldorf. Diese Sicht teile ich mit einem Künstler, der ebenso wie ich, diese Stadt zum Zentrum, zur Grundlage seines Schaffens gemacht hat: Holger Stoldt. Gemeinsam mit seiner Frau Susanne zeichnet er auf seine unnachahmliche Art seine Sicht der *Mama Stadt* Düsseldorf, die uns in unserem Werk quasi geboren hat. So war es naheliegend, dass ich eines Tages auch einmal meine Freunde Susanne und Holger in einer fiktiven Geschichte verewige, mit großem Respekt vor ihrer Arbeit und der Hoffnung, dass wir noch lange zusammenarbeiten werden. Verfolgen Sie diese fiktive Geschichte aus Düsseldorf …

MAMA STADT

Francesca fluchte leise in sich hinein. „Porca miseria", sie verfiel dann immer gerne ins Italienische, „was mache ich eigentlich hier? Ich bin diplomierte Agrarwissenschaftlerin und arbeite an meiner Doktorarbeit. MUSS ich mich mit diesen Idioten rumschlagen?" Mit „diesen Idioten" war eine

Gruppe jungdynamischer Vertriebsspezialisten des Reuter-Versicherungskonzerns gemeint, die gemeinsam mit ihr als Guide ihren erfolgreichen Jahresabschluss feierten. Man hatte sich im Stammsitz des Mutterkonzerns nicht lumpen lassen und den Herren ein Wochenende in der rheinischen Metropole Düsseldorf spendiert, natürlich mit entsprechendem Programm. Dazu gehörte auch eine „Schnitzeljagd" per Segway, die Francesca heute leiten musste.

Gemeinsam mit einer Personalsachbearbeiterin des Unternehmens hatte sie eine Route und den Fragenkatalog ausgearbeitet. Die Herren würden sich vier Stunden bequem durch die Stadt bewegen, bestaunt von Passanten, und dabei Sehenswürdigkeiten und Kuriositäten kennenlernen. Das Dumme war nur, dass die Gruppe bereits am gestrigen Freitagabend im Hyatt Hotel eingecheckt und den Abend sowie Teile der Nacht in der Altstadt verbracht hatte. Francesca hatte pünktlich um neun Uhr mit dem Transporter vor dem Hotel gestanden, aber die mehr oder weniger verkaterten Verkaufsgenies trudelten mit einer halben Stunde Verspätung ein. DAS würde noch auf die Rechnung kommen, schwor sich die Halbitalienerin.

Mit dem Fortgang der Tour erwachten auch die Lebensgeister der Gruppe und immer lautstarker wurde das gegenseitige Anfeuern und Provozieren. Gegen Mittag war kaum noch einer bereit, die sorgsam ausgearbeiteten Aufgaben zu erledigen. Jeder Vertriebler hatte sein Notepad dabei und vor sich auf den Segway geschnallt, um dort Teile der Route und die Herausforderungen abzulesen. Nach dem großen Rundkurs über Rheinufer, Kaiserswerth, Theodor-Heuss-Brücke und Oberkassel war man mittlerweile wieder am Burgplatz angekommen und entgegen der Planung stürzten sich einige Teilnehmer sofort auf ein paar freie Plätze im Biergarten des „Goldenen Ring". Dem Köbes wurde ein volles Tablett Altbiergläser entrissen, großzügig mit einem Hunderter bezahlt und sofort von dem „dämlichen Dutzend", wie Francesca sie im Tourverlauf getauft hatte, geleert. Hier war eigentlich der Punkt, an dem sie die Tour hätte abbrechen müssen, Thema Alkohol, aber wie sollte sie dann die 13 Segways wieder zum Transporter im Hafen bekommen? Notgedrungen machte sie gute Miene zum bösen Spiel, verweigerte aber konsequent das angebotene Bierglas.

Erstaunlicherweise war der Trupp nach dem einen Bier bereit, die Tour zu einem guten Ende zu bringen. Dem stand noch der Weg durch den Medienhafen bevor. Vorbei am Rheinturm, dem WDR, den Gehry Bauten führte der Weg in den verbleibenden Rest des Industriehafens. Nach den mondänen neuen Wahrzeichen der Landeshauptstadt war dieser Kontrast hart und ernüchternd. Über eine Hubbrücke näherte man sich dem öffentlichen Golfplatz auf der Lausward ...

Holger Stoldt fluchte. Dabei war er froh, dass der ihn umgebende Baulärm seinen Ausbruch übertönte. Verärgert drückte er einen Knopf auf der Fernbedienung, die in seinen Händen lag. Dann legte er den Kopf in den Nacken und suchte den Himmel nach dem Objekt seiner Begierde ab, seinem Gyrokopter mit der integrierten Kamera.

Seit Jahren war er in der Stadt am Rhein als angesehener Kultur- und Szenefotograf bekannt und geschätzt. Aber einer seiner wesentlichen Charakterzüge war eine ständig wiederkehrende Unzufriedenheit mit der eigenen Leistung. Seine Frau Susanne, von ihm wegen ihrer Haarfarbe scherzhaft die „roteste Versuchung Düsseldorfs" genannt, war gelegentlich genervt, denn oftmals schraubte er an Bildern herum, die aus ihrer Sicht schon perfekt waren. Immer strebte er nach Verbesserung, nach dem Optimum. Dies führte auch zur Erweiterung seines Spektrums, nämlich der Luftbildfotografie. Nachdem die „Drohnen für den Hausgebrauch" erschwinglich geworden waren, hatte er sich zum Operator ausbilden lassen und auch sehr schnell Aufträge an Land gezogen. WDR, Henkel, die Stadt und diverse Architekten hatten seine Dienste bereits in Anspruch genommen. Der Auftrag, der ihn gerade beschäftigte, war zwar finanziell sehr lukrativ, band aber ungeheure Mengen an Zeit. Die Stadtwerke hatten bei ihm eine Dokumentation des Baufortschrittes ihres neuen Kraftwerkes an der Lausward in Auftrag gegeben. Dazu gehörten auch Luftaufnahmen in höchster digitaler Auflösung – und genau diese machten ihm heute das Leben sauer. Bereits das dritte Mal musste er auf den Failsafe-Knopf drücken, der für eine sichere Rückkehr des Fluggerätes an den Ausgangsort sorgte, sofern Funk- oder Blickkontakt abrissen oder die Akkuleistung zur Neige ging.

Endlich hörte Stoldt das satte Brummen seines individuell lackierten und mit seinem Logo versehenen Gyrokopters. Unglaublich sanft sank die „dicke Hummel", wie er das Gerät scherzhaft nannte, vor ihm nieder und er fuhr sofort die gesamte Technik herunter und veranlasste einen Systemneustart. Das stetige Hupen der vorbeifahrenden Laster ignorierend, checkte er nochmals Kamera und Flieger und startete die Drohne dann erneut. Erst schien sie sich kaum vom Boden abheben zu können, dann raste das spinnenartige Gerät in den Himmel. Stoldts Blick wechselte ständig zwischen der Sichtachse zum Flieger und dem Bildschirm auf der Fernbedienung, der eins zu eins die Kamerasicht wiedergab. Sein Kopter war mit einem sog. Gimbal ausgestattet, einer kardanischen Aufhängung, die jede Drehung und Neigung erlaubte und durch Motoren gesteuert wurde. Erleichtert stellte der Fotograf fest, dass sein Werkzeug jetzt den Befehlen gehorchte und er setzte erneut zu einem Überflug über das Baugelände an.

Francesca hatte ihren Trupp hinter der Hubbrücke weitergeleitet, bis man fast am Rheinufer war. Dort knickte die Straße nach rechts ab und führte entlang der abgezäunten Uferwiesen. Auf Höhe einer Gruppe von Pappeln wurde die Straße schmaler. Als die ersten Segwayfahrer auf die Engstelle zukamen, raste ihnen ein weißer Kastenwagen entgegen und drängte die Gruppe ab. Nur mit Mühe konnte Francesca selbst noch ausweichen, verlor die Kontrolle und stürzte schwer. Der Wagen hatte ein so irres Tempo drauf, dass aufgrund der

Geschwindigkeit und des aufgewirbelten Staubes niemand das Kennzeichen erkennen konnte.

Hatte sich die Gruppe zuvor völlig undiszipliniert gezeigt, schienen sie jetzt wie ausgewechselt. Vier Personen bemühten sich um ihre Tourleiterin, versorgten sie mit Papiertüchern, andere bargen den umgestürzten Segway. Ein kurzer Test ergab, dass er zwar ramponiert, aber fahrtauglich war. Zwei Teilnehmer hatten den sinnlosen Versuch unternommen, den Flüchtigen zu verfolgen, kehrten aber nach 10 Minuten erfolglos zurück. Wenigstens waren ihnen verzitterte Aufnahmen des Wagens mit ihren Handys gelungen. Der Verwegenste unter ihnen machte eine Bemerkung, die später noch eine Rolle spielen würde: „Der Irre hat uns zwar verfehlt, aber irgendwas hat der vorher platt gefahren. Die Heckschürze des Wagens war zerbrochen und halb abgerissen."

Man entschloss sich die Tour zum geplanten Ende zu bringen, zumal nur noch eine Aufgabe zu erledigen war … in gerade mal 30 Metern Entfernung. Die Gruppe umrundete eine Lagerhalle, kam am Rande des Hafenbeckens zum stehen und die Männer riefen in ihren Pads die letzte Aufgabe ab. *Schätzen sie die Entfernung zwischen ihrem Hotel und dem am anderen Ufer liegenden Bürogebäude mit dem historischen Turm – nennen sie außerdem die Anzahl der sichtbaren Fenster dieses Gebäudes!*

Ein Dutzend Männer stand wie eine Grundschulklasse am Ufer und zählte mit Fingern, Kulis und anderen Hilfsmitteln die Fenster ab. Nachdem der Erste das richtige Ergebnis zu haben glaubte, trug er es in die Datei ein und versandte seinen Ergebniszettel per Mail an die Konzernzentrale. Immerhin gab es ein Wochenende für zwei Personen während des Großen Preises von Monaco zu gewinnen. Siegessicher lächelnd hob er den Kopf, sah sich um … und fror in der Bewegung ein. Die vorhin umrundete Halle verfügte über eine Laderampe. Vor dieser lag ein blutüberströmter Körper. Sie näherten sich der Person und erkannten ihn als einen Mann, dessen Kleidung zerrissen und blutig war. Reifenspuren auf dem Boden sowie auf dem Overall des Opfers ließen vermuten, dass er von einem Fahrzeug angefahren und zumindest teilweise überrollt worden war. Geistesgegenwärtig hatte einer der Männer mit seinem Handy einen Notruf abgesetzt und reichte das Telefon an Francesca weiter, die eine genaue Ortsangabe machen konnte. Sie formten aus Jacken und Taschen eine Art Kissen und Decke für den Mann, um es für ihn ein wenig erträglicher zu machen. Zumindest konnten sie Vitalzeichen feststellen, so zumindest die Aussage eines

Teilnehmers, der als Unfallersthelfer ausgebildet war. Weitere Hilfeleistungen waren nicht möglich, da der Verletzte bei der leisesten Berührung schmerzhaft aufstöhnte. Nach wenigen Minuten hörten sie in der Ferne Sirenen sowie das satte Blubbern eines Hubschraubers. Der Flieger erreichte als Erster die ausreichend große Fläche und man übernahm die Versorgung des mittlerweile Bewusstlosen. Nur Minuten später fuhren ein Dienstwagen der Polizei sowie ein Rettungswagen vor.

Holger Stoldt verfluchte das Schicksal und die moderne Technik. Die Drohne hatte weisungsgemäß den kompletten Rundkurs über das Baugelände gemacht und Holger hatte für Zwischenschnitte ein paar Luftaufnahmen des benachbarten Golfgeländes machen wollen. Ob es an seinen Geräten lag oder aber ob sich ein Störsender irgendwo im Umkreis befand – der Gyrokopter übertrug kein Kamerabild mehr und reagierte nicht auf Steuerbefehle. Auf dem Display war „System failure" zu lesen und der Fotograf musste schwer an sich halten, die Fernbedienung nicht auf dem Boden zu zerschmettern. Eigentlich, wie die letzten Male, hätte der Flieger von selbst zurückkehren müssen. Fehlanzeige! Mittlerweile außer Sichtweite hinter

Gebäuden und Bäumen, hatte er die fliegende Kamera das letzte Mal mit Flugrichtung Gehry-Bauten gesehen. „Gottverdammte Scheiße", war der noch mildeste Fluch. Hoffentlich war seine dicke Hummel nicht in den Rhein gestürzt. DEN Schaden würde seine Versicherung bestimmt nicht übernehmen, mal abgesehen davon, dass er den Auftrag der Stadtwerke in diesem Falle nicht würde erfüllen können.

Zu allem Unglück hörte er jetzt noch Sirenen von Polizei oder Feuerwehr und erblickte am Himmel über der Stadt einen Rettungshubschrauber. Wenn sein Kopter mit DEM zusammenstoßen und einen Absturz verursachen würde! Stoldt wurde es flau im Magen und ihm brach der kalte Schweiß aus. So schien es fast wie eine boshafte Handlung des Fluggerätes, genau in diesem Augenblick wieder am Horizont zu erscheinen. Nachdem der Flieger sicher und unbeschädigt vor ihm gelandet war, schwor sich Stoldt, am nächsten Morgen beim Hersteller anzurufen und diesem die Hölle heiß zu machen.

Die Sichtung des Bildmaterials würde ebenfalls bis zum Folgetag warten müssen, da er heute Abend für den Geschäftsführer der Stadtwerke, der sich als großer Kunstkenner und –liebhaber sah, eine

Gemälde-Ausstellung in dessen Villa in Kaiserswerth dokumentieren sollte.

Die Tourleiterin und sämtliche Teilnehmer hatten den Polizisten kurz ihre Beobachtungen geschildert und ihre Kontaktdaten hinterlassen. Dann machte man sich auf den Rückweg zum Hyatt Hotel, wo man es sich nicht nehmen ließ, Francesca auf den Schrecken zum gemeinsamen Abendessen einzuladen. Sie versprach zu kommen und zwei der Teilnehmer boten sich an, sie beim Abtransport der Segways in das in Bilk gelegene Büro zu unterstützen. Sie nahm das Angebot gerne an und danach fuhren sie mit dem Transporter völlig unstandesgemäß vor der Nobelherberge vor. Das Abendessen dauerte bis spät in die Nacht und sie bekam obendrein noch das Taxi spendiert, welches sie zu ihrer Wohnung in Angermund brachte.

Am nächsten Morgen schwänzte die angehende Doktorin die Vorlesung und gönnte sich ein langes Frühstück mit Zeitung und allem, was dazu gehörte. Im Lokalteil der Rheinischen Post las sie von dem Vorfall, dessen Zeuge sie und ihre Gruppe gestern gewesen waren. Zum Täter gab es bislang keine

Infos, aber es wurde ein Raub in der Halle vermutet, da das Opfer dort als Lagerarbeiter angestellt war. In dem Magazin waren Gemälde zwischengelagert, die in der folgende Woche per Schiff nach Rotterdam gebracht werden sollten. Drei von ihnen fehlten! Es war von der Versicherung eine Belohnung in Höhe 20.000 € für die Wiederbeschaffung der Kunstwerke ausgelobt worden. Francesca konnte sich ein Lachen nicht verkneifen, denn bei der Versicherung handelte es sich um den Reuter Konzern!

Francesca war jedoch nicht die Einzige, die über diesen Artikel stolperte. Holger Stoldt hatte ihn ebenfalls gelesen. Susanne hatte ihn darauf hingewiesen. „Es ist einfach unglaublich, was manchmal hier so abgeht. Man kommt sich vor, als wäre man in Klein-Chicago!" Er schüttelte den Kopf und machte sich an die Sichtung der Kraftwerkfilme. Er ärgerte sich immer dann, wenn die Aufnahmen mittendrin abbrachen, in den Augenblicken, in denen sich der Gyrokopter verselbständigt hatte. Er erwartete nichts anderes, als er an den Zeitindex gelangte, zu dem der Flieger seinen letzten Alleingang gemacht hatte. Irrtum! Die Aufnahmen liefen weiter. Die dicke Hummel hatte das Hafenbecken überflogen, in dem die selten gewordenen Frachtschiffe be- und entladen wurden, die Hubbrücke, die Lagerhallen am nächsten

Hafenbecken … und einen weißen Kastenwagen, der mit hohem Tempo rückwärts auf eine der Hallen zuraste und einen Menschen zwischen Heck und Gebäudewand zerquetschte. Auf dem Dach des Wagens war das Logo der Stadtwerke einwandfrei zu erkennen …

Der *Schatten an der Wand* ist die erste Story, die für diese Geschichtensammlung entstand. Sie war in meinem Kopf omnipräsent. Seit 2010, einem Schicksalsjahr für meine Frau und mich. Nach einer komplett misslungenen Operation, die zu meinem heutigen Zustand führte, lag ich mehrere Wochen im Koma, gejagt von Wahnvorstellungen und Alpträumen der schlimmsten Art. Glauben Sie keinem Mediziner, der das Gegenteil behauptet: je nach Stärke der Sedierung ist Ihr Verstand so aktiv wie in einem intensiven Traum. Ich muss wohl auch eine Zeitlang ohne Herzschlag gewesen sein und bin reanimiert worden. Leider habe ich nie das weiße Licht am Ende des Tunnels gesehen ... aber warum leider? Ansonsten wäre ich vermutlich heute nicht mehr hier, sondern wäre ins Licht gegangen, denn die Schmerzen waren unerträglich und die sich permanent wiederholenden Alpträume ebenfalls.

Es gibt kein Lied, das besser meine Wahnvorstellungen in dieser Zeit beschreibt ... und es erzählt von Dingen, die besser in den hintersten Ecken meines eigenen Verstandes verborgen geblieben wären.

DER SCHATTEN AN DER WAND

Hanna lehnte sich in ihrem Sessel zurück und stülpte sich die dicht schließenden Kopfhörer über. Ein Knopfdruck auf die Fernbedienung und mit einem leisen Summen setzte sich der Player in Gang. Sie hatte die Bässe übersteuert und das nun einsetzende Solo vibrierte über ihren Kopf bis in den Bauch. Kurz nach dem Intro erklang die warme, fast flüsternde Stimme des Sängers. Achim Reichel sang von einem Schatten, der wie ein Einhorn aussah. Sie liebte das Lied und die Stimme ... und fürchtete sie zugleich. Denn zusammen war es ein Abbild dessen, was sie erlebt hatte. Ihr Unterleib zog sich zusammen, verkrampfte sich, sie rollte sich in dem Sessel wie ein Fötus zusammen und suchte Schutz ... Schutz vor dem, was vor fast 20 Jahren begonnen und beinahe 5 Jahre angedauert hatte. Sie betrachtete diesen Song als Konfrontationstherapie, als Mittel, sich ihren Ängsten zu stellen. Trotzdem schaffte sie es nur selten, das Lied bis zum Ende zu hören.

Der Tag heute war einfach auch zu hart gewesen. Seit einem halben Jahr war sie im psycho-sozialen Beratungsdienst tätig und half mit, kurz vor der Entlassung stehenden Strafgefangenen bei der

Eingliederung in den Alltag zu helfen. Gerne hätte sie einen Job in der JVA Düsseldorf gehabt, aber da war nichts frei gewesen. Also fuhr sie notgedrungen nach Köln, in den vom Volksmund genannten „Klingelpütz" in Ossendorf, obwohl sich der Knast schon lange nicht mehr auf besagter Straße befand. Hanna hatte sich erstaunlich schnell eingelebt, fand zügig Kontakt zu den Kollegen, erwarb sich mit ihrer ruhigen, bestimmten Art ihren Respekt und überstand auch die „Taufe" durch die Insassen. Das Wachpersonal hatte bei ihrem ersten Einsatz besonders Acht auf sie gegeben und die groben, obszönen Späße der Insassen schnell unterbinden wollen, aber Hanna war eingeschritten: „Ich komme gut selbst klar, ich danke Ihnen. Und wenn meine Argumente nicht mehr helfen, kann ich auch anders."

Karl Klimaschewski, ein selbst ernannter Blockwart im Abschnitt C, versuchte sich zunächst mit Worten aufzuspielen, die Hanna geschickt konterte. Als er sich aber unbeobachtet fühlte, griff er ihr an den Hintern, was eine ausgekugelte Schulter zur Folge hatte. Johlen, Pfiffe und Klatschen erklangen, als Hanna ihrem Opfer aufhalf und flüsterte: „Ich hab dich doch gewarnt. Sei froh, dass es nur die Schulter war!"

Dieser Vorfall nötigte den sogenannten harten Kerlen Respekt ab und ihr Ansehen wuchs, als sie bewies, dass sie Worten Taten folgen ließ. So half sie einem kurz vor der Entlassung stehenden jungen Mann bei der Vorbereitung auf seinen Realschulabschluss. Es war illusorisch, jedem der über 1.000 Häftlinge Rat anzubieten, aber wer es ernst meinte mit seinem Hilfeersuchen, der fand bei Hanna offene Ohren.

Sie war von dieser Woche ausgepowert. Als hätten sie sich abgesprochen, waren neun Häftlinge mit ihren Wünschen und Bitten zu ihr gekommen. Fast allen konnte geholfen werden. Und heute, eine Viertelstunde vor Dienstschluss, am heiligen Freitag, hatte die Anstaltsleiterin sie rufen lassen. Sie begann: „Frau Lubin, ich wollte Sie über einige Dinge hinsichtlich nächster Woche informieren. Hier ist eine Liste der Neuzugänge. Ach ja, da ist noch etwas Besonderes. Die Akte von Lars Vanderwerth. Das ist ein Sonderling, der eigentlich nach Detmold hätte kommen sollen." Hanna merkte auf. In Detmold wurden doch insbesondere ältere Gefangene untergebracht. Sie sah auf das Geburtsdatum auf dem Aktendeckel. 17. März 1953. „Warum will DER unbedingt zu uns?" Die Direktorin zuckte ratlos mit den Schultern. „Es war sein persönlicher Wunsch, den sein Anwalt auch über das Justizministerium durchgedrückt hat. In der Akte steht nichts davon, aber er hat wohl hier in der Gegend Familie, die ihn

189

aufnehmen könnte. Er hat ja nur noch acht Monate vor sich."

Vanderwerth war ein Gewohnheitstäter, meist nur kleine Dinge, die aber in Summe fast 20 Jahre Knast eingebracht hatten. Er war entweder strohdumm oder hatte mit Leuten gearbeitet, die ihn ans Messer geliefert hatten. Raub, Diebstahl, ein wenig Zuhälterei (was heißt in diesem Zusammenhang ein wenig, fragte sich Hanna), leichte Körperverletzung.

Die Direktorin hatte geduldig gewartet, bis Hanna die Akte gesichtet hatte. „Ich kann nicht erwarten, dass Sie bei DIESEM Früchtchen noch was ausrichten können. Aber versuchen Sie Ihr Bestes, Frau Lubin!" Hanna durfte Vanderwerths Akte mit in ihr Büro nehmen, wo sie sie sofort in ihrem Safe einschloss. Danach machte sie sich auf den Heimweg.

Hanna war direkt nach dem Abitur nach Düsseldorf gezogen. Sicher, der Studiengang wäre auch in Tübingen in der Nähe ihres Heimatortes angeboten worden, aber sie wollte raus aus ihrem Elternhaus. Großstadt, Nachtleben, Partys … alles bildete einen Reizcocktail, der sie magisch anzog. Ihre Eltern hatten Freunde in Düsseldorf-Lohausen, die man gelegentlich besuchte und so war Hanna bereits als Kind der Faszination dieser Stadt erlegen. Vor allem aber wollte sie weg von dem Ort, an dem sie alles an ihre Leidensgeschichte erinnerte. Gut, die Menschen hier waren zwar in der Regel etwas unnahbarer und nicht direkt so herzlich wie das Völkchen in dem Dorf auf der Schwäbischen Alb. Aber dafür bot das Rheinland Lebensfreude pur für den, der sie suchte. Hanna hatte sich anfänglich schwer getan, einen Freundes- oder Bekanntenkreis aufzubauen. Man traf sich zu Partys, Spieleabenden oder einfach, um auf die Rolle zu gehen. Nur eines war nie gelungen: für Hanna Mr. Right oder einfach einen Prince Charming zu finden. Ruth und Jenny, ihre besten Freundinnen, hatten längst alle Kuppelversuche aufgegeben, da ihr männliches Umfeld inklusive Verwandtschaft bereits abgegrast war. Hanna war zu distanziert, zu spröde hatte es einmal Ruths Bruder genannt, oder aber zu provokativ. Jenny hatte einmal erfolgreich einen Kollegen „vermittelt", der aber nach dem ersten Date einen Rückzieher gemacht hatte. Schade, zumal die Mädels ihre Hanna völlig anders kannten. Der Versuch, sie mit einer Frau zu verkuppeln, endete allerdings auch kläglich.

Hanna wollte sich dieses Wochenende körperlich fordern. Sie hatte viel zu lange ihr Training vernachlässigt und nur unter der Woche ihre Krav Maga Einheiten konsequent durchgezogen. Dieses israelische Verteidigungskonzept war wie für sie gemacht: hart, effektiv, ohne Schnörkel und … ja, sie gestand es sich ein, auch brutal genug. Ihre Trainingspartner hatten sie anfänglich unterschätzt, so wie damals Klimaschewski. Die Schutzkleidung hatte Schlimmeres verhindert, aber ihr Trainer hatte sie ins Gebet genommen.

Warum Hanna so war, WIE sie war, konnte sie nicht erklären. Sie sah aber auch nicht ein, warum sie das musste. Wem es nicht passte, der konnte ja wegbleiben! Der Samstag begann mit einem Einkauf auf dem Markt am Carlsplatz, den sie sich einmal pro Monat leistete. Einen Kaffee in einem der vielen Lokale der Altstadt, danach in die Wohnung, Hausputz und Balkonarbeit. Ihre kleine Wohnung in Hamm hatte sie seit Studienzeiten und fühlte sich dort heimisch.

Der Montagmorgen kam. In der JVA angekommen, suchte sie direkt ihr Büro auf, sichtete im Computer Mails und Tagesplan und vertiefte sich nochmals in die Akte Vanderwerth. Hanna betrachtete das Foto genauer … und bekam ein mulmiges Gefühl. Etwas an diesem Mann war für sie bedrohlich-vertraut, aber sie konnte beim besten Willen nicht sagen, was es war. Sie grübelte und fuhr erschreckt hoch, als ihr Telefon schrillte. Der Transport wurde angekündigt und würde binnen 15 Minuten eintreffen. Sie machte sich auf den Weg zum Büro der Direktorin, mit der sie gemeinsam die Neuankömmlinge begrüßen würde.

Der Haufen, der das Fahrzeug mit den abgedunkelten Scheiben verließ, zeigte weder Neugier noch Nervosität. Keiner der Männer saß erstmalig hinter Gittern oder sie wurden aus einer anderen Haftanstalt verlegt. Routiniert spulte Frau Holzner ihren Begrüßungstext ab, der mit stoischem Gleichmut quittiert wurde. Hanna stellte sich auch kurz vor und kündigte ihren Besuch bei jedem einzelnen in den folgenden Wochen an. Der anzügliche Blick eines Neulings wurde von den Wachen registriert und vermerkt. Man würde das Kerlchen beobachten, aber sie hatten nicht die geringsten Zweifel, dass ihre „Kung-Fu-Hanna", wie man sie hinter vorgehaltener Hand nannte, mit diesem Würstchen auch alleine fertig werden würde. Die Gefangenen machten sich zum Abmarsch bereit, als ein Laut ertönte, der Hanna erstarren ließ. Ein Häftling hatte geräuschvoll seinen Rotz hochgezogen und dieser Klang ging Hanna durch Mark und Bein. Wer war das gewesen? Ihr rascher Blick taxierte die Gruppe, aber es war kein Rückschluss möglich. Niemand spuckte im Hof aus oder hatte ein Taschentuch hervorgeholt. Verwirrt ging sie in ihr Büro, holte Unterlagen und machte dann direkt ihren ersten Besuch. Nur … WARUM geisterte ihr jetzt wieder dieser Achim Reichel Titel im Kopf rum – *Der Schatten an der Wand*!

Am Abend grübelte sie noch über ihre Reaktion wegen des Geräusches nach. Ruth und Jenny versuchten, sie bei ihrem üblichen Cocktail in der Skylounge Bar im Düsseldorfer Hafen abzulenken, was aber nicht gelang. Hanna war einsilbig und humorlos, sodass man sich mehr auf die anwesende Männerwelt konzentrierte. Gegen 21 Uhr verabschiedete sich Hanna und fuhr nach Hause.

In den folgenden Wochen arbeitete sie die Neuzugänge ab und schob unbewusst den Termin mit Vanderwerth auf. Dann war es soweit: Vanderwerth wurde in den Besprechungsraum geführt, in dem Hanna schon wartete. „Bitte nehmen Sie Platz, Herr Vanderwerth. Mein Name ist Hanna Lubin. Ich arbeite hier im psycho-sozialen Beratungsdienst und ich möchte Ihnen für die Zeit nach Ihrer Entlassung meine Hilfe anbieten." Der Alte erwiderte nichts und starrte sie an. Hanna fuhr fort. „Wie ich aus Ihrer Akte ersehe, haben Sie eine Ausbildung als Schlosser. Haben Sie zwischen Ihren … Haftaufenthalten … auch in diesem Beruf gearbeitet oder sich weitergebildet?" Keine Reaktion, nur der starre Blick. Die junge Frau betrachtete ihr Gegenüber und taxierte seine Besonderheiten: das klassische Knast-Tattoo mit den drei Punkten zwischen Daumen und Zeigefinger, eine Rose, umwunden von einer Schlange, auf der Innenseite des linken Unterarms.

„Was sind denn Ihre Pläne für die Zukunft? Ich meine, immerhin werden Sie in weniger als acht Monaten entlassen!" Keine Antwort, nur der starre Blick. Dann setzte er sich gerade und flüsterte: „Einfach mal wieder ficken!" Er hob die geballte Faust an die Stirn und streckte davon den kleinen Finger ab. Dann erklang ein Lachen … Lachen wie das Meckern einer Ziege … und die selbstbewusste, toughe, unnahbare Hanna war auf einen Schlag verschwunden. Sie war wie paralysiert, sah ihr Gegenüber an wie das Kaninchen die Schlange ... und dann raffte sie ihre Unterlagen zusammen, trommelte wie wild mit den Fäusten auf die verschlossene Tür ein und rannte panisch über den Gang.

In ihrem Büro ließ sie sich auf den Stuhl fallen und versuchte ihren Atem und Puls unter Kontrolle zu bringen. Es gelang nicht und daher wühlte sie fahrig in ihrem Schreibtisch nach einer Plastiktüte. Als sie eine fand, presste sie diese vor den Mund und atmete hektisch ein und aus. Durch die Reduzierung des Sauerstoffs bekam sie die Hyperventilation gestoppt.

Dann sandte sie an die JVA-Leitung eine Mail, dass sie ihren Dienst heute früher beenden würde und raste, jeden bekannten Blitzer ignorierend, mit ihrem Wagen nach Hause. Dort verkroch sie sich im Bett, zog die Decke über den Kopf und kauerte sich wie ein Baby zusammen. Es war bereits dunkel geworden, als sie sich aus dieser Position mit schmerzendem Rücken löste. Zitternd wankte sie zu ihrem Sessel, setzte die Kopfhörer auf, suchte nach einer bestimmten Musikdatei und startete diese.

„Der Schatten an der Wand ... sieht wie ein Einhorn aus ... und Fledermäuse schreien draußen auf dem Friedhof ... Die Whiskeyflasche hat der Wind erwischt, der durch das Fenster strich ...Sie liegt in Scherben, und die Scherben ziehen dich höhnisch an"

Achim Reichels Stimme brannte in ihren Ohren. Die Flasche ... ja, die Flasche ... so war das damals auch bei ihr gewesen. Die Scherben vor ihr auf dem Boden ... dann ein schneller Griff ... das heiße Brennen des ersten Schnittes ... In Gedanken fuhr sie mit dem Zeigefinger über die Narbe an ihrem linken Handgelenk. Man hatte sie rechtzeitig gefunden und in die Klinik gebracht. Aber alle Befragungen hatte sie über sich ergehen lassen, ohne auch nur EIN Wort zu sagen. Wie hatte er ihr damals gedroht?

„Wenn du was sagst … dann mach ich deinen Bruder tot … und danach deine Mami und deinen Vati!" So hatte sie geschwiegen. Über den Missbrauch, der an ihrem achten Geburtstag begann und erst kurz vor ihrem dreizehnten endete. Es war Vatis Arbeitskollege gewesen, neu in dessen Schicht. Vati wollte ihn zu ihrer Feier einladen und hatte sie gefragt, ob er das dürfe. Dabei hatte er an ihre Hilfsbereitschaft appelliert. „Schau mal, er ist doch ganz alleine. Er hat keine Familie oder Kinder und am Wochenende sitzt er nur rum und hat niemanden, der ihn mag oder sich um ihn kümmert." Das hatte Hanna eingeleuchtet und so hatte sie mit ihrer schönsten Sonntagsschrift eine Einladung für ihn geschrieben. Er war auch gekommen und hatte ihr ein Geschenk mitgebracht, ein rosafarbenes Plüschpferd ... mit einem Horn auf der Stirn. Und am Abend hatte er mit den Erwachsenen und Kindern gemeinsam Verstecken gespielt. Hanna musste damals suchen und fand ihn, in den Büschen unweit des elterlichen Hauses. Er hatte gefragt, ob ihr das Einhorn gefallen würde. Sie hatte genickt und er meinte dann, ob er sich dafür nicht ein kleines Dankeschön verdient hätte. Er hatte dabei gelacht, mit der Faust und einem abgespreizten Finger an der Stirn ein Einhorn nachgemacht. „Guck mal, ich bin auch ein Einhorn. Aber nicht nur am Kopf!" Und im Schatten der Abendsonne hatte er dann seine Hose aufgemacht …

und sie sollte ihn anfassen, da unten. Sie war verwirrt gewesen, hin- und hergerissen zwischen Neugier und Angst, unterschwellig wissend, dass es nicht richtig war … aber er hatte ihre Hand ergriffen und damit sein Glied gerieben. Er hatte gegrunzt, seinen Rotz hochgezogen und dann meckernd wie ein Ziegenbock gelacht.

Der Mann hatte immer wieder einen Grund gefunden, die Familie zu besuchen und dann eine gewisse Zeit mit ihr alleine zu sein. Später dann zwang er sie, sich nach der Schule mit ihm in einem Wäldchen zu treffen. Er hatte sie überall angefasst und irgendwann dann auch mal das mit ihr gemacht, was ihre Mutter mal mit „Liebe machen" erklärt hatte. Er hatte ihr wehgetan und sie hatte geweint, denn sie glaubte innerlich zu zerreißen – aber er hatte wieder nur gelacht. Kurz vor ihrem dreizehnten Geburtstag hatte er ihr angedroht, dass er das nächste Mal „DAS" auch mit ihrem Po machen würde. Die Angst war zu groß geworden und sie hatte zunächst versucht, sich mit einer Flasche aus Vatis Bar zu betäuben. Aber das Zeug hatte im Hals gebrannt und sie hatte es ausgespuckt. Die Flasche war runtergefallen und die Scherben … die weiteren, nur schemenhaften Erinnerungen waren lückenhaft.

Nach Hannas Suizidversuch war Vatis Kollege nie mehr aufgetaucht und als sie nach längerer Zeit mal nach ihm fragte, erwiderte ihr Vater, dass er gekündigt habe und weggezogen sei. Die Vorkommnisse hatten Hannas Wesen völlig verändert. War sie bislang freundlich und zutraulich gewesen, reagierte sie jetzt auf Nähe und körperlichen Kontakt aggressiv und brutal. Ihre Eltern wollten diese pubertäre Wut, wie sie es nannten, durch Sport kanalisieren und so begann das Mädchen zunächst mit Judo, dann Karate. Sie war sehr erfolgreich und wurde in ihrem Abiturjahr sogar badische Landesmeisterin.

Und heute ... an diesem Tag ... hatte sie diese erschreckenden Trigger wieder erlebt: das Rotz hochziehen, das meckernde Lachen und die Einhorn-Geste. Sie hatte keine Erinnerung mehr an das Gesicht des Peinigers aus ihrer Jugendzeit, aber diese drei prägnanten Merkmale KONNTEN kein Zufall sein. Vanderwerth war es, der sie als Kind missbraucht hatte!

Sie rief am nächsten Morgen bei der Direktorin an und bat um drei Tage außerplanmäßigen Urlaub. Ihre Eltern seien erkrankt und sie müsse ihnen helfen. So hatte Hanna durch das Wochenende fünf Tage Zeit, sich über ihr weiteres Vorgehen im Klaren zu werden.

Am Telefon führte sie ein langes Gespräch mit ihrem Vater und lenkte das Thema beiläufig auf dessen Arbeit. „Sag mal, Vati, wie war das damals im Werk? Ihr hattet doch die große alte Uhr an der Wand!" „Nein, Schatz, das musst du verwechseln." „Nein, ganz sicher, ich sehe sie doch deutlich noch vor mir, wie ich dich damals besucht habe." Ihr Vater verneinte wieder und schickte ihr per Email ein Foto seiner Arbeitsgruppe, auf dem keine Uhr zu sehen war. Hanna hatte ihr Ziel erreicht: genau dieses Foto wollte sie haben. Sie druckte es großformatig aus und suchte mit einer Lupe in den Gesichtern der 15 Männer. Eine schwache Ahnung kam ihr bei dem hochgewachsenen Kerl in der zweiten Reihe rechts. Aber konnte das Vanderwerth sein? Sie war sich nicht sicher, aber die Indizien reichten ihr.

Es war in den folgenden Monaten nicht so, dass Vanderwerth und sie eine Vertrauensbasis zueinander aufbauten, aber zumindest blieb der Kerl nicht mehr so einsilbig. In den letzten vier Monaten der Haft wurde er Freigänger und durfte seine Familie in Mettmann besuchen. Hanna hatte sogar einen Platz in einem Integrationsbetrieb gefunden, in dem er stundenweise arbeiten konnte. Während ihrer Gespräche versuchte Hanna etwas über die Vergangenheit des Häftlings herauszubekommen, aber da blieb er verschlossen. So konnte sie auch nicht in Erfahrung bringen, ob er jemals auf der Schwäbischen Alb gelebt hatte. Aber jedes Gespräch, jedes erneute Beobachten der unbewussten Gesten und Geräusche machte sie immer sicherer: ER hatte ihr das alles angetan.

Sie durfte den Kontakt nach der Entlassung nicht abreißen lassen, was Vanderwerth als Interesse an seiner Person wertete. So begann er vertraulich ihre Hand zu tätscheln und sie konnte den Ekel kaum überwinden. Hanna hatte für ihn eine Bleibe in einer Senioren-Wohngemeinschaft der Caritas gefunden. Wenn sie ihn dort aufsuchte, achtete sie darauf, nie allein mit ihm in einem Raum zu sein. Einmal, bei einem Spaziergang vor dem Haus, zog er eine Zigarette hervor und zündete sie an. Der Geruch war seltsam und unverkennbar. „Auch 'nen Zug, Kleine?" Er bot ihr den Joint an, was sie aber ablehnte. „Kann ich verstehen, das Zeug kickt wirklich keinen. Da gibt es weitaus Besseres, hast du schon mal EVE probiert?" Aus ihrer Arbeit im Knast kannte Hanna die Szenenamen. Hinter EVE verbargen sich synthetische Drogen, allgemein als Extasy-Pillen bekannt. „Nein, und Sie sollten das Zeug auch nicht nehmen!" „Mädel, ich hab schon fast alles geschossen, was es so gibt! Und glaub mir, in meinem Alter sind mir die gesundheitlichen Risiken scheißegal! Nur rankommen muss man erstmal und durch den Knast hab ich ja kaum Kontakte hier in Düsseldorf!"

In Hannas Kopf formte sich eine Idee, ähnlich einer Wunderkerze, die zunächst nur zögerlich angeht, dann aber erstrahlt. Sie verabschiedete sich überstürzt und rief auf dem Heimweg Ruth und Jenny an. Heute war wieder ihr Cocktailabend und Hanna wollte sicher gehen, dass sie die beiden am Abend treffen würde.

In der Skylounge Bar fragte sie ziemlich unverblümt: „Sag mal, Ruth, dein Bruder, nimmt der noch diese Stimmungsmacher?" Ruth runzelte die Stirn: „Was meinst du damit?" „Na, ob er noch diese Pillen nimmt, Extasy oder sowas." Ruth war verärgert. „Geht's noch lauter? Guck dich doch mal um, wer hier so rumläuft. Meinst du, die stehen hier drauf, wenn man über Drogen quatscht?" Die Stimmung war den ganzen Abend über verkrampft und Hanna versuchte einzulenken. Schlussendlich rief Ruth aber ihren Bruder an und dieser erklärte sich bereit, für Hanna einen Termin mit seinem Kontakt zu machen.

Bereits drei Tage später traf sie sich mit dem Lieferanten. Den jungen Mann als Nerd zu bezeichnen, wäre sicherlich übertrieben gewesen, aber er wirkte schon etwas verhuscht und in seiner speziellen Welt lebend. Er bot ihr drei verschiedene

Pillen an und beschrieb deren Wirkung. Als Erstkundin bekam sie einen Vorzugspreis und zahlte 30 €.

Beim nächsten Besuch bei Vanderwerth saß sie im Warteraum des Caritas-Hauses und trank mit ihm einen Kaffee. Sie sah sich um und schob dann ein kleines Plastiktütchen mit den Pillen zu ihm rüber. ER starrte sie erstaunt an, ließ den Beutel schnell in der Jacke verschwinden und verabschiedete sich wenige Minuten danach. Der obligatorische Pflichtbesuch in der Folgewoche verlief anders als erwartet. Vanderwerth war aufgekratzt und für seine Verhältnisse geradezu redselig. „Mensch, Kleine, das war nicht schlecht, das Zeug. Ich hab zwar niemand zum Ficken da gehabt und nur nen Porno angesehen, aber das ging schon heftig ab. Nur … es geht noch ein bisschen härter. Ich hab da im Knast einiges gelernt. Wenn du mich mit dem Koch zusammenbringst, kann ich dem noch Tipps geben. Und ich hab genügend Kunden für ihn, alles Entlassene!" Die Hoffnung, dass er mit der Duzerei von sich aus aufhören würde, hatte sie längst aufgegeben. So bot sie Vanderwerth an, ihn demnächst mit ihrem „Dealer" in Kontakt zu bringen.

In den folgenden Wochen hatte Hanna sich zu einer Expertin in Sachen Drogenküche entwickelt und dem

„Nerd", wie sie ihn fortan nannte, so viel abgekauft, dass er ihr vertraute und sie sogar einmal mit in seine Küche nahm. Er wollte sich ein wenig vor ihr aufspielen und hoffte auf eine schnelle Nummer mit ihr, vielleicht im Tausch gegen eine Tüte Speedies. Hanna erkannte schnell, wie primitiv er das Zeug produzierte. Ursprünglich hatte Hanna beabsichtigt, den Alten in Sicherheit zu wiegen und dann mit dem Zeug zu vergiften. Aber ging es vielleicht auch anders?

Dann kam der Tag des Treffens. Der Nerd wohnte auf der Reichswaldallee direkt gegenüber des Aaper Waldes und hatte auf dem Gartengrundstück eine Laube zur Küche umgebaut. Seiner Vermieterin hatte er weismachen können, er brauche das für sein Studium. Binnen Sekunden war erkennbar, wer in der künftigen Beziehung zwischen den beiden Männern das Sagen haben würde. Nachdem sie etwas vertrauter miteinander waren und die ersten Biere getrunken hatten, legte Vanderwerth seinen Arm um Nerds Schulter und fragte mit anzüglichem Blick: „Nen geilen Arsch hat die Kleine, nicht wahr? Die würdest du gerne mal ficken, oder?" Der Junge lief puterrot an und nahm verlegen einen Schluck Bier aus der Pulle. Vanderwerth ließ wieder das meckernde Lachen erklingen und meinte: „Naja, wenn du dich nicht traust, können wir sie uns ja mal zusammen vornehmen. Die ist doch ganz verrückt nach mir!" Er prostete ihr zu und Hanna wandte sich ab, damit er nicht ihren angewiderten Blick sehen konnte.

Sie hatte alles minutiös geplant und den beiden frisch gebackenen Geschäftspartnern angeboten, mit ihnen in einen Baumarkt in Oberrath zu fahren, um das nötige Material für die Großproduktion zu kaufen. Sehr genau achtete sie darauf, dass möglichst billiges Werkzeug gekauft wurde. Dann verfrachteten sie gemeinsam alle Utensilien in die Gartenlaube, wobei Hanna darauf achtete, alles nur mit Handschuhen zu berühren. Unter dem Vorwand noch einkaufen zu müssen, verließ sie die beiden und hoffte, dass ihr Plan aufgehen würde. Sie hatte sich etwas zu lesen und ein Getränk mitgebracht und parkte ihren Wagen direkt an einem Waldweg, von dem aus sie die Reichswaldallee gut im Blick hatte.

Die Dunkelheit war angebrochen und die Scheinwerfer der vorbeifahrenden Autos malten bizarre Muster auf Hauswände und nassen Asphalt. Unruhig blickte sie immer wieder in Richtung des Hauses mit der Drogenküche. Fahrig fummelte sie in einer Mappe mit CD's nach passender Musik, griff blindlings nach einer Scheibe und schob sie in den Player. Sie verkrampfte sich. Es war eine CD mit

Titeln von Achim Reichel und es lief der Song „Schlange und Paradies", die Geschichte einer enttäuschten Liebe. Ob sie selbst jemals in der Lage sein würde, einem Mann so zu vertrauen, dass eine Partnerschaft aufgebaut werden könnte? Sie zweifelte langsam daran, denn jedes Mal, wenn ein Mann ihre Nähe suchte, ging sie sofort auf Abwehr. DAS würde keiner mitmachen und lange genug unter der rauen Schale nach der Frau suchen, die liebevoll sein konnte. So trieb sie in Träumereien dahin, als das Lied endete und der nächste Song begann. Sie presste sich in den Sitz. Das Windspiel-Intro, die raue Flüsterstimme ... *der Schatten an der Wand sieht wie ein Einhorn aus ...* auf der Giebelwand an einem Haus zeichnete eine Straßenlaterne tatsächlich so etwas wie eine Pferdesilhouette mit einem Horn am Kopf.

Später überlegte sie, wie eine solche Duplizität hatte entstehen können, aber es war wohl dem so oft zitierten Schicksal zuzurechnen. Reichel sang „*Doch was da flüstert ist der Wind, in einem Fieberhirn ...Er ist so heiß und lässt dich trotzdem frieren*" ... und ein Heulen wie von einer Sylvesterrakete erklang, gefolgt von einer Stichflamme und einer ohrenbetäubenden Detonation.

Hanna zuckte zusammen, krallte sich an Türgriff und Handbremse fest und starrte auf den Feuerball am Himmel, der langsam in sich zusammenfiel. Mechanisch griff sie in ihre Handtasche, schaltete das Innenlicht des Wagens an und zog, wie so oft in den letzten Wochen, einen abgegriffenen Zeitungsartikel hervor.

ILLEGALE DROGENKÖCHE JAGEN SICH SELBST IN DIE LUFT

Berlin. Am Donnerstagabend starben am Prenzlauer Berg vierzehn Personen bei einer Explosion. Im Keller des Gebäudes befand sich eine illegale Drogenküche. Brandermittler der Polizei vermuten, dass bei der Herstellung unsachgemäß gearbeitet wurde. Die leicht flüchtigen Bestandteile der Substanz wurden durch die Verwendung billiger Elektrogeräte entzündet. Für alle Bewohner des Hauses kam jede Hilfe zu spät.

Achim erzählt in *Hotel L'Orient* von einem Paar, für das dieses Hotel eine Art Refugium darstellt. Dort leben und genießen sie ihre Zweisamkeit … wobei ihre Zusammenkunft eher zufällig war.

Mich haben die Atmosphäre und die Melodie vom ersten Ton an gefangen genommen. Achims Stimme tat ein Übriges dazu: rau, tief, manchmal flüsternd. Alles ist geheimnisvoll. Diese Stimmung wollte ich in einer sehr speziellen Erzählung verwenden. Leser der Düssel-Krimis wissen, dass mir das Thema SM nicht fremd ist. Allerdings habe ich mir oft eine Frage gestellt, die ich mit dieser Story beantworten wollte: was geschieht, wenn aus Spaß und Lust Ernst wird? Oder sind die Spuren der Lust in manchen Fällen nicht mehr erklärbar?

HOTEL L'ORIENT

War es jemals so beabsichtigt gewesen?

Ben und Juli hatten sich auf einer Party ihres Kommilitonen Anselm getroffen. Ben, selbst eingefleischter Nichttänzer, wehrte sich zunächst gegen die Aufforderung der rassigen Brünetten, aber irgendwann gab er nach und tanzte, wenn man halt

tanzen muss ... für eine lange Umarmung und einen ersten Kuss. „Siehst du, war doch gar nicht so schlimm. Und nur mein dicker Zeh wird blau, einer von zehn, keine schlechte Quote. Außerdem bin ich ja nicht aus Zucker und kein Sensibelchen."

Hätte er bereits damals hellhörig werden müssen? Ach Quatsch, das war der Beginn ihrer Freundschaft, von Liebe konnte noch gar keine Rede sein. Nach diesem Abend war erstmal Sendepause gewesen. Sie hatten nicht einmal ihre Telefonnummern ausgetauscht. So war das zweite Aufeinandertreffen mehr zufällig auf dem Campus der Uni Leipzig. „Hey, was machst denn du hier?", rief Juli erstaunt aus. Was für eine blöde Frage, hatte er damals gedacht, das hatte er ihr doch auf der Party erzählt. „Ich studiere Politikwissenschaften und Geschichte, Fernziel Lehrer oder Tutor an der Uni. Vielleicht reicht es ja irgendwann mal für eine ordentliche Professur." Juli kratzte sich verlegen an ihrer Stupsnase. „Das kommt mir irgendwie bekannt vor. Hast du mir das schon mal erzählt?" Ben nickte. „Auf Anselms Party. Aber wir hatten ja alle ein wenig getrunken." Juli lachte schallend auf. „Ein wenig? ICH zumindest hab gesoffen wie ein Ketzer ... und es gab ja auch ein paar „Rauchwaren"! Hast du Zeit für einen Kaffee?" Er verneinte, er musste zur Vorlesung. Kurzentschlossen zog Juli einen Stift aus ihrer Tasche und kritzelte ihre Telefonnummer auf Bens linke Hand. „Damit du es direkt beim Eintippen ablesen kannst. Du bist doch Rechtshänder, nicht wahr?" „Worauf du alles achtest?" Wieder dieses Lachen, bei dem einem die Sonne im Herzen aufging. „Psychologie und Medienwissenschaften, siebtes Semester!" Sie hauchte ihm einen Kuss auf die Wange und war schon im Gewühl verschwunden.

Ben überlegte angestrengt. Wie lange hatte er damals mit dem Anruf gewartet? Was würde er sagen, wenn man ihn danach fragen würde? Doch, es waren ziemlich genau zwei Wochen gewesen, bis er sich endlich ein Herz gefasst hatte. Zum Glück hatte er die Nummer direkt zu Hause auf seine Pinnwand geschrieben. Es war 19 Uhr und er machte sich nicht viele Hoffnungen. So eine Frau wäre sicher fast jeden Abend auf der Rolle. Doch sie meldete sich nach dem zweiten Klingeln. „Juli Hofmann?" „Äh … ja … also … erstmal hallo, hier ist Ben … der von Anselms Party. Aber du wirst dich wohl nicht mehr an mich erinnern?" „Aber sicher doch. Ich hab dir doch meine Nummer auf die Hand geschrieben. Ich hoffe doch sehr, du hast sie seitdem nicht mehr gewaschen?" Wieder dieses Lachen, bei dem er sich so gut ihr Gesicht vorstellen konnte. „Nee, im Ernst. Ich bin froh über die Unterbrechung. Seit vier Stunden büffele ich für differentielle Psychologie. Das ist sowas von trocken." Ben überlegte. „Dann stör ich wohl besser nicht weiter. Ich wollte nur mal fragen, ob wir beide einen Kaffee ..." Weiter kam er nicht. „JAAAA, Ben, rette mich. Holst du mich in einer Stunde ab? Oder nein, besser zwei, dann kann ich mich noch ein wenig zurecht machen."

Ihre Vorstellungen von „ein wenig zurecht machen" hatten ihn damals beinahe umgehauen. Als er vor dem schmuck restaurierten Altbau in der Ostheimstraße ankam, stand sie bereits vor der Haustür. Ein Traum in Schwarz, ein knielanges Kleid, welches ihre weiblichen Formen betonte, kombiniert mit einem roten Pareo und einem kessen Samthut. Er kam sich richtig schäbig vor, in seinem Cordjacket und der wallnussbraunen Hose. Sollte sie sich dadurch gestört fühlen, ließ sie es sich jedenfalls nicht anmerken. Er probierte zunächst einmal aus, in eine der Szenekneipen wie *Pilot* oder *Flowerpower* zu kommen, aber alles war völlig überfüllt. Dann kam ihm eine Idee. Wenn er schon nicht optisch punkten konnte, wollte er ihr wenigstens eine interessante Location bieten. Doch seine erste Idee, *Auerbachs Keller*, war ein Schlag ins Wasser. Dort standen die Leute bereits bis auf die Straße. Letzte Hoffnung, die Cocktail-Bar *Falco* an der Gerberstraße. Deutlich teurer, aber dafür vielleicht nicht so voll. Voller Erwartung stand das Paar vor dem eher schmucklosen Hochhaus, in dem auch ein Hotel untergebracht war. Sie hatten Glück und ergatterten zwei freie Plätze an der Bar im obersten Stockwerk, mit einer großartigen Aussicht über die Stadt. Gut, die Preise passten nicht in sein Budget, aber was sollte es? Zu fortgeschrittener Stunde wurde der Geräuschpegel allerdings so hoch, dass eine Unterhaltung nicht mehr möglich war. So verzogen sie sich in den Mariannen-Park und hockten sich mit vielen anderen jungen Menschen auf die Rasenflächen, wo sie den kostenlosen Konzerten unbekannter Bands lauschten.

Sie waren sich an dem Abend näher gekommen, sehr nah. Und Juli nahm Ben mit nach Hause. Er schüttelte, so viele Jahre danach, den Kopf und lächelte. Hätte ihm nach dieser Nacht ein Licht aufgehen müssen? Nein, auf keinen Fall. Er schwebte auf Wolke Sieben und sie schien das auch zu tun. Allerdings war er bei ihr auf eine Leidenschaft gestoßen, wie er sie noch nie zuvor bei anderen Frauen erlebt hatte. Gut, er hatte nicht viele Erfahrungen und befand sich trotz seiner 23 Lenze noch immer in einer Art „Selbstfindungsphase", aber wie hatte Juli mal gesagt? „Guter Wein muss reifen!"

Und er war gereift … mit ihr, durch sie und auch für sie. Sie hatten es tatsächlich hinbekommen, dass sie ihr Studium im gleichen Semester abschließen konnten. Ihre beiden Elternpaare hatten sich nicht lumpen lassen und, da sich die Beziehung der jungen Leute zu festigen schien, zusammengeschmissen und ihnen die Wahl gelassen: eine Mega-Kreuzfahrt über sechs Wochen oder ein Cabrio. Schnell waren sie sich einig geworden und hatten zum Cabrio auch noch einen Tankgutschein von 1.000 € rausgeschlagen. Damit machten sie sich auf eine Rundreise durch Europa. Drei Monate tingelten sie durch Schweden, Schottland, Irland, Spanien, Italien und Frankreich. In Frankreich ... wo war das nochmal gewesen, überlegte er? ... ja, es war in Cap d'Agde gewesen, wo es das erste Mal konkret geworden war. Sie waren auf einem der vielen Campingplätze rund um den Ort angekommen. Ihre Reise war ohne große Planung oder Zielvorgabe erfolgt, sodass sie auch nichts über Cap d'Agde wussten. So war es auch mehr oder weniger dem Zufall zu verdanken (oder einem wissend lächelnden alten Franzosen mit Baskenmütze und vom Wetter zerfurchtem Gesicht), dass sie auf einem sehr speziellen Campingplatz landeten.

Am folgenden Tag wollten sie natürlich im Mittelmeer baden gehen. Erwartungsvoll stapften sie durch ein Kiefernwäldchen in Richtung Wasser – um festzustellen, dass Badekleidung hier völlig unnötig war. Juli war immer etwas spontaner gewesen als Ben und so zog sie sich in Windeseile den Bikini aus und rannte jauchzend auf die Brandung zu. Ben verstaute erst einmal alle Habseligkeiten, sah sich verschämt um, streifte blitzschnell seine Shorts ab und eilte seiner Liebsten nach. Es war herrlich und nach einer halben Stunde im Wasser liefen sie ein wenig zitternd zu ihren Handtüchern zurück. Erschöpft sanken sie nieder und ließen ihre vom Sand panierten Körper von der Sonne trocknen. Ein junger Franzose kam vorbei und bot eisgekühlte Getränke an. Sie richteten sich auf und nahmen zwei Orangina – wobei Juli interessiert auf den Unterleib des ebenfalls nackten Kleinunternehmers schaute. Als er weg war, bemerkte sie Ben's fragenden Blick. Sie schüttelte den Kopf. „Keine Chance gegen dich!" Dann ließen beide den Blick schweifen … und erstarrten mit offenen Mündern. Teils versteckt zwischen Kiefern und Strandhafer, aber vereinzelt auch völlig öffentlich mitten auf dem Strand, vergnügten sich Pärchen oder kleine Gruppen miteinander. Irgendwie wirkte dieser Strand auf sie wie ein riesiger Freiluft-Swingerklub. Fasziniert sahen beide dem Treiben zu und merkten nicht, dass sich ein älteres Pärchen neben sie gestellt hatte und die Show ebenfalls zu genießen schien.

So zuckte Ben zusammen, als er beim Umdrehen die Frau und den Mann entdeckte. Er hatte schon einen der französischen Flüche auf der Zunge, die er extra im Wörterbuch für etwaige Konflikte mit französischen Autofahrern nachgeschlagen hatte. Juli legte ihm jedoch eine Hand auf den Oberschenkel, berührte unbeabsichtigt dabei sein Glied und zuckte mit der Hand zurück. Der Mann sprach sie auf Deutsch an. „Ihr seid das erste Mal hier, nicht wahr? Keine Sorge, wir wollen euch nicht anmachen, aber Frischlinge sind immer an den großen Augen und offenen Mündern zu erkennen. Dürfen wir uns vorstellen? Francine, meine reife Göttin, und ich bin Marc." Damit reichten sie dem jungen Paar die Hand. Konsterniert und stammelnd stellten Ben und Juli sich vor. „Dürfen wir uns ein wenig zu euch setzen? Dann könnten wir euch erklären, wie das Ganze hier so abläuft." Beide sahen sich an, nickten schweigend und erhielten in den nächsten zwei Stunden einen Vortrag über den „Codex d'Agde". So erfuhren sie, dass sexuelle Handlungen in der Öffentlichkeit strikt verboten waren, man aber einen Weg gefunden habe, sich damit zu arrangieren. Da jeder hier ein Interesse daran hatte, dass die „Möglichkeiten" nicht eingeschränkt wurden, schützte jeder jeden. Zog sich also ein Pärchen oder eine Gruppe zu längerem intensiven Sex in die Dünen zurück, bildete sich sofort ein menschlicher Kordon um sie, teils um selbst zuzusehen, aber auch um reine Spanner abzuwehren … vor allem aber, um vor dem Herannahen der berittenen Polizei zu warnen. So wurde binnen Sekunden aus dem wildesten Liebesspiel eine Boccia-Runde oder ähnliches.

„Wenn ihr neugierig seid, nehmen wir euch gerne mal mit ins Melrose Café", lautete Francines Vorschlag. Juli hatte die ganze Zeit deren Schmuck bewundert: ein Edelstahl-Halsreif, geziert von einem kleineren Ring an dessen Vorderseite sowie kleinere Pendants als Finger- und Zehenringe. Überhaupt war dieses reifere Paar, man schätzte sie auf ca. 50, ungemein kultiviert, gepflegt und, wie Ben noch in Erinnerung hatte, sehr attraktiv. So war man sich schnell einig, dass sich die vier noch am gleichen Abend im Melrose treffen würden.

Es gab im Zelt noch eine kleine Budgetdiskussion, während der Juli entschlossen drei 200-Euro-Scheine aus einer versteckten Tasche ihres Rucksacks holte. Damit waren der Abend und das Abenteuer gerettet. Juli hatte in ihrem Repertoire etwas gefunden, was ganz sicher das Attribut sexy verdiente, aber Ben war nicht fündig geworden. So fuhren sie am Nachmittag ins Zentrum und erstanden in einer Boutique ein schwarzes, fast durchsichtiges Hemd sowie eine hautenge Lederhose, deren Anprobe Ben sichtliche Schwierigkeiten bereitete. Er wollte schon wütend das Teil in die Ecke feuern, da sah er Julis Blick. Bei der Erinnerung daran bekam er heute noch eine Gänsehaut. In ihren Augen lag so viel Verlangen und Sehnsucht, nach ihm, nach Ben ... dem tolpatschigen, oft behäbigen Ben. Er hatte nie begriffen, was dieses Vollweib an ihm fand. Aber in diesem Augenblick hätte er alles getan, um sie glücklich zu machen.

Ben wischte sich bei diesen Gedanken eine Träne aus dem Augenwinkel und nahm einen Schluck von dem vor ihm stehenden Kaffee. Kalt! Kein Wunder, schließlich saß er hier schon seit einer halben Stunde allein an dem weißen Tisch. So zog er sich wieder in die Erinnerung zurück.

Pünktlich um 22 Uhr - schließlich waren sie Deutsche - trafen sich die beiden Pärchen vor dem Club. Es herrschte bereits dichtes Gedränge im Eingang, auf der Straße und an den Ufern des direkt am Gebäude vorbei fließenden L'Hérault. Marc und Francine schienen aber bekannt zu sein und wurden mit ihren neuen Freunden direkt eingelassen. Die Menschen waren in Feierlaune, Sekt und Cocktails flossen in Strömen und die Tanzflächen waren voll mit verschwitzten Leibern. Die orgiastische Stimmung bemächtigte sich auch schnell der beiden jungen Leute und Juli legte für Ben auf der Bar einen Lapdance hin, der von den Umstehenden mit anerkennenden Blicken, lautstarken Pfiffen und tosendem Applaus goutiert wurde. Juli erhielt diverse Getränke spendiert und genoss sichtlich ihre Wirkung. Diese hatte sie auch auf Francine, die sie auf die Tanzfläche zog und sich mit ihr zu Dawn Penn's „You don't love me" bewegte, als würden sie kopulieren. „Fantastisch, die beiden, nicht wahr?", rief Marc in Bens Ohr. Ben nickte nur und verfluchte nicht zum ersten Mal an diesem Abend seine neue, sehr enge Hose, die zwar alles abzeichnete, aber keinen „Spielraum" ließ.

Es kam, wie es kommen musste. Gegen zwei Uhr morgens fuhren sie zu viert mit einem Taxi in ein Haus außerhalb von Cap d'Agde, das Marc für den Sommer gemietet hatte. Ach was, Haus … eine Villa in einem Kiefernhain, von keiner Seite einzusehen, mit einem großen Pool und Tennisplatz. Nachdem man noch einen Drink an der Poolbar genommen hatte, rückte Francine näher zu Juli. „Ich habe bemerkt, dass du heute meinen Schmuck bewundert hast. Du weißt, was er bedeutet?" Juli schluckte schwer. „Ich glaube ja!" „Möchtest du mehr sehen?" Marc war hinter seine Frau getreten, die jetzt ihren Rock hochhob, die Beine spreizte und Ben und Juli ihren Intimschmuck zeigte. „Ihr dürft gerne mal anfassen", forderte Marc die Gäste auf. Zögernd, aber vor Neugier zitternd, machten sie von dem Angebot Gebrauch und der Abend nahm seinen erotischen Verlauf. Nichts schien abwegig, alles schien neu, reizvoll, erregend ... bis zu dem Zeitpunkt, an dem Francine sie an den Händen fasste und in den Weinkeller geleitete. Es roch nach Kork, Feuchtigkeit, Wein, altem Holz, Tabak ... und außer den Fässern, Weinregalen und Korbmöbeln sahen sie einen schweren Samtvorhang. Als Marc diesen beiseite zog, offenbarte sich ihnen die spezielle Spielwiese ihrer Gastgeber. An einer Wand hing ein Andreaskreuz, mehrere schwarzlederne Strafböcke waren aufgestellt. Weiter hinten war ein Gestell montiert, das wie ein Halter für Billardqueues aussah. In ihm befanden sich diverse Ruten, Peitschen, Gerten und andere Schlagutensilien.

In dieser Nacht erlebten Ben und Juli ihre Initiation in Sachen BDSM (Bondage, Discipline, Submission, Masochism) ... mit ungeahnten Folgen. Diesem Abend folgten noch einige weitere, in denen sie ihre Erfahrungen und ihr Wissen vertieften sowie ihre Neugier befriedigten. Sie loteten Grenzen aus, erweiterten sie und genossen das Spiel um Gehorsam, Strafe und Lust. Aber auch der schönste Sommer ging einmal zu Ende und schweren Herzens trennte man sich von den neu gewonnenen Freunden, nicht ohne das Versprechen, sich möglichst bald in Deutschland wieder treffen zu wollen. Aber wie so oft, blieb es bei dem guten Vorsatz. Ben und Juli waren in Leipzig verwurzelt, Marc und Francine hatten in Frankfurt ihren Lebensmittelpunkt. Man schrieb und telefonierte zwar noch einige Male, aber der Zauber von Cap d'Agde war verflogen. Und das Ganze war jetzt 10 Jahre her.

Ben tastete in seiner Jacke auf der Suche nach einer Zigarette. Er wusste zwar nicht, ob man hier rauchen durfte, aber das war ihm im Augenblick scheißegal. Schlimmstenfalls würde der Rauchmelder piepen ... oder aber eine Sprinkleranlage ihren Dienst aufnehmen. Resigniert ließ er die Hände sinken und glitt wieder in die Vergangenheit zurück.

Kurz nach diesem langen Urlaub hatten sie geheiratet. Juli hatte einen Job bei einer der großen Unternehmensberatungen ergattert und reiste für einzelne Projekte durch halb Europa. Ben hatte seine Promotion summa cum laude abgeschlossen und sein Doktorvater hatte ihn damit überrascht, dass er ihm eine unbefristete Stelle an der Uni anbot. So wurde aus dem ehemaligen Studenten ein begabter

Dozent, der mit seinen Erfahrungen wuchs und bei den Studenten sehr beliebt war.

Keiner von diesen Hochschülern konnte wissen, wie Ben in IHREM Alter gewesen war und was ihn als Mann hatte reifen lassen. Cap d'Agde hatte das Paar geprägt, aber in einer Art und Weise, wie es Außenstehende nicht für möglich gehalten hätten. Juli hatte Lust empfunden, indem sie erstmals die Kontrolle, die Regie, abgab und sich auslieferte. Ben hingegen verließ seine unterwürfige Spießerrolle und wurde mit den Jahren ein erfahrener, umsichtiger Meister oder besser „Dom". Nie war bei den Beiden der geringste Zweifel aufgekommen, dass BDSM nur EINE Spielart ihrer Sexualität war und erst Recht kein Lebenskonzept, wie es manche Menschen taten, die sich völlig auslieferten, sog. „24/7" (24 Stunden, 7 Tage die Woche). Im Berufsleben waren Juli und Ben mit natürlicher Dominanz und diplomatischem Geschick ausgestattet. Sie nahmen sich nur gelegentlich vom Alltag eine Auszeit. Dazu nutzten sie entsprechende Clubs in der Umgebung oder das Hotel L'Orient im Stadtteil Schkeuditz. Dies war eine ehemalige Jugendstilvilla, idyllisch an den Ufern der Weißen Elster gelegen, die Paaren die Möglichkeit bot, sich ungestört und unbeobachtet ihren Fantasien hinzugeben. Dafür waren sowohl Themenzimmer als auch normale Juniorsuiten hergerichtet worden, in denen die Liebenden zu zweit oder mehreren ihrer Lust frönten. Durch regelmäßige Besuche waren Ben und Juli immer wieder auf bekannte Gesichter gestoßen, die zu verschwiegenen Szenebekanntschaften wurden. Nicht, dass das Thema noch völlig geächtet gewesen wäre, dafür berichteten zu viele Magazine teilweise haarsträubenden Unsinn, aber ihre Arbeitgeber waren so konservativ, dass ein Bekanntwerden ihrer Neigungen zumindest Probleme mit sich gebracht hätte. So achteten sie stets auf Diskretion und bewahrten ihre „Spielsachen" auch nie zu Hause auf.

Ben nippte erneut an dem erkalteten und mittlerweile bitteren Kaffee. Was sollte er sagen? Wie viel würde er erzählen? Mit welchen Konsequenzen müsste er rechnen?

Wann begann die Sache zu kippen? Genau würde er es nie sagen können. Dafür verlief so ein Prozess zu schleichend, wie in „Normalo"-Beziehungen auch. Wann entschwindet die Liebe und macht der Gewohnheit Platz? Wann frisst der Alltag die Erotik auf? Ja, sie schliefen noch miteinander und besuchten gelegentlich das Hotel L'Orient. Aber ihm war seit geraumer Zeit aufgefallen, dass Juli gerne die Gelegenheit nutzte, sich bei diesen Events anderen Doms anzubieten. Ben ließ sie gewähren. Er wollte schließlich nicht als Spielverderber dastehen. Aber hätte sich nicht auch irgendwann einmal Eifersucht bei ihm einstellen müssen? Eifersucht entsteht doch nur dann, wenn einem etwas genommen zu werden droht, an dem einem sehr viel liegt? Bedeutete Juli ihm einfach nichts mehr?

Er suchte das Gespräch mit seiner Frau. Juli negierte seine Beobachtungen, war zärtlich, geradezu anschmiegsam, wollte „spielen", wie sie es kodiert in der Öffentlichkeit genannt hatten … früher, als die Lust aufeinander sie noch dazu brachte, unter Angabe fadenscheiniger Gründe ihre Eltern oder Freunde vorzeitig zu verlassen und sich aneinander im Hotel L'Orient auszutoben. Doch Bens Kopf machte bei diesem Versuch nicht mit. Er war nicht bei der Sache und so fuhren beide unbefriedigt nach Hause.

Julis Dienstreisen dauerten mit den Jahren immer länger. Manchmal blieb sie zwei Wochen am Stück in Paris oder Madrid. Von dort aus wäre ein Rückflug für das Wochenende doch möglich gewesen. Aber entweder hatte sie sich mit Kollegen verabredet oder man hatte für sie ein Unterhaltungsprogramm zusammengestellt oder aber sie war einfach zu kaputt und wollte nur ausspannen. Auf seinen Einwurf, dass sie DAS auch mit und bei ihm tun könne, reagierte sie gar nicht und verabschiedete sich mit einem flüchtigen, ins Handy gehauchten Kuss.

Bens sexuelle Durststrecke führte nicht dazu, dass er sich unter seinen weiblichen Studentinnen eine Art „Ersatz" besorgte. An Gelegenheiten hätte es nicht gemangelt, aber mit Charme und Strenge war es ihm gelungen, Avancen erfolgreich abzuwehren. Ben war überzeugt, dass Juli sich nicht so zurückhaltend benähme. Ihre Libido war immer schon ausgeprägter gewesen als seine. Aber immerhin war es an einem der letzten Wochenenden doch noch einmal zu einer „strengen Session" gekommen – so wunderbar, so einzigartig, so lustvoll, wie es früher gewesen war. Sie hatten im Hotel L'Orient drei Stunden ihre Fantasien ausgelebt und danach hatte Ben sein Weib, wie er sie in diesen Momenten anerkennend und zärtlich nannte, geduscht, eingecremt und in den Schlaf gestreichelt. In Ben keimte so etwas wie Hoffnung auf, als er ein letztes Mal über die roten Striemen auf ihrem Rücken und Po streichelte und sie sanft küsste, bevor er das Licht ausmachte. Am Folgetag war Juli frühmorgens für zehn Tage in die Schweiz geflogen.

Ben hatte es alleine zuhause nicht mehr ausgehalten. Er hatte mit Arbeitskollegen vor einigen Monaten die neu eröffnete „Absintherie Sixtina" für sich entdeckt – weil er die morbide Atmosphäre dort mochte und Absinth ihm half, seine private Lebenssituation für ein paar Stunden in den Hintergrund zu drängen. So hatte sich die Gruppe Akademiker immer den ersten Mittwochabend als festen Termin auserkoren. Leider hatte ihn während Julis Schweizer Abwesenheit eine dicke Erkältung erwischt, sodass er den Jour fix ausfallen lassen musste. Mit 39 ° Fieber würde auch die edelste „Grüne Fee" nicht schmecken. Und dann war die Bombe geplatzt!

Gestern Abend, am Freitag, hatte es an der Tür geklingelt. Bens Hoffnung, dass Juli doch vorzeitig aus Genf zurückgekommen wäre, wurde beim Öffnen der Tür betrogen. Vor ihm standen ein Mann und eine Frau in Zivil sowie vier uniformierte Polizisten. „Herr Benjamin Krüger?" Ben nickte. „Dürfen wir vielleicht eintreten? Im Treppenhaus ist das vielleicht nicht …" Entschuldigend lächelte die Beamtin in Zivil und Ben gab die Türe frei. Die gesamte Gruppe bewegte sich ins Wohnzimmer, wo Ben sich dann endlich so weit gefasst hatte, dass er die logische Frage stellen konnte. „Was kann ich für Sie tun? Weshalb kommen Sie zu mir?" Die Beamtin stellte sich und ihr Team vor. „Ich bin Hauptkommissarin Ruth Derichs, mein Kollege Zoltan Varga und unsere Kollegen von der örtlichen Polizeiwache. Herr Krüger, wo befindet sich

Ihre Ehefrau Juliane?" Ben runzelte die Stirn. „In Genf, meines Wissens. Sie hat dort einen Beratungsauftrag für Price Waterhouse. Ich kann Ihnen gerne die Handynummer geben, da müsste sie erreichbar sein. Aber was ist denn passiert?" Seine Stimme war jetzt ärgerlicher und unbeherrschter. Hauptkommissarin Derichs fuhr fort. „Herr Krüger, Ihre Frau befindet sich NICHT in der Schweiz. Ich muss Ihnen leider die Mitteilung machen, dass wir Ihre Frau in Frankfurt, auf einem Kleingartengelände an den Mainwasen, gefunden haben. Sie ist tot, vermutlich stranguliert. Können Sie sich vorstellen, was sie in Frankfurt zu tun hatte und warum sie Ihnen die Reise dorthin verschwiegen hat?"

In Bens Kopf rotierte es. Das konnte doch alles nicht wahr sein! Was machte sie in Hessen? Wer könnte ihr so etwas antun? Hilflos stammelte er unzusammenhängende Worte und ließ die Schultern hängen. Kraftlos sank er in einen Sessel. Einer der Beamten ging in die offene Küche und kehrte mit einem Glas Wasser für ihn zurück. Dankbar nahm er an und trank in gierigen Schlucken. Dies gab ihm ein paar Sekunden, seine Gedanken zu ordnen. Was war da passiert? Und warum tanzten die Bullen hier gleich zu sechst an?

Zoltan Varga nahm den Faden wieder auf. „Herr Krüger, es … gibt da allerdings eine … Besonderheit in diesem Falle. Auf dem Körper Ihrer Frau fanden sich Spuren, die von Schlägen, z. B. mit einer Peitsche oder Rute stammen. Und diese wurden ihr nicht alle unmittelbar vor ihrem Tode zugefügt. Manche sind einige Tage alt. Können Sie uns dazu etwas sagen?" Ben schluckte. Wie sollte er jetzt den Wildfremden ihrer beider Neigungen erklären, ohne sich verdächtig zu machen? Sein Zögern wurde von der Kommissarin unterbrochen. „Ich frage Sie jetzt ganz konkret, Herr Krüger: Haben Sie Ihre Frau misshandelt? Haben Sie sie geschlagen und ausgepeitscht?" Bens Augen waren weit aufgerissen. Das konnte jetzt doch nicht wahr sein. Die wollten ihm einen Mord anhängen! Er stammelte: „Ja … aber das war … doch gar nicht … ich meine, wir … das war doch unsere GEMEINSAME Leidenschaft!" Derichs unterbrach ihn und brüllte: „Sie wollen mir also ernsthaft weismachen, dass sich Ihre Frau von Ihnen aus Lust grün und blau schlagen lässt?" Sie warf zwei Fotos vor ihm auf den Tisch, die Julis Körper von der Vorder- und Rückseite zeigten. „Ich hab ja schon mal was von SM gehört, aber DAS geht doch nun definitiv zu weit!" Jetzt erwachte in Ben der Zorn. „Ach, Sie haben also schon mal was davon gehört? Was denn bitte? Woher beziehen Sie denn Ihr tiefgründiges Fachwissen? Aus den

Nachtbeiträgen auf RTL2? Haben Sie in Ihrem Beamtenhirn überhaupt eine Ahnung, welches Maß an Vertrauen diese Form der Sexualität voraussetzt? Ganz sicher nicht! Immer dieses gutbürgerliche Gequatsche und Getuschele über ein Thema, das als gesellschaftliches oder religiöses Tabu gilt. Wie sagte Nietzsche doch einmal? *Das Christentum gab dem Eros Gift zu trinken - er starb zwar nicht daran, aber entartete, zum Laster.* Ich will jetzt mit einem Anwalt sprechen!"

Derichs erhob sich langsam, zeigte ein siegesgewisses Grinsen und sagte: „Benjamin Krüger, ich nehme Sie vorläufig fest wegen des dringenden Tatverdachtes, Ihre Frau Juliane getötet zu haben. Hier sind der Haftbefehl und der Durchsuchungsbeschluss für Ihre Wohnung. Packen Sie ein paar Sachen ein, wir nehmen Sie mit."

Tja, und jetzt saß er hier, in einem Verhörraum der Polizeidirektion Leipzig an der Dimitroffstraße, und wartete auf seinen Anwalt. Es war ein Studienkollege seines Vaters und ein gewiefter Strafverteidiger, den Ben schon als Kind gekannt hatte.

Auf einmal ging die Tür auf und Dr. Benrode trat ein. Er bedankte sich bei dem Wachhabenden und begrüßte Ben mit einem Handschlag. „Mensch. Junge, was ist da nur für eine Scheiße passiert?

228

Hatten Sie und Juli eigentlich noch eine Beziehung oder wolltet Ihr euch trennen?" „Davon kann keine Rede sein, Herr Doktor. Sicher, die stürmische Liebesglut der ersten Jahre war nicht mehr, aber wo ist sie das schon? Aber können Sie mir jetzt mal erklären, was genau passiert ist? Ich werde immer nur verhört und man sagt mir nichts zu dem Vorfall."

Dr. Benrode zog aus seinem Koffer eine Aktenmappe, wobei der ebenfalls anwesende Justizbeamte aufmerksam zusah. Der Anwalt räusperte sich und begann: „Am Donnerstagabend wurde in den Mainwasen in Frankfurt eine Frauenleiche von zwei Spaziergängern entdeckt. Nach den Papieren handelte es sich um Ihre Frau Juliane Krüger, geborene Hofmann. Als Todesursache steht mittlerweile Ersticken fest. An ihrem Hals befanden sich frische Würgemale sowie Partikelrückstände einer Plastiktüte. Der gesamte Körper war von Spuren physischer Gewalt gekennzeichnet. Ich erspare Ihnen die Bilder, Ben, Sie sollten sich das nicht ansehen. Aber was können Sie mir denn dazu sagen?"

Ben erkannte, dass ihm Schweigen aus Scham jetzt nur schaden würde. Also legte er in aller Genauigkeit Julis und seine Neigung offen dar, schilderte bildreich ihre letzte gemeinsame Nacht, in der es zu

SM-Handlungen und Verkehr gekommen war. „Aber ich betone ausdrücklich, dass alles, was wir taten, einvernehmlich geschah. Außerdem hatten wir klar abgesprochene Tabus. Dazu gehörten vor allem Apshyx-Spiele, die einfach nicht genau zu kontrollieren sind." Ben sah den fragenden Blick des Anwalts ... und den des Beamten. „Asphyx bedeutet Atemreduktion. Ein hochgefährliches Thema im SM-Bereich, da man selbst mit Abbruch-Codewörtern nichts mehr retten kann. Ist die Unterversorgung mit Sauerstoff zu groß, kann das Hirn keine klaren Befehle mehr geben. Und genau deshalb haben wir beide das immer abgelehnt. Also KANN es nicht bei einer Session passiert sein! Juli hätte sich nie darauf eingelassen."

Benrode zögerte. „Seien Sie vorsichtig mit dem Wort NIE. Es gab offensichtlich Seiten an Ihrer Frau, die Sie nicht kannten. War Ihnen z.B. bewusst, dass Ihre Frau seit zwei Jahren regelmäßig nach Frankfurt reiste? Nein? Erschwerend kommt hinzu, dass sich bei Ihrer Frau ein kleines Notepad fand, mit dem sie seit zwei Jahren eine Art Tagebuch führte. Es finden sich dort Eintragungen mit belastendem Inhalt. So schreibt sie, dass sie das Leben mit Ihnen nicht mehr ausreichend erfüllt. Dass Sie Juli nicht das geben konnten, wonach sie sich sehnte. Dass Sie, Ben, in Ihrer Entwicklung stehen geblieben seien. Sie hat sich auch einer Freundin in Frankfurt anvertraut und angedeutet, dass sie sich von Ihnen trennen wollte. Ihre Frau hat bei der besagten Freundin und ihrem Mann gewohnt, wenn sie in Hessen war." Ben ließ die Schultern nach unten sinken. „Leider haben Sie, mein Junge, für die mutmaßliche Tatzeit kein Alibi. Warum mussten Sie auch unbedingt seit Mittwoch mit einer Erkältung zu Hause liegen, ohne dass Sie einen Zeugen dafür benennen können! Erschwerend kommt hinzu, dass sich in Ihrer gesamten Wohnung nicht der geringste Hinweis auf SM Praktiken findet. Keine Kleidung, Spielzeug, Peitschen, Ruten, usw." Ben sprang auf. „Aber das lässt sich doch ganz einfach klären. Unsere Wohnung war außerhalb der Spielsessions neutraler Boden. Wir haben daher die Utensilien im Hotel L'Orient in einem privaten Schließfach eingelagert. Da werden Sie alles finden, Herr Doktor. Der Schlüssel hat einen roten Marker und hängt an meinem Schlüsselbund. Sagen Sie das auch dieser Kommissarin und ihrem Kettenhund."

Benrode verließ mit Derichs und Varga das Präsidium, um diese Angaben zu überprüfen. Als sie zurückkehrten, sah der Anwalt seinen Mandanten niedergeschlagen an. Derichs hingegen lächelte siegessicher, Varga schaute den Verdächtigen nachdenklich an. „Nichts! Das Depot ist leer!"

Ben sah die Menschen rund um ihn herum ratlos an. Dann sprang er auf und schrie: „ABER ICH HABE ES NICHT GETAN! ICH HABE JULI DOCH GELIEBT!" Ein Uniformierter stellte sich neben ihn und drückte ihn sanft auf den Stuhl zurück.

Dr. Benrode zog noch einmal die Ermittlungsakte hervor und schlug sie auf. „Ich kann es Ihnen wohl doch nicht ersparen. Werfen Sie einmal einen Blick auf die Fotos von Juli. Vielleicht fällt Ihnen an ihr etwas auf, was uns anderen entgeht!"

Ben zog die Mappe zu sich und sah sich die Aufnahmen Bild für Bild an. Unbewusst merkte er, dass irgendetwas nicht stimmte. Aber er konnte nicht sagen, was es war. Dann ging ihm ein Licht auf. Der Schmuck! Juli hatte an sich nur sehr wenig Schmuck getragen, höchstens mal ein Collier zu einer festlichen Garderobe. Jetzt sah er undeutlich einen schmalen Reif um ihren Mittelfinger, an dem etwas baumelte. Doch das Foto war zu grobkörnig, um Genaueres zu sehen.

Entmutigt schob er die Akte von sich, als sein Blick auf die Namen der Personen fiel, die Julis Leiche in den Mainwasen gefunden hatten. Marc und Francine Belmont, wohnhaft in Frankfurt Sachsenhausen. Ben glaubte, sein Schädel würde zerplatzen. Wortlos tippte er heftig auf die beiden Namen, woraufhin Dr.

Benrode erklärte: „Ja, das ist das mit Juli befreundete Ehepaar, bei denen sie immer übernachtet hat. Sie hätten sich Sorgen gemacht, weil Juliane von einem Spaziergang nicht zurückgekommen sei. Bei der Suche nach ihr hätten sie dann die Leiche entdeckt ..."

Achim beschreibt in dem Song *Ich hab' von dir geträumt* die unterschiedlichen Seiten einer Liebe. Sie bringt in gleicher Weise Trauer oder Schmerz, gleichzeitig aber auch Freude und Würze in das eigene Leben.

Das Lied ging mir durch den Kopf, als ich von einem sehr merkwürdigen Fall in einer Zeitung las. Normalerweise bin ich eher un-esoterisch, dieses Ereignis hatte mich jedoch sehr berührt. Urteilen Sie selbst, ob Sie meiner Interpretation dieser Geschichte glauben wollen. Denn letztlich ist es egal, ob eine Erzählung wahr oder erfunden ist – solange sie den Leser/die Leserin berührt!

ICH HAB' VON DIR GETRÄUMT

Sven war wieder einmal unterwegs, im Auftrag der Firma. Saskia war es ja gewohnt, das gemeinsame Leben zu ordnen und zu gestalten, aber manchmal wäre es schön gewesen, Sorgen und auch Freuden teilen zu können – besonders jetzt, in der anstehenden Weihnachtszeit. Sie hatten sich relativ früh dafür entschieden, keine Kinder zu bekommen, anfangs aus wirtschaftlichen Überlegungen, später aber aus reinem Egoismus. Ob sich das als Fehler herausstellen würde, würde die Zeit zeigen. Ein wenig Wehmut stellte sich aber gelegentlich ein, zuletzt, als die Kinder nach dem Martinsumzug an ihrer Türe klingelten und mehr schlecht als recht ihr „Laterne, Laterne" krähten. Sie liebte Traditionen und hatte es geschafft, Sven ein wenig an diese Neigung heranzuführen.

Heute war Saskia nach Venlo gefahren, zu einem Pflanzencenter, in dem sehr frühzeitig ein sehr schöner Weihnachtsmarkt aufgebaut wurde. Dort gab es Ideen und Dinge, die in Deutschland gar nicht erhältlich waren. Gut gelaunt kehrte sie zurück nach Kaiserswerth. Die Dämmerung hatte aufgrund des schlechten Wetters frühzeitig eingesetzt und so fuhr sie etwas angespannt durch den Regen in Richtung Düsseldorf. Auf der Theodor-Heuss-Brücke entschloss sie sich spontan, noch einen Abstecher nach Lohausen zu machen. Im Café Startklar, das ihre Freundinnen Marie und Beate betrieben, würde zwar der Teufel los sein, aber Platz würde sie sicher finden. Die Beiden ließen sich bei ihren Kuchenkreationen immer etwas einfallen, gerade in der Vorweihnachtszeit. Letztes Jahr gab es eine Spekulatiustorte, mal sehen, ob sie dieses Jahr wieder auf dem Programm stehen würde.

Tatsächlich war es rappelvoll. Saskia fand jedoch an dem Sechsertisch neben dem Kachelofen noch einen freien Stuhl und gesellte sich zu der Damenriege, die aufgeregt tratschte und sich über ihre Vorweihnachtseinkäufe austauschte. Interessiert lauschte sie und schüttelte über manche Idee den Kopf. Marie trat zu ihr und berichtete, wie immer atemlos und ohne Punkt und Komma, dass sie eine neue Lesereihe auflegen wollte, mit Texten von Charles Bukowski. Dabei hielt sie das Tortenstück für Saskia auf dem Teller vor sich und gestikulierte wild damit herum. „Stell's lieber ab, bevor mein Stück „Adventstraum" durch die Gegend fliegt", wandte sich Saskia lachend an die Freundin. Perplex hielt Marie inne, schaute auf den Teller und meinte grinsend: „Jaja, ich weiß, wenn ich einmal anfange, finde ich kein Ende!"

Da trat Beate hinzu und setzte den bestellten Cappuccino vor der Freundin ab. Ihre ruhige, fast flüsternde Stimme durchdrang das Geräuschchaos in dem Café kaum und so musste Beate nochmals nachfragen. „Wann ist Sven denn mal wieder im Lande?" Saskia erwiderte: „Er landet heute mit … stimmt, er landet gleich um 17.20 Uhr mit der Maschine aus Kuala Lumpur. Dann zahl ich am besten direkt und fahre zum Flughafen. Der wird sich freuen, wenn ich ihn überraschend abhole."

Auf dem kurzen Weg zum Flughafen erinnerte Saskia sich, wie ihre Beziehung mit Sven begonnen hatte. Es war ein Urlaubsflirt gewesen. Sie hatte mit einer Freundin einen Kurztrip nach Florenz gemacht und Sven hatte sie abends in einem der Cafés an der Piazza di Santa Croce angesprochen. „Ich hab' von dir geträumt, du hieltest meine Hand, und als ich aufgewacht, war meine Hand verbrannt", hatte er ihr mit sanfter Stimme zugeraunt. Sicher, etwas plump, aber immerhin fantasievoll. Dass er lediglich einen Songtext von Achim Reichel zitiert hatte, erfuhr sie erst viel später. Ihre Freundin zeigte sich verständnisvoll und kehrte allein in das gemeinsame Hotelzimmer zurück, während sie die ganze Nacht mit Sven verbrachte. Dabei landeten sie nicht im Bett, sondern erkundeten die geschichtsträchtige Stadt auf eigene Faust. Saskia erklärte Sven Bauten, Denkmäler und historische Fakten und wandte ihr im Kunststudium erworbenes Wissen an. Sie hatte sich keine Illusionen über diesen Urlaubsflirt gemacht, aber Sven hatte sich tatsächlich zwei Tage nach ihrer Heimkehr direkt bei ihr gemeldet. Sie wohnten nicht weit voneinander entfernt und so trafen sie sich unmittelbar wieder. Schnell war klar, dass sie sich Hals über Kopf ineinander verliebt hatten. Und das war jetzt schon 13 Jahre her.

Sie fand tatsächlich in unmittelbarer Nähe des Übergangs zum Ankunft Terminal einen Parkplatz und eilte in die Halle. EK 57 war bereits laut Anzeigetafel gelandet. Sie holte sich einen Kaffee am Automaten und stellte sich in die Gruppe der Abholer. Eine halbe Stunde später schloss sich die gläserne Schiebetür das letzte Mal – ohne dass Sven sie durchschritten hätte. Sie sah nochmals auf ihr Handy und las seine letzte SMS. Stimmt alles, Flugnummer, Uhrzeit … nur ihr Mann war nicht mitgekommen. Nervös sprach sie einen vorbeieilenden Mitarbeiter der Fluggesellschaft an. Dieser führte sie zu einem Infoterminal, wo sich eine freundliche Brünette um ihr Anliegen kümmerte. Nach wenigen Minuten stellte sich heraus, dass Sven gar nicht geboarded hatte, obwohl er auf diesen Flug gebucht gewesen war. Jetzt stieg langsam Panik in Saskia auf.

Sie suchte auf ihrem Handy die Nummer des Büros in Malaysia. Dort war es jetzt aber 00.30 Uhr Ortszeit und natürlich ging niemand an den Apparat. Dann wählte sie die Nummer des Büros in Düsseldorf. In der Unternehmensberatung war nur noch ein Pförtner anwesend, der auch die Telefonanlage bediente. Sie kannte den Mann von einem Betriebsfest. „Nein, gnädige Frau", sagte ihr Gegenüber mit ausgesuchter Höflichkeit, „mir liegt keine Nachricht Ihres Mannes oder aus dem Büro in Malaysia vor. Kann ich Ihnen sonst irgendwie helfen?" Nach kurzem Überlegen bat sie um die Nummer der deutschen Botschaft in Kuala Lumpur. Dort erreichte sie unerwartet zwar jemanden, aber auch dort gab es keine weitergehenden Infos.

Nervös und verstört fuhr sie nach Hause. Das war doch gar nicht Svens Art! Nur mit Hilfe einer doppelten Dosis Baldrian kam sie endlich in den Schlaf, aus dem sie ihr Telefon am nächsten Morgen riss. Sie dachte zunächst, sie hätte vergessen, den Radiowecker anzustellen, da sie als Klingelton das unsägliche „Atemlos" von Helene Fischer hatte. Sie hatte den Klang extra gewählt, um Sven zu ärgern, da er dieses Lied einfach verabscheute. „Aber die Sängerin macht dich doch an, oder?", hatte sie noch gefrotzelt. „Nur, weil sie dir so ähnlich sieht, meine Schöne!", gab er zur Antwort.

Verschlafen meldete sie sich. Am anderen Ende der Leitung erklang eine ihr unbekannte Stimme. Diese teilte ihr mit, dass sie im Auftrag des deutschen Botschafters in Malaysia bei ihr anrufe und ihr die traurige Mitteilung machen müsse, dass ihr Mann gestern bei der Fahrt zum Flughafen bei einem Verkehrsunfall ums Leben gekommen sei. Das Taxi sei auf einer abschüssigen Straße vom Weg abgekommen und einen Abhang hinunter gestürzt. Die Beileidsfloskeln und Hilfsangebote drangen kaum noch zu ihr durch. Das Letzte, was sie noch bewusst wahrnahm, war die Mitteilung, dass der Leichnam ihres Mannes am Montag nach Deutschland überführt werden würde.

Mechanisch führte sie einige Pflichttelefonate durch: mit dem Büro ihres Mannes, das auch am Samstag besetzt war, mit dem Hausarzt, der sie über die Formalitäten aufklärte, und mit Marie, ihrer besten Freundin. Dann sank sie in sich zusammen …

In den folgenden Tagen erledigte sie roboterhaft die notwendigen Arbeiten, wobei ihr der Arbeitgeber ihres Mannes in vorbildlicher Art und Weise half. Marie kümmerte sich um die Beisetzungsvorbereitungen und hielt Saskia so den Rücken frei.

Dann kam der Tag der Beisetzung. In der Aufbahrungshalle war Svens Sarg ausgestellt, umkränzt von einem Meer von Blumen. Der Deckel des Sarges war zweigeteilt und der obere Bereich stand offen, sodass jeder nochmals in das nun wächserne Gesicht des Freundes, Verwandten oder Kollegen blicken konnte. Saskia gelang es, noch ein paar Worte über ihr gemeinsames Leben an die Trauergemeinde zu richten. Und als es zu Ende ging und der Sarg verschlossen werden sollte, tat sie etwas, was manchem in der Runde merkwürdig vorkam. Sie hatte in Svens Schreibtisch sein altes Handy gefunden, dessen Speicher noch immer von Liebesbotschaften per SMS an sie überquoll. Dieses technische Gerät war viele Jahre ihre einzige Verbindung gewesen, wenn ihr Mann mal wieder in der Welt umhereilte. Ihr Gesicht war tränenüberströmt, als sie den Speicher Nachricht für Nachricht gelesen hatte. Dann hatte sie eine ungewöhnliche Entscheidung getroffen: nachdem sie die Nachrichten auf ihrem PC gespeichert hatte, hatte sie das Handy, dessen Akku noch die unglaubliche Laufzeit von 19 Tagen hatte, aufgeladen und beschlossen, Sven diesen Gegenstand in den Sarg zu legen.

Nach der Trauerfeier und dem anschließenden Leichenschmaus kam die unvermeidliche Leere und Stille mit Macht über sie. Marie hatte ihr zwar angeboten, sie zu sich zu holen oder bei ihr zu übernachten, aber ihr stand nicht der Sinn nach Gesellschaft. So hockte sie im Dunkeln vor dem prasselnden Eisenofen, blickte in die Flammen und nippte an ihrem Rotwein. Einem automatischen Reflex folgend griff sie nach ihrem Handy und tippte eine SMS an Sven. *vermisse dich, schatz. mein herz zerreißt fast. ich brauche dich doch*

so sehr. ich glaube, ich werde deinen tod
nie begreifen.

Ungläubig starrte sie auf die Zeilen. Das hatte sie jetzt doch nicht ernsthaft geschrieben? Sven war tot, daran gab es keinen Zweifel. Wen sollte also diese Nachricht erreichen? Aber ... wem würde es denn schaden sie abzuschicken? Impulsiv drückte sie auf die Sendetaste und erhielt wenige Sekunden später den „Gesendet"-Status. Dann ging sie ins Bett.

Mitten in der Nacht erwachte sie von einem Geräusch. Ein monotones Brummen! Parallel blinkte dazu eine kleine weiße Lichtquelle auf. Sie tastete auf dem Nachttisch herum und fand das Handy. In einem Augenblick saß sie kerzengerade in ihrem Bett. Auf dem Display stand: *sorg dich nicht, schatz.*
mir geht es gut. Du fehlst mir auch. Würde
dich jetzt so gerne halten.

Ihr Herz schien ihr in die Kehle gerutscht zu sein, so stark pochte die Ader in ihrem Hals. Sie befürchtete zu kollabieren und zwang sich ruhiger zu atmen. DAS konnte doch nicht sein! Sven war tot. Sie hatte seine Leiche gesehen, seine kalte Hand gefühlt, ein letztes Mal seine starren Lippen mit den ihren berührt. Und doch: diese SMS war real, so real wie das Leuchten der Ziffern ihres Radioweckers. Hastig tippte sie eine weitere Nachricht. *wo bist du? bist du nicht tot? ich rufe die polizei, falls das ein schlechter scherz ist.*

Die Antwort ließ nicht lange auf sich warten. *du wirst nicht verarscht, saskia. Ich lebe nicht mehr, aber ich bin auch noch nicht ganz weg. Ich will noch so lange wie möglich da sein und dir beistehen. Leider geht es nur so.*

Um ganz sicher zu gehen, sandte sie eine SMS ab, welche der Überprüfung ihres virtuellen Gesprächspartners dienen sollte: *ich hab' von dir geträumt, du hieltest meine hand. was kommt danach?* Saskia war sich sicher, dass der Song zu alt und unbekannt war, als dass jemand anderes als Sven die Antwort wissen würde. Doch die Antwort folgte unmittelbar. *doch als ich aufgewacht, war meine hand verbrannt. ich liebe ihn noch immer, diesen song.* Jetzt war Saskia bereit zu akzeptieren, dass sie mit ihrem Mann chattete.

Die Enddreißigerin zweifelte langsam an ihrem Verstand. Zu gerne hätte sie sich jemandem mitgeteilt, zum Beispiel Marie. Aber sie scheute sich davor, diese verrückte Geschichte zu kommunizieren. Posttraumtisches Belastungs-syndrom – sie ahnte schon die Allerweltsdiagnose, die man Afghanistansoldaten, Unfallopfern oder verprügelten Ehefrauen standardisiert stellte. So beschloss sie, diese virtuelle Zwiesprache für sich zu behalten und begann in den folgenden Tagen einen regelmäßigen Kontakt mit dem fernen Gegenüber. Längst war es für sie nicht mehr un- oder übernatürlich, was sie tat. Es war Normalität geworden. Und es tat ihr gut, so zumindest ihr Eindruck. Dieser wurde auch durch ihre Bekannten und durch Marie bestätigt, die sich begeistert äußerte, wie schnell sie sich gefangen und ihr Leben wieder in die Hand genommen habe. Wenn ihr wüsstet, schmunzelte Saskia in sich hinein. So vergingen Tage und Wochen, in denen sie Nachrichten mit Sven austauschte und er ihr mit seinem Rat half, ihr emotionales Gleichgewicht wiederzufinden. Dabei verlor sie völlig aus dem Auge, dass auch der leistungsfähigste Akku inzwischen leer sein müsste.

Sven hatte in dem SMS-Austausch immer Sorge dafür getragen, dass sie sich nicht weiter an ihn binden würde. *wir leben von geborgter zeit* war eine stetig wiederkehrende Textzeile. Und mit der Zeit gewann Saskia an Stärke, Lebensmut und Hoffnung.

Dann kam der Tag, den sie insgeheim fürchtete und immer verdrängt hatte. Am Morgen dieses Tages erhielt sie die folgende Nachricht: *mein schatz, unsere zeit geht zu ende. ich kann jetzt sicher sein, dass du auch ohne mich bestehen wirst. wir müssen langsam an den abschied denken.*

Wirr überlegte sie, wie sie noch mehr Zeit herausschinden könnte. Dabei war ihr jedoch klar, dass sie schon jetzt vom Schicksal begünstigt war. Welcher Hinterbliebene eines plötzlichen Todesfalles hatte schon die Chance zu einer letzten Zwiesprache? Und ihre dauerte nun schon fast zwei Monate. Wirklich schon so lange? Und doch so kurz … viel zu kurz.

Sie verbrachte den ganzen Tag mit dem Handy und schrieb eine SMS nach der anderen, die auch immer prompt beantwortet wurde. Gegen Abend dann kamen sie an den unvermeidlichen Punkt.

ich werde dich nie vergessen und immer lieben, sven. vergiss das nicht, wenn du dort bist, wo du jetzt hingehst.

Seine Antwort kam erst nach einigen Minuten. *ich merke wie meine kraft schwindet. aber keine sorge, ich bin ohne schmerzen. ich weiß, dort, wo ich hingehe, wird es mir gut gehen. frag nicht warum, ich weiß es einfach. und ich weiß auch, dass wir uns wiedersehen werden, liebe meines lebens. lebe glücklich und leb wohl. ich hab' von dir geträumt …*

Sie konnte nicht anders. Sie küsste das Display und weinte leise vor sich hin. Sie wusste, dass dies die letzte Nachricht gewesen war und sandte einen letzten Gruß. *ich werde dich finden, wo du auch bist. meine große liebe* Beherzt drückte sie auf die Sendetaste und schaltete dann das Handy aus.

Zwei Wochen nach diesem Ereignis erhielt sie einen unerwarteten Besuch. Vor ihrer Tür stand eine unbekannte ältere Frau in Begleitung eines extrem muskulösen Mannes um die Vierzig. Er wirkte fast wie eine Art Bodyguard. Er übernahm auch die Vorstellung und erklärte den Grund ihres Kommens.

„Dies ist Frau Marino. Mein Name ist Herzog. Ich habe viele Jahre den Sohn von Frau Marino ehrenamtlich mitbetreut. Alessandro litt an Duchenne, auch Muskeldystrophie genannt. Und wir glauben, Sie haben in der letzten Zeit Nachrichten von Alessandro bekommen." Verwirrt bat sie die Beiden einzutreten und bot ihnen in der Wohnküche einen Kaffee an. Dann hob Herzog zu einer weiteren Erklärung an. „Alessandro lebte nach dem Credo *Niemals Aufgeben* und er hatte den dringenden Wunsch, nützlich zu sein und helfen zu können, obwohl er doch selbst Hilfe nötig hatte. Ein Telefonanbieter hat ihm ein Handy und eine unbegrenzte Flatrate geschenkt, nachdem ich das Unternehmen mit Alessandros Schicksal vertraut gemacht hatte. Nun scheint es so, dass er eine alte Telefonnummer geerbt hat, die vormals Ihrem Mann gehörte."

Saskia saß wie erstarrt auf dem Küchenstuhl, Dann war das alles doch nur eine Lüge gewesen? „Aber … aber … das Lied! Er hat doch das Lied gekannt! Wie konnte er … das kann doch alles nicht sein." Frau Marino legte beruhigend ihre Hand auf Saskias Hand und sprach mit starkem italienischen Akzent: „Du musse wissen, Alessandro hat geliebt Musica, besonders deutsche … comme si dice … Rockmusik!" Herzog fuhr fort. „Alessandro ist vergangene Woche gestorben. Am Tage seines Todes hat er seiner Mutter und mir die ganze Geschichte erzählt und gefragt, ob es falsch gewesen sei, was er getan habe. Er hatte doch nur helfen wollen und hätte doch die Not gespürt, in der Sie sich befunden haben. Ich musste ihm das Versprechen geben, Sie nach seinem Tod über das alles aufzuklären." Frau Marino hatte während der ganzen Erzählung nicht ein Wort gesprochen, stand aber jetzt auf und nahm Saskia wortlos in die Arme. Und mit einem Mal war bei ihr aller Zweifel verschwunden, jeder Ärger, jede Angst. Da war nur noch Frieden, Ruhe und die Gewissheit, dass ihr niemand hatte wehtun wollen. Es war kein Scherz gewesen, sondern ein Akt der Liebe. Den wollte Saskia erwidern und lud Frau Marino und Herzogs Familie zum Weihnachtsfest zu sich ein. Am Abend, nachdem ihre Gäste gegangen waren, klang durch das nun stille Haus ein Lied: Ich hab' von dir geträumt, du hieltest meine Hand … und Saskia sang mit.

Weshalb widme ich die Story *Nis Randers* speziell den deutschen Seenotrettern? Weil mich diese Leute seit frühester Kindheit faszinieren. Ich wollte NIE Feuerwehrmann oder Lokführer werden – meine Liebe galt der See und diesen eher stillen Helden. Wobei ich mir sicher bin, dass diese Bezeichnung den meisten von ihnen unangenehm ist! In den Schulferien bei meinen Verwandten in Cuxhaven galt mindestens ein Besuch dem Liegeplatz der *Arwed Emminghaus*, dem dortigen Seenotkreuzer. Es ist schon eine seltsame Fügung des Schicksals, dass genau dieses Schiff heute als stationäres Museum seine Heimat auf Fehmarn gefunden hat ... der Insel, die ich gerne als meine zweite Heimat bezeichne. Verehrte Haupt- und Ehrenamtliche Retter der DGzRS – meine größte Hochachtung und Dank! Warum? Lesen Sie einfach diese fiktive Geschichte ...

NIS RANDERS

„Und du bist ganz sicher, dass du das machen willst?" Simone sah ihren Mann fragend an. „Ich habe nur selten etwas so sehr gewollt wie genau DAS", erwiderte ihr Mann Nis. Die junge Familie Hegmanns erwartete in ein paar Monaten ihr erstes

Kind. Dementsprechend lag über dem Alltag eine gespannte Erwartung und die gepackte Tasche für eine eventuell nötige Klinikgeburt stand bereits jetzt neben der Wohnungstür

„Schau mal, Schatz, mein Großvater war auch schon bei den Seenotrettern und ..." Sie unterbrach ihren Mann barsch: „Ja, und der ist damals nicht zurückgekommen. Soll ich unser Kind alleine großziehen? Wenn du zu viel Freizeit hast, dann such dir doch lieber noch 'ne Nebenbeschäftigung nach Feierabend. Wir kommen eh kaum mit dem Geld zurecht wegen der irren Mieten hier auf Sylt. Seit mein Gehalt als Tierarzthelferin weggefallen ist, reicht es vorne und hinten nicht. Und ich will einfach nicht mehr, dass uns deine Eltern alle drei Monate diskret etwas zustecken. Ich hab auch meinen Stolz." Nis schüttelte den Kopf. Es waren Dinge wie diese, wegen derer sie immer wieder aneinander gerieten. Simone kam vom Festland, nicht mal von der Küste. Sie stammte aus Hannover und hatte auf Sylt ein freiwilliges ökologisches Jahr abgeleistet und dabei Nis kennen und lieben gelernt. Der Blondschopf, der jedes Klischee eines Friesen bestätigte, hatte sie mit seinem trockenen Humor und seiner Begeisterungsfähigkeit für das Meer im Sturm erobert. Entgegen der Erwartungen ihrer Eltern hatte die Fernbeziehung auch die Jahre ihrer Ausbildung zur Tierarzthelferin und seiner als Segelmacher an der Ostsee überstanden. Kurz danach hatten Simone und Nis geheiratet und waren in die kleine Wohnung in Morsum gezogen, die mit der Ankunft ihres Stammhalters definitiv zu klein werden würde.

Nis hatte, wie viele Insulaner, mehrere Jobs: im Sommer arbeitete er auf dem Golfplatz unweit ihrer Wohnung, im Winter verdiente er seinen Lebensunterhalt auf der kleinen Werft in Hörnum mit dem Ausbessern der Boote, die für die Winterzeit an Land gebracht worden waren. Als gebürtiger Sylter war er bestens vernetzt und wurde als qualifizierter Fachmann gerne weiterempfohlen. Aber insgeheim träumte er seit Kindertagen davon, auf großen Pötten über die sieben Weltmeere zu schippern. Eine sentimentale Vorstellung, dessen war er sich bewusst. Die heutige Seefahrt hatte nichts mit den Erinnerungen eines Graf Luckner oder der Wirtschaftswunder-Romantik aus den Freddy-Quinn-Liedern zu tun. Es war ein knallhartes Geschäft, just-in-time-Management, kurze Liegezeiten, niedrige Heuer. Da war er an Land schon besser bedient, nicht zuletzt wegen seiner kleinen Familie. Aber er wollte seinen großen Traum nicht ganz aufgeben, und so hatte er sich einmal unverbindlich bei den Seenotrettern erkundigt, von denen er zumindest einen privat näher kannte. Die DGzRS hatte zwar keine Nachwuchssorgen, aber es war schon wichtig, immer eine gehörige Zahl qualifizierter Freiwilliger in der Hinterhand zu haben.

Heute Abend also wollte er sich offiziell bei dem Vormann der Station auf List vorstellen. Klar, er hätte es näher nach Hörnum gehabt, aber da lag ja nur der „kleine Schlickrutscher", wie er geringschätzig das deutlich kleinere Seenotrettungsboot *Horst Heiner Kneten* nannte. Nis wollte unbedingt auf der *Pidder Lüng* Dienst tun, dem Kreuzer der 20-Meter-Klasse. Um 20 Uhr wurde er in der weiß-grau verkleideten Wachstation an der Oststrandpromenade erwartet. Ihm war ein wenig mulmig zumute, denn er hatte schon das Eine oder Andere über den Vormann der *Pidder Lüng* gehört. Wobei die Bezeichnung ganz sicher ein Dorn im Auge – oder besser Ohr – einer fundamentalistischen Feministin wäre. Denn der Vor-MANN war eine Vor-FRAU. Seines Wissens war Wiebke Bremer eine der wenigen Frauen bei der DGzRS und derzeit der einzige weibliche Vormann eines Kreuzers. Ihr ging ein legendärer Ruf voraus … sowohl in ihren Fähigkeiten als auch wegen ihres Temperaments. Nichts von der bedächtigen Einsilbigkeit, die man den Norddeutschen nachsagte. „Irgendwann einmal muss sich ein heißblütiger Sizilianer in meine Ahnenreihe eingeschlichen haben", wurde sie einmal in einem Zeitungsartikel zitiert.

Mit etwas Pudding in den Knien betrat Nis die Räumlichkeiten der Station. Dort wurde er sofort von Johannes, seinem Freund aus Kindertagen, in Empfang genommen. Johannes war bereits seit Jahren im Einsatz und war Nis' erste Anlaufstation gewesen. Jetzt brachte er den Kameraden direkt in das Büro von Wiebke. Diese stand direkt auf und kam auf ihn zu, als er den Raum betrat. Johannes verabschiedete sich mit einem Augenzwinkern und zeigte „Daumen hoch". „Dann nehmen Sie doch einfach mal Platz, Herr Hegmanns. Darf ich Ihnen was zu trinken anbieten?" Sie hatte eine angenehm weiche, aber laute Stimme. Nis lehnte dankend ab und Wiebke füllte sich ihren Kaffeepott auf, den ein grenzdebil schielender Seehund zierte. Ihr Besucher starrte so offensichtlich auf diese touristische Scheußlichkeit, dass sie sich zu einer Erklärung genötigt sah. „Dieses Schmuckstück habe ich von einem sechsjährigen Mädchen geschenkt bekommen, als ich noch Vormann in Laboe war. Wir haben die Kleine damals zusammen mit ihren Eltern von einer im Sturm havarierten Segelyacht bergen können. Bei dem Unglück ist leider ihr zweijähriger Bruder ums Leben gekommen. Vielleicht hänge ich deshalb so an dem Teil. Das war mein einziger

Einsatz, bei dem wir nicht alle Personen hatten retten können." Nis schaute etwas geringschätzig. „Auf der Ostsee? Gibt's da denn überhaupt so hohe Wellen?" Wiebke lehnte sich zurück und sah ihren Besucher über die Spitzen ihrer zusammenliegenden Zeigefinger an. „Sie würden sich wundern! Gewiss, ich kenne die Überheblichkeit mancher Menschen, was die Risiken im Mare Balticum angeht. Ihr Friesen seid ja immer schnell bei der Hand mit eurem „Blanken Hans", aber glauben Sie mir: IHR Höschen wäre auch verdammt schnell nass, wenn Sie die Stürme vor Kiel erlebt hätten, die ICH mitgemacht habe." Frau Bremer hatte sich in Rage geredet und an ihrem geröteten Hals pochte sichtbar eine Ader. Nis hob beschwichtigend die Hände: „Tut mir leid, ich wollte nicht respektlos sein, aber ..." „Jaja, ich weiß, ihr denkt immer, dass nur ihr wisst, wie wild sich die See gebärden kann. So, jetzt aber Schluss damit. Wir haben uns heute ja nicht verabredet, um einen Schwanzvergleich zwischen den Weltmeeren auszutragen. Sie interessieren sich also für eine Tätigkeit bei uns? Warum?"

Die naheliegendste Frage ... aber Nis' Kopf war auf einmal wie leergefegt. Er hatte sich kluge, überzeugende Sätze zurechtgelegt, aber nach diesem kurzen Disput war alles wie von der Flut weggespült. Sein Gegenüber hatte sich in den Besuchersessel zurückgelehnt und sah ihn erwartungsvoll an. So begann der Anwärter in spe zu stammeln: „Tja … also … ich will … nein, ich MÖCHTE gerne mithelfen … Menschen zu retten. Um … um für andere da zu sein. Ich liebe die See und … und … und nun weiß ich nicht mehr weiter." Wie ein Schuljunge, der seine Hausaufgaben vergessen hatte und dies nun vor versammelter Klasse beichtete, ließ er die Schultern hängen und blickte Wiebke ratlos an. Scheinbar war genau diese Reaktion das Richtige, denn es schien die Spannung zu beseitigen, die seit der kurzen Auseinandersetzung in der Luft lag. „Wie sind Sie überhaupt auf uns aufmerksam geworden?", baute sie ihm eine Brücke. Dankbar ergriff Nis diesen Strohhalm. „Na, Johannes und ich sind zusammen zur Schule gegangen. Und auch danach sind wir dicke Freunde geblieben (bei Johannes war das durchaus wörtlich zu nehmen). Er hat mir immer wieder von Einsätzen erzählt und es hat mich einfach fasziniert, wie vielfältig das Aufgabengebiet ist und wie flexibel man reagieren muss. Es reizt mich einfach, in Extremsituationen meine Fähigkeiten unter Beweis zu stellen. Ich habe z.B. einmal bei einem Großbrand mehrere Menschen aus einem Fabrikgebäude retten können, indem ich eine ganze Gruppe von Besuchern evakuieren musste." Wiebke unterbrach ihn. „Waren Sie selbst da als Gast?" Nis erwiderte: „Nein, ich hab in Eckernförde

Segelmacher gelernt. Hier auf Sylt hab ich damals ja keine Lehrstelle gefunden und mein Vater hatte sich im Bekanntenkreis umgehört und mir den Job bei einem seiner Segelkumpels verschafft." „Und was machen Sie jetzt hier auf Sylt?" Nis erklärte es ihr und ergänzte: „In Eckernförde war ich bei der freiwilligen Feuerwehr und hab eine Ausbildung zum Rettungshelfer gemacht. Auf dem Golfplatz und in der Werft bin ich deshalb auch Unfallersthelfer und besuche jährlich Aufbaulehrgänge. Außerdem hab ich einen Schein als Rettungstaucher gemacht. Nebenbei schraube ich gerne an Autos und kann ganz gut mit Maschinen. Und ich kann dänisch … fließend." Damit hatte er all seine Trümpfe ausgespielt.

Wiebke hatte ihn bei seinen Ausführungen genauestens beobachtet und seine wachsende Begeisterung bemerkt. Sie gönnte sich einen Augenblick Bedenkzeit, bevor sie erneut das Wort an ihn richtete. „So, das sind jetzt also die sogenannten „Hard Skills". Kommen wir jetzt mal zu den weichen Fakten, den „Soft Skills". Sind Sie alleinstehend? Jetzt grinste Nis über das ganze Gesicht. „Nein, ich bin seit sechs Jahren verheiratet. Wir erwarten in ein paar Monaten unser erstes Kind." Diese Info bedeutete weit mehr als das bloße Faktum. Es zeigte sein soziales Gewissen, seine Lebensplanung, seine

Verantwortung für Mitmenschen. Als Leiterin einer Wachstation war Bremers Aufgabe nicht nur die Sicherstellung des reibungslosen Betriebes des Stützpunktes. Sie war ebenso zuständig für das menschliche Miteinander, den Corpsgeist im Team, das WIR. Was nutzte einem der beste Seemann, der geschickteste Mechaniker, der erfahrenste Mediziner, wenn er sich nicht einfügte und durch Exzentrik oder andere Eskapaden den erfolgreichen Einsatz und damit Menschenleben gefährdete? Dieser Typ vor ihr konnte vielleicht mal ein richtig Guter werden, aber das würde sich erst mit der Zeit zeigen.

Wiebke bot Nis an, an einem der folgenden Wochenenden einmal eine komplette Schicht mitzumachen und sich einen ersten Eindruck zu verschaffen. Hegmanns nahm freudestrahlend an und schüttelte der Blondine mit dem Wuschelkopf heftig, und länger als nötig, beide Hände. Es stimmte, was Johannes ihr vorab erzählt hatte: Nis war NICHT typisch norddeutsch, sondern sehr gesprächig, enthusiastisch und emotional. DAS allerdings konnte sich auch einmal als negativ herausstellen ... wenn es z.B. einmal zum Schlimmsten kommen würde, dem Verlust eines Menschenlebens. Wie er damit umgehen würde, war jetzt noch nicht absehbar. Er hatte ja eh ein halbes Jahr Probezeit. Wiebke beschränkte sich daher im Moment darauf, ihm anhand von Beispielen das Aufgabenspektrum zu verdeutlichen. Neben den spektakulären Rettungseinsätzen bestand die Aufgabe in einer größeren Zahl von Routinearbeiten wie Kontrollfahrten, Wartungsarbeiten oder auch dem „Klar Schiff machen" auf dem Kreuzer und in der Station. „Das Einzige, was im Gegensatz zu anderen Standorten selten anfällt, ist die Backschaft. Die übernimmt immer Johannes, wenn er Dienst hat – und darüber sind wir ganz froh. Warum der nicht Berufskoch geworden ist, ist mir immer noch schleierhaft." Damit lud sie den Besucher … oder jetzt besser Anwärter, ein, sie und die noch anwesenden Kollegen auf ein Bier in das „Piratennest", eine Gaststätte am Hafen von List, zu begleiten, da ihr Wachdienst für heute beendet war.

Johannes legte ihm auf dem Weg den Arm über die Schulter und schwärmte: „Erinnerst du dich noch an Nele, unsere kühle Blonde aus der 8. Klasse? Mein Gott, waren wir beide damals in die verschossen. Weißt du, dass ich dir wegen der beinahe damals die Freundschaft aufgekündigt hätte? Ich hab sie vorgestern in Tondern gesehen. VIER Blagen am Rockzipfel, eins rotzfrecher als das andere. Und sie selbst? Haare wie Sauerkraut, die seit Wochen kein Shampoo mehr gesehen haben und ein Jogging-Anzug aus Ballonseide. Was haben wir doch für ein

Glück gehabt!" Nis erwiderte: „Stimmt, WIR haben uns ja gar nicht verändert, nicht wahr, meine gertenschlanke Elfe?" Damit tätschelte er den Bauch des Freundes mit der flachen Hand. „Nur kein Neid, du Hungerhaken. Bei euch beiden Hübschen ist es doch auch bald soweit, nicht wahr? Erträgst du noch Simones Schwangerschaftsneurosen?" Bevor er etwas antworten konnte, hatten sie das „Piratennest" erreicht und betraten den Raum, aus dem trotz der späten Jahreszeit der Lärm vieler Gäste schallte. Horst, der Wirt, hatte für die Crew einen Tisch in einer etwas ruhigeren Ecke reserviert. Auf dem Weg dorthin kam die Gruppe an einem Prospektständer der besonderen Art vorbei: einer lebensgroßen, eindeutig weiblichen Puppe im Piratenkostüm, die ihre weiblichen Attribute mehr als offenherzig zur Schau stellte. Es war mittlerweile Tradition, dass Johannes ihr im Vorübergehen einmal über die üppige Brust strich, heute garniert mit dem Kommentar: „Ach, Liebling, eines Tages werde ich bei Horst um deine Hand anhalten!" Dann folgte der einzige Junggeselle im Team seinen Mitstreitern.

Als alle Platz genommen und ihre Getränke bestellt hatten, stellte Wiebke den Neuzugang vor und bat Johannes, als eine Art Pate, Nis etwas genauer zu beschreiben. Dann bekam dieser die Gelegenheit, selbst ein paar Worte zu sagen, da er außer dem

Jugendfreund keinen der Anwesenden näher kannte..
Wiebke stellte dann die alles entscheidende Frage:
„Ich möchte Herrn Hegmanns anbieten, ein
Wochenende bei uns mitzumachen. Danach möchte
ich seinen Einsatz zur Abstimmung geben. Hab ich
dafür grünes Licht von euch?" Nis staunte, wie
diszipliniert die Männer sich unter Führung dieser
Frau verhielten. Er selbst ahnte, dass er gelegentlich
Schwierigkeiten haben würde, sich einer Frau
unterzuordnen. Er sah, wie jeder der Männer eine
Hand hob und mit Daumen und Zeigefinger ein „O"
formte, das o.k.-Zeichen, welches er von den
Tauchern kannte. Wiebke reichte Nis die Hand und
sagte: „Wir sagen untereinander alle du. Ich bin
Wiebke."

Nun begann eine Unterhaltung querbeet und er
wechselte mit jedem ein paar Worte. Auf einmal
stand neben Wiebke ein Pärchen. Beide waren um
die 50 und ein wenig zu jugendlich gekleidet. Es
wirkte wie kostümiert. Die stark geschminkte
Rothaarige sprach Wiebke sofort an. Ihre Stimme war
hoch, leicht quäkend und hatte irgendwie einen
fordernden Unterton. „Sie sind doch von diesem
hübschen, kleinen Rettungsboot da draußen an der
Mole, nicht wahr? Wir würden uns ja so gerne mal
das Ding ansehen, das ist doch sicher möglich?
Vielleicht eine kleine Spritztour? Nicht weit,

höchstens bis Röm oder so. Das werden Sie doch bestimmt gerne für uns machen. Sie sind ja auf gute Publicity angewiesen und mein Hermann hier … Hermännchen, gib der Dame doch mal die Hand … also, mein Hermann hat Verbindungen in die höööchsten Kreise. Uns würde es am besten morgen gegen 11 Uhr passen, wir schlafen gerne etwas länger." Die Männer sahen die Sprecherin mit offenen Mündern an und wandten dann den Blick zu ihrer Chefin. Johannes stieß Nis mit dem Ellbogen leicht in die Seite und flüsterte: „Jetzt pass mal auf, gleich kannst du Wiebke richtig in Fahrt erleben."

Bremer erhob sich zu ihrer imposanten Größe von 1,82 Meter und überragte damit „Hermännchen" und seinen roten Hausdrachen. Dieser hatte dadurch Wiebkes Busen genau in Augenhöhe und starrte ihn mit Glotzaugen an. Als Wiebke zu reden begann, war ihre Stimme leise und klang messerscharf. „Hier OBEN spielt die Musik, mein Herr. Ich habe auch ein Gesicht und nicht nur Titten. Und Sie, Madame: was bilden Sie sich eigentlich ein? Sie stellen sich nicht einmal vor und wagen es dann auch noch dreist, uns als ihre Privatanimateure benutzen zu wollen. Geht es eigentlich in Ihren Schädel, dass wir Seenotretter sind und keine Kaffeefahrten veranstalten? Oder sind Sie bereits damit geistig überfordert? Ich schlage Ihnen vor, dass Sie sich ein Boot mit Mannschaft chartern. DAS dürfte eher Ihren Vorstellungen und Wünschen entsprechen. Und jetzt verziehen Sie sich besser, bevor ich mich vergesse und ausfallend werde. Wir haben Wichtigeres zu tun als uns mit Figuren wie Ihnen abzugeben!" Am Ende ihrer Tirade konnte Nis einen Eindruck von der Stimmgewalt der „Kapitänin" bekommen. Dieses Organ würde sicher auch an Bord durch das Tosen eines Orkans zu hören sein.

Der Rotfuchs hingegen hatte während des Monologs den Mund wie ein Karpfen auf- und zugeklappt. Sie suchte schwer atmend nach Worten und stammelte: „ Also … also … das ist eine … das hat sich noch nie jemand erlaubt … so mit mir … geben Sie mir SOFORT Ihren Namen. Ich werde mich andernorts über Sie beschweren … an höchster Stelle. Ich habe Einfluss … man sollte uns nicht zum Feind haben … Sie … Sie … FURIE!" Wiebke trat auf die Frau zu, die jetzt verängstigt zurückwich. „Machen Sie jetzt, dass Sie ganz schnell rauskommen. Und KEIN Wort mehr", herrschte sie die Frau an. Bedrohlich trat sie einen Schritt auf das Paar zu. In diesem Augenblick war es um die Courage der vormals Zeternden geschehen. Sie hakte ihr immer noch stummes „Hermännchen'" unter und zerrte ihn in Richtung Ausgang.

Schwer atmend nahm Wiebke bei ihren Kollegen Platz. Johannes war aufgestanden und hatte am Tresen eine Runde Aquavit geordert. Das erste Glas stellte er vor der Chefin hin und verteilte dann den Rest. „Nich' lang schnacken, Kopp in`n Nacken", gab er vor und stürzte den Schnaps in einem Zug herunter. Nis fragte Wiebke: „Kommt sowas öfter vor?" „Nee, zum Glück nicht. Sonst hätte ich die Brocken schon längst hingeschmissen. Etwas in dieser Art ist mir wirklich noch nie passiert, aber ich weiß von anderen, was bei denen schon vorgefallen ist. Eigentlich unglaublich! Der allergrößte Teil unserer Truppe macht den Job ehrenamtlich, aus Überzeugung ... oder nenn es Herzensgüte. Immer wieder riskieren wir unser Leben und dann müssen wir uns so einen Schwachsinn anhören. Da kann einem doch echt der Kragen platzen."

Nis trank noch eine Cola und machte sich dann auf den Heimweg. Beschwingt fuhr er die knapp 25 km bis nach Morsum mit offenem Fenster und laut dröhnendem CD-Player. Erst am Ortseingang regelte er die Lautstärke etwas runter und rollte unter den Klängen von „Mr. Blue Sky" von ELO vor dem Zweifamilienhaus aus, dessen erste Etage er mit seiner Frau bewohnte. Simone lag bereits im Bett und las in einem Buch. Sie blickte hoch und sah in das lächelnde Gesicht ihres Mannes. Er sah einfach großartig aus, wenn er so glücklich war. Dann ging von ihm immer so ein Strahlen aus, dass ihr ganz warm davon wurde. Voller Begeisterung erzählte er seiner Frau haarklein von dem Abend mit den Seenotrettern, vermied es aber, allzu genau über Wiebke zu berichten. Simone hatte jede Menge Vorzüge, aber auch eine Schwäche: sie war rasend eifersüchtig. Bisher grundlos, denn Nis hatte seit der Hochzeit keine anderen Frauen angesehen. Trotzdem hatte es gelegentlich Auseinandersetzungen gegeben, weil sich z.B. eine Golfspielerin zu freundlich mit ihm unterhielt und Simone zufällig in der Nähe war. Das hatte dazu geführt, dass er Konfliktpotential dieser Art möglichst vermied. Dieser Abend jedoch verlief harmonisch, geradezu liebevoll.

Das Wochenende des „Probetrainings" erwies sich als lehrreich und anstrengend. Sie machten Kontrollfahrten, halfen einem erschöpften Kiter wieder an Land, bargen vier Jugendliche aus dem Ruhrgebiet von einer Rettungsbake, auf die sie sich bei Flut nach einer ungeführten Wattwanderung hatten retten müssen. Wiebke erläuterte ihm, dass der Schiffstyp der 20-Meter-Klasse nach neuesten Erkenntnissen entwickelt worden war und als sogenannter „Selbstaufrichter" ein Höchstmaß an Sicherheit und Handlungsfähigkeit bot, selbst in den schwersten Stürmen. Auf Nis' fragenden Blick hin erklärte sie ihm die Technologie anhand eines historischen Schiffsunglücks. 1995 kenterte die *Alfried Krupp* nach einer Rettungsfahrt bei Borkum durch. Tragischerweise kamen dabei zwei Besatzungsmitglieder ums Leben, aber ohne die Funktion des Selbstaufrichtens wären sicher noch mehr Tote zu beklagen gewesen. Nach dieser ausführlichen Beschreibung trat eine betretene Stille in den Steuerstand der *Pidder Lüng* ein.

Wiebke Bremer durchbrach die Atmosphäre, indem sie Hegmanns ein verlockendes Angebot machte. „Soll ich dir mal zeigen, wie es sich anfühlt, wenn wir die 1.660 PS voll ausfahren? Dann machen wir immerhin 22 Knoten. Bei der Maschinenleistung wäre zwar auch mehr möglich, aber das ginge zu Lasten der Sicherheit." Nis begab sich auf das Oberdeck, wo sich ein weiterer Steuerstand befand. Er und Hinnerk suchten hinter dem Stuhl des Bootsführers Halt, als Wiebke „den Hebel auf den Tisch legte", also Vollgas gab. Fasziniert beobachtete der Anwärter, wie sicher der weibliche Vormann mit dem Steuer hantierte, das so gar nichts mehr mit den klassischen Rädern früherer Zeiten zu tun hatte. Ein handtellergroßer Metallring war alles, was sie zum Steuern benötigte. Das Ding sah eher wie ein Halter für Getränkebecher aus.

Nachmittags half Nis beim Routine-Check der Maschine, sowohl der *Pidder Lüng* als auch des Arbeitsbootes *Michel*. Außerdem leistete er einen wertvollen Beitrag beim dringend notwenigen Anstrich der Mannschaftsmesse in den Stationsräumen. Johannes machte sich an seinen Lieblingsjob und versorgte den Trupp mit Putenschnitzeln satt, dazu Bratkartoffeln und Gurkensalat. Danach gab es handgemachten Vanillepudding, nicht das schäbige Zeug aus der Tüte, und dazu selbst gemachte Sanddornsoße. „Allein für die Backschaft würde es sich lohnen, bei euch mitzumachen. Ich bin pappsatt", meinte Nis nach dem Mittagessen.

Kurz vor Feierabend kam es dann zur ersten Bewährungsprobe. Er hatte im Rahmen seiner Ausbildung den Bootsführerschein Binnen und See gemacht, aber länger kein Boot mehr gesteuert. Jetzt wurde er nördlich der Lister Hafenmole zusammen mit Hinnerk, dem erfahrenen Retter, mit der *Michel* ausgebootet und drehte ein paar Runden. Dabei hockte er auf der schmalen Bank vor dem Ruder des Bootes und bekam den Fahrtwind und die Gischt voll ab. Nach dem irren Spaß, die über 160 PS einmal richtig rauszukitzeln, sollte Nis das Arbeitsboot wieder sicher mit der *Pidder Lüng* vereinen. Das Manöver war ziemlich anspruchsvoll für das erste

Mal, aber Wiebke wollte sehen, wie sich der Neue unter Stress anstellte.

Am Abend des zweiten Tages rief Vormann Bremer ihre Truppe zum Appell. „So, Männer, ihr habt euch jetzt ein Bild von unserm Neuling machen können. Was meint ihr? Wollen wir es mit ihm versuchen?" Es war eine Wahl per Akklamation. Jeder musste offen Stellung beziehen. „Wer ist für ja?" Nis wagte zuerst nicht, in die Runde zu blicken. Als er es sich doch nach ein paar Sekunden traute, erkannte er, dass alle ihre rechten Arme hochgestreckt hatten … bis auf einen. Johannes meinte: „Ich bin nur dafür, wenn jemand dafür sorgt, dass die Luft hier drinnen nicht mehr ganz so trocken ist." Frech grinste er seinen Freund an. Nis drohte ihm lachend mit dem Finger. „Ist schon o.k. Gibt's hier einen Fundus, aus dem ich was kaufen kann? Ich hab logischerweise nix mitgebracht." Johannes nickte und verschwand. Er kehrte wenige Augenblicke später wieder zurück, mit je einem Kasten Cola und Wasser in den Händen. Verwundert blickte Nis ihn an. „Ja, was denkst du dir denn? Unsere Bereitschaft dauert noch ein paar Stunden, da müssen wir einsatzbereit bleiben. Darauf legt unsere Wiebke besonderen Wert." So prosteten sie sich mit Softdrinks zu und stießen auf den „Seenotretter zur Anwartschaft" an.

Nis fügte sich ins Team ein, erlebte Erfolge und Pleiten, fuhr vereinzelt bei kleinen Einsätzen und regelmäßig bei Kontrollfahrten mit und gewann so an Erfahrung und Selbstvertrauen. Den Respekt der Kollegen gewann er bei einer spektakulären Rettungsaktion kurz vor Weihnachten, als bei einem Segler, der den Hafen von List anlief, die Maschine ausfiel und das Boot vom schweren Seegang gegen die Außenmole gedrückt wurde. Der Bootsführer hatte sich bei den verzweifelten Versuchen, wieder die Kontrolle über den Segler zu gewinnen, beide Handgelenke gebrochen und saß hilflos an Deck. Seine Frau mühte sich verzweifelt, aber erfolglos, ab, um irgendwie frei zu kommen. Schock und Angst ließen die Frau irrational handeln und im Grunde alles falsch machen, was man nur machen konnte. Nis war über die Mole gerannt und versuchte, von Land aus zu helfen. Als das Segelboot unter einer besonders schweren Woge extrem in Richtung der Mole krängte (kippte), nahm er beherzt Anlauf und sprang an Bord. Er fand irgendwo Halt und tat sofort das Notwendige, um die Rettung einzuleiten. Dazu schlang er das von der *Pidder Lüng* aus zugeworfene Tau um den Mast und das hochmotorisierte Rettungsschiff zog den Havaristen von der Mole weg und schleppte ihn in den Hafen. Den Unfallopfern wurde unmittelbar geholfen und sie wurden ins Krankenhaus nach Westerland gebracht.

Drei Tage nach diesem Ereignis hatte Nis wieder Bereitschaft und es klingelte an der Tür der Wachstation. Als er öffnete, stand vor ihm das ältere Havaristenpaar, das ihn anlächelte. Die Arme des Mannes waren dick bandagiert und er schob damit ein etwa sechsjähriges Mädchen nach vorne. Sie hielt einen Teddy mit einem blauweißen Ringelshirt und einer Wollmütze an ihre Brust gepresst und blickte den Seenotretter schüchtern an. Als er das Kind angrinste, fasste sie Mut und kam auf ihn zu. „Da, der Teddy ist für dich. Weil du meinen Opa und meine Oma gerettet hast. Der soll auf dich aufpassen." Nis nahm das Präsent freudig entgegen und antwortete: „Das ist aber lieb von dir, Dankeschön. Den nehme ich mit nach Hause. Weißt du, ich werde in den nächsten Wochen selber Papa und dieser Teddy wird dann auch auf mein Kind aufpassen. Hat er denn schon einen Namen?" Die Kleine überlegte kurz und schüttelte dann den Kopf. „Dann gib mir doch mal deine Adresse. Ich schick dir dann ein Foto von uns mit unserem neuen Beschützer und sag dir seinen Namen."

Das Weihnachtsfest verlief friedlich und ohne Zwischenfälle, die einen Einsatz der Seenotretter nötig gemacht hätten. So konnte Nis den Heiligen Abend entspannt und glücklich in der warmen Geborgenheit seiner Familie verbringen. Simone fiel jede Bewegung schwer und es konnte jeden Tag soweit sein. Daher hatten Nis' Eltern die Beiden eingeladen und einen altmodisch-romantischen Abend ausgerichtet. Die Katastrophe brach erst am 5. Januar über Nordfriesland herein.

Bereits am Vorabend hatte es sich angekündigt. Stark akzentuierte Wolken von tiefer Schwärze türmten sich zu regelrechten Gebirgen auf. Es wirkte, als wollten sie den Himmel auf die Erde niederdrücken und alles unter sich ersticken. Der Wind nahm stetig zu und würde in der Nacht Orkanstärke erreichen. Einige der erfahrenen Seeleute waren mit ihren Familien in den Weihnachtsferien und nicht auf der Insel. Daher hatte sie zusätzlich zu der üblichen, dreiköpfigen Besetzung auch noch Nis eingeteilt. Dieser hatte sich in den letzten sieben Monaten bestens eingefügt und würde eine wertvolle Unterstützung bei einem evtl. Einsatz darstellen. Sie selbst saß in der Wachstation und las sorgenvoll die stetig aktualisierten Informationen des Bundesamtes für Seeschifffahrt und Hydrographie. Von Hamburg aus wurden die Hiobsbotschaften an die Küste und auch nach Dänemark verbreitet. Es war mit einer außergewöhnlich starken Sturmflut zu rechnen. Auf den Halligen hieß es mal wieder „Land unter" und die Insulaner verzogen sich mit ihren Tieren auf die höher gelegenen Warften. Die Bundesmarine und deren Hubschrauberstaffel wurden in Alarmbereitschaft versetzt. Wiebke war zwar unruhig, konnte sich aber nicht vorstellen, dass sich irgendein Wahnsinniger bei so hoher See aus den Häfen trauen würde. Lediglich die riesigen Containerfrachter und Tanker hielten ihren vorgegebenen Kurs bei Wind und Wetter, sich dem Termindruck einer globalisierten Weltwirtschaft unterordnend. Von dieser Seite her drohte das größte Risiko einer Havarie.

Am frühen Nachmittag des Dreikönigstages ereignete sich auf dem dänischen Festland ein folgenschwerer Zwischenfall. Drei Männer hatten schwer bewaffnet und vermummt die Sparkasse in Skærbæk überfallen und ausgeraubt. Auf ihrer gut vorbereiteten Flucht hatten sie skrupellos einen Polizisten und eine Bankangestellte erschossen und waren unter Mitnahme einer Geisel mit dem Wagen in Richtung der Insel Rømø entkommen. Dort hatten sie den Wagen gegen eine Motoryacht getauscht und waren trotz des Unwetters ausgelaufen. So war es nur eine Frage der Zeit gewesen, dass genau dieses Schiff einen Notruf absetzte. Eine der beiden Maschinen war ausgefallen und das Schiff nahm zunehmend Wasser auf. Die DGzRS-Stationen auf Sylt deckten auch das Gebiet rund um Rømø mit ab. Für das Boot in Hörnum wäre es zu weit gewesen. Ein Mindestmaß an Eigensicherung war unverzichtbar, aber die letztendliche Entscheidung traf der Vormann mit seiner Mannschaft. Die Seenotleitung in Bremen setzte die Notrufkette in Gang und in kürzester Zeit war die Diensthabenden, Hinnerk und Johannes vor Ort. Nis traf als Letzter ein.

Bei Simone hatten die Wehen eingesetzt und er wollte unbedingt bei der Geburt seines ersten Kindes dabei sein. Wiebke wusste das und hätte daher gerne auf ihn verzichtet, aber sie brauchte einfach jeden Mann. Simone war in guter Obhut durch eine befreundete Hebamme und einen Frauenarzt, aber sie krallte sich verzweifelt an seinem Arm fest. „Du kannst mich doch jetzt nicht allein lassen! Ihr seid doch genug Leute! Ich stehe das ohne dich nicht durch, Nis!" In diesem Moment schoss dem werdenden Vater etwas durch den Kopf. Bereits als Kind hatte er seine Eltern nach der Herkunft seines ungewöhnlichen Namens gefragt. Er war zu Ehren seines Großvater Nikolaus „Nis" getauft worden, einer friesischen Varianz des Namens. Da sein Opa bei einem Einsatz als Seenotretter ums Leben gekommen war, wurde dem Kind auch früh die Ballade von Otto Ernst mit dem Titel „Nis Randers" wieder und wieder erzählt. Auch in diesem Gedicht ging es um einen Sturm, in dem ein Boot kentert und noch ein Mensch zurück bleibt. Sechs friesische Fischer machen sich unter Nis Randers' Führung zur Rettung auf und seine Mutter versucht, ihn davon abzuhalten. Sie hat bereits ihren Mann und ihren ältesten Sohn an den „Blanken Hans" verloren.

Eine Schlüsselphrase zitierte der heutige Nis nun sinngemäß. „Du hast völlig Recht, Simone, aber was soll ich den Müttern der Menschen sagen, die auf diesem Boot um ihr Leben kämpfen?" Simone blickte ihn mit verweinten Augen an und drückte seine Hände so fest, dass er vor Schmerz das Gesicht verzog. „Dann mach, dass du fortkommst!" Schweren Herzens riss er sich los, zwischen Liebe und Pflichtgefühl schwankend. Dann raste er mit seinem Wagen davon.

Wiebke informierte ihre drei Seeleute über die Sachlage und sie kleideten sich in Windeseile in die Überlebensanzüge und die Rettungsweste. Eilig, aber konzentriert, machten sie die *Pidder Lüng* los und fuhren mit der maximal vertretbaren Geschwindigkeit aus dem Lister Hafen hinaus. Sie hatten die letzte gemeldete GPS-Position des Havaristen angepeilt und der Rettungskreuzer kämpfte sich durch die tobende See. Das Schiff war nur ein Spielball für die Naturgewalten, die auf der Nordsee wüteten. Hinnerk, Johannes und Nis hielten mit Ferngläsern Ausschau, während Wiebke all ihre Kunst und Meisterschaft aufwandte, um das Boot auf Kurs zu halten. Johannes hatte sich auf den äußeren, oberen Steuerstand verzogen und suchte die aufgewühlte Wasseroberfläche mit dem Suchscheinwerfer ab. Vormann Bremer hörte über das Funksystem von weiteren Einsätzen anderer DGzRS Stationen und fragte sich, ob alle Kollegen ihre Einsätze unbeschadet überstehen und alle in Seenot Geratenen würden retten können.

Auf einmal schrie Hinnerk: „Ich hab sie, voraus, auf ein Uhr!" Johannes richtete den Schweinwerfer aus und wahrhaftig: da tanzte die gesuchte Motoryacht wie ein Korken auf den schaumgekrönten Wogen, aber mit bedenklicher Schlagseite. Zwei Männer waren an Deck, hielten sich mit einer Hand krampfhaft fest und winkten mit der anderen um Hilfe. Nis ging an die Backbordseite der Pidder Lüng, hakte sich dort mit einem Sicherungsseil ein und hielt eine Wurfleine bereit. Hinnerk nahm neben ihm Aufstellung. Wiebke gelang es tatsächlich, unmittelbar neben dem stark krängenden Schiff längsseits zu gehen. Nis warf das Seil und es wurde beim dritten Versuch von einem der Verunglückten aufgefangen. Nis formte mit beiden Händen ein Sprachrohr vor dem Mund und brüllte: „Machen Sie das Seil an einem stabilen Klampen fest, aber flott!"

Der Däne verstand zum Glück deutsch und befolgte die Anweisung umgehend. Aneinander gekoppelt, lagen die beiden Schiffe zwar nicht ruhiger, schwankten aber in gleichem Rhythmus, was ein Überwechseln der Passagiere überhaupt erst möglich machte. Der Däne schrie gegen den Sturm an: „Wir haben noch eine Frau unter Deck." Nis machte ein ungläubiges Gesicht. „Dann holt sie rauf! Euer Pott säuft gleich ab!" Der zweite Bankräuber war bereits nach unten in die Kajüte geeilt und kam Augenblicke später mit einer total verängstigten Frau an Deck. Jetzt war es um Nis' Beherrschung völlig geschehen. Diese Frau war offensichtlich schwanger! „IHR IDIOTEN!" Er übernahm mit Hilfe von Hinnerk die Frau, die von dem erfahrenen Retter sofort auf eine Liege im Schiffsinneren gebracht wurde. Johannes hatte seinen Platz am Scheinwerfer verlassen und war seinem Jugendfreund zu Hilfe geeilt. Die Dänen schafften es aus eigener Kraft, auf den Rettungskreuzer umzusteigen. Wiebke hämmerte mit der Faust gegen die Scheibe der Kabine, um auf sich aufmerksam zu machen. Über den Außenlautsprecher gab sie den Befehl: „Leinen los, wir müssen machen, dass wir wegkommen."

Johannes schaute noch einmal in die Runde und beugte den Kopf an das Ohr von Nis. „Sag mal, war in dem Notruf nicht von drei Männern die Rede? Von der Frau haben sie nix erzählt." Nis nickte und folgte den Geretteten in den Mehrzweckraum, wo die Burschen erschöpft auf dem Boden hockten und Hinnerk die Schwangere auf der Liege erstversorgte. Nis sprach die Dänen an: „Ihr habt doch was von drei Männern gesagt, in eurem Notruf. Wo ist der denn?" Der eine Däne hatte eine klaffende Platzwunde mitten auf der Stirn, aus der beständig Blut floss. Dieser starrte ins Leere. Der andere hielt mit schmerzverzerrtem Gesicht seinen Unterarm und krächzte: „Aksel ist über Bord gegangen, kurz bevor ihr uns entdeckt habt."

Die ganze Sache war mehr als seltsam. Aber von dem Banküberfall in Dänemark wussten sie zum Zeitpunkt des Ablegens in List noch nichts. Nis informierte Wiebke über diese Neuigkeit und sie gab die Info über den Außenlautsprecher an Johannes weiter. Dieser schaute weiter in die Runde, zuckte auf einmal zusammen und rannte an den Eingang zur Kabine. „Ich hab ihn, achtern querab. Ich nehm' den *Michel*!" Wiebke schrie zurück: „Bist du sicher?" Johannes nickte heftig. Schweren Herzens nickte Wiebke und gestattete den Einsatz. Daraufhin rannte Johannes zum Arbeitsboot und nach wenigen Augenblicken rutschte *Michel* in die peitschenden Wellenberge. War der Seegang auf dem 20 Meter langen Rettungskreuzer kaum noch zu ertragen, musste es dem Laien völlig unverständlich sein, wie sich jemand mit so einer „Nussschale" in einen Orkan trauen konnte. Doch Johannes hatte den Schwimmer irgendwie auf den Wellenbergen tanzend im Auge behalten können und fuhr darauf zu. Er war beinahe bei ihm angelangt, als Wiebke gleichzeitig über den Bordfunk und den Außenlautsprecher brüllte: „WAHRSCHAU, schwerer Brecher von achtern! ALLES FESTHALTEN!" Und dann schlug schon eine Wasserwand auf den Kreuzer ein und die Urgewalten legten das Schiff komplett seitlich. Die Dänen kullerten durch die Kabine und schrien vor Schmerzen. Hinnerk hatte sich schützend über die mit Gurten fixierte Frau gebeugt und an einem Handgriff Halt gefunden. Nis klammerte sich am Griff der nach außen führenden Tür fest. Unendlich langsam kehrte die *Pidder Lüng* in eine aufrechte Position zurück. Wiebke und Nis versuchten sofort, die havarierte Motoryacht und das Arbeitsboot auszumachen. Das schwer beschädigte Boot der Bankräuber hatte den gigantischen Wellenschlag nicht überstanden und war gesunken. *Michel* aber trieb an der Wasseroberfläche … kieloben. Von dem dritten Dänen gab es keine Spur mehr, aber Nis sah, dass ein orange leuchtender Überlebensanzug an der Wasseroberfläche taumelte.

Er gab Wiebke die Richtung an und sie wechselte den Kurs. Bei den zunehmenden Wellen war an eine Bergung des Arbeitsbootes nicht zu denken, aber Johannes musste schnellstmöglich an Bord geholt werden. Wieder durch eine festgehakte Leine gesichert, stand Nis mit einem Bootshaken bewaffnet am Heck in der Mitte der Rutsche, auf der sonst das Arbeitsboot lag. Langsam schob sich der Kreuzer an den treibenden Körper heran. Johannes trieb regungslos im Wasser. Es war höchste Eile geboten. Nis erwischte mit dem Haken direkt den Handgriff auf dem Rücken des Rettungsgeschirrs und zog seinen Freund an den rettenden Bootsrand. Es kostete ihn übermenschliche Anstrengung, den Freund an Deck zu hieven. Als er sich herabbeugte, um dessen Vitalwerte zu überprüfen, versteinerte sich seine Miene. Der Schädel des Freundes war trotz Schutzhelm deformiert und das einst so vertraute Gesicht war nur noch eine einzige unkenntliche, blutige Masse. Weinend zerrte er den leblosen Körper ins Innere des Schiffes und legte ihn auf dem Boden ab.

Hinnerk hatte die nunmehr apathischen Geretteten notdürftig versorgt. Wiebke hatte in der Zwischenzeit eine weitere Nachricht von der Seenotleitung in Bremen bekommen und deren Inhalt an Hinnerk weitergegeben. Dieser hatte die beiden noch immer apathisch auf dem Boden liegenden Dänen daraufhin mit Kabelbindern an Händen und Füßen fixiert. „Die haben schließlich schon zwei umgebracht", erklärte er Nis, als dieser stöhnend den Leichnam von Johannes in die Kabine zerrte. Hinnerks Blick fiel auf den leblosen Körper und er sah das verzweifelte Gesicht von Nis. Dieser schüttelte nur den Kopf. „Krieg ich hier vielleicht mal ne vernünftige Meldung, ihr Spacken?" Wiebkes Ton war verständlicherweise gereizt. Nis stapfte zum Steuerstand und informierte seinen Vormann. Mitfühlend legte Wiebke eine Hand auf seine Schulter, wohl wissend, dass im Augenblick jede Bemühung, Trost zu spenden, verpuffen würde. Sie setzte über Funk die erforderlichen Infos ab und die weiter notwendigen Maßnahmen wurden von der Leitstelle in Bremen initiiert.

Als sie eine gute halbe Stunde später in den Hafen von List einfuhren, standen bereits drei Polizeiwagen und zwei RTW an der Mole. Die Bankräuber wurden sofort übernommen und abtransportiert. Der Notarzt war an Bord geeilt und hatte nur noch den Tod von Johannes feststellen können. Sämtliche Wiederbelebungsmaßnahmen während der Rückfahrt waren erfolglos geblieben. Dann kümmerte er sich sofort um die schwangere Frau, die dankbar jedem ihrer Retter die Hand drückte, als sie auf einer Trage an ihnen vorbei transportiert wurde. "Tak, mange tak. Jeg vil aldrig glemme dem!" (Danke, vielen Dank. Das werde ich Ihnen nie vergessen.)

Dann standen die Seenotretter vor ihrer schwersten Aufgabe. Sie hatten den Leichnam mit einer der grauen Wolldecken bedeckt, die mit dem Schriftzug und dem Logo der DGzRS, dem roten Hansekreuz, bestickt war. Unendlich behutsam hoben sie ihn dann auf eine Bahre und trugen den toten Kameraden an Land. Nis ließ es sich nicht nehmen, den Kameraden auf seinem Transport in die Inselklinik zu begleiten.

Als dort alle Formalitäten erledigt waren, legte er zum Abschied seinem Jugendfreund die Hand auf die Brust und flüsterte; „Alltied gode Wacht, min Jehann!" Danach kehrte er wie in Trance mit einem Taxi in die Wachstation nach List zurück. Wiebke und Hinnerk hatten gerade den Einsatzbericht abgeschlossen und den anwesenden Polizisten einen ersten Überblick über die Vorkommnisse gegeben. „Wie geht es dir?", richtete Hinnerk das Wort an Nis. Dieser zuckte mit den Schultern, „Wie soll's schon gehen? Als ob man mir ein Stück aus meiner Seele und meinem Herzen geschnitten hätte." Wiebkes Stimme klang einfühlsam, als sie sagte: „Brauchst du Unterstützung? Ich kann sofort einen unserer Notfall-

Seelsorger organisieren." Nis schüttelte energisch den Kopf. „Nicht jetzt, später vielleicht." „Dann mach, dass du nach Hause kommst. Wir beide schaukeln das Ganze hier schon. Du hast jetzt etwas anderes Wichtiges zu erledigen." Nis' Kopf schnellte nach oben. Wie konnte er das nur vergessen haben? Was war er denn überhaupt für ein Mensch? Seine geliebte Frau hatte vielleicht das gemeinsame Kind bereits zur Welt gebracht und er trödelte hier herum. Schwer schluckend umarmte er seine beiden Kollegen zum Abschied und jagte mit seinem Wagen davon in Richtung Morsum.

Zuhause angekommen, entdeckte er vor der Tür den Wagen seiner Eltern. Er stürmte die Treppe nach oben und eilte ins Schlafzimmer. Dort lag Simone in dem gemeinsamen Bett, mit zerzaustem Haar, schweißüberströmt, aber glücklich lächelnd. In ihren Armen lag ein weißes Bündel, aus dem ein rotes Gesichtchen leuchtete und eine krähende Stimme ihren Unmut äußerte. Am unteren Ende des Bettes standen in einer Reihe die Hebamme, der Arzt und seine Eltern, die ihn unter Tränen anlächelten. Simone tätschelte mit der freien Hand auf die Matratze neben sich. „Willst du nicht deinen Sohn begrüßen?" Nis nahm neben ihr Platz, umarmte seine Frau und drückte sie, dass sie kaum noch Luft bekam. Dann wurde ihm sein Sohn angereicht und mit unendlicher Vorsicht hielt er das Kerlchen vor seinem Gesicht in die Höhe. Erstaunlicherweise stellte der neue Erdenbürger sofort seinen Protest ein und machte mit seinem Speichel kleine Blasen. Seine winzigen schrumpeligen Finger schienen nach Nis zu greifen und er zog sein Kind an sich. Behutsam küsste er ihn auf die Stirn und reichte ihn dann wieder an die Mutter zurück. Jetzt aber gab es kein Halten mehr. Sein Körper wurde von Weinkrämpfen geschüttelt und er konnte sich kaum beruhigen. Es dauerte mehrere Minuten und die Umstehenden blickten ihn dabei verständnislos an. In der kleinen Wohnung in Morsum hatte ja niemand etwas von den schrecklichen Ereignissen der letzten Stunden mitbekommen.

Als er sich wieder einigermaßen gefangen hatte, ergriff Nis die Hand seiner Frau, küsste deren Fingerspitzen, und flüsterte: „Was hältst du davon, wenn wir ihn Johannes nennen?" Simone nickte und Nis legte seinem Sohn den Teddy mit dem weiß-blauen Ringelshirt in den Arm.

Zwei Monate später wurden ein deutsches und ein dänisches Kind in der Kirche St. Niels auf den Namen Johannes getauft.

Dem Einen oder Anderen unter Ihnen, liebe Leserinnen und Leser, wird das vielleicht auch schon mal passiert sein: man hat eine/n Freund/in, den/die man schon lange kennt und sehr mag. Man will, dass es diesem Menschen gut geht und will ihn/sie vor Bösem bewahren, zum Beispiel vor einem neuen Partner. Man warnt, weist auf negative Auffälligkeiten hin, streitet vielleicht sogar ... und merkt nicht, dass dieses Bemühen auf eigenen schlechten Erfahrungen basiert. Als wolle man in einer Art „zweiter Chance" das bereits entstandene, eigene Unglück ungeschehen machen.

Achim warnt in dem Song *Wer sowas Liebe nennt* seinen Freund Charly. Ich habe auch so einen Freund – nennen wir ihn Dirk. Dem ist auch sowas passiert. Lesen Sie seine Geschichte ...

WER SOWAS LIEBE NENNT ...

Wie lange kenne ich Dirk jetzt schon? Ja, es sind über 30 Jahre. Wir lernten uns in der Berufsschule kennen, zunächst als Lerngemeinschaft, aber schnell folgten private Treffen in einer eingeschworenen Clique. Es gab gemeinsame Züge durch die Düsseldorfer Altstadt, bis in die frühen

Morgenstunden. Den Kopf voll Suff und Kino, wie es in einem Lied heißt, kletterten wir in den Kö-Graben und wuschen dem steinernen Tritonen mit Shampoo den Kopf. Ein anderes Mal, natürlich wieder voll des guten Altbiers, zogen wir laut singend nachts durch die stillen Straßen eines dörflichen Stadtteils, den nicht sehr schönen Gesang lediglich unterbrochen von gelegentlichen Rufen „DIE RUSSEN KOMMEN". Sie sehen, alles total albern, kindisch, pubertär männlich ... und doch einfach schön und eine angenehme Erinnerung.

Wir glaubten reifer zu werden, als unsere Berufsleben langsam Form annahmen. Wurde die gemeinsame Zeit auch knapper, es blieb bei regelmäßigen Treffen, beim Dart oder bei Video-Abenden. Gelegentlich zu zweit, meist aber mit mehreren, fanden Herrenabende statt ... nein-nein, geneigte Leserinnen und Leser, nicht das, was SIE jetzt denken! Keine Stripperinnen, Nächte voller Pornostreifen oder Alkoholexzesse. Wir kochten gemeinsam, spielten Skat, Poker, Trivial Pursuit, erklärten uns gegenseitig die Welt, schwärmten von für uns unerreichbaren Frauen, diskutierten heftig über die Qualität neuer Kinofilme ... ja, und in seltenen Momenten kehrten wir unser Innerstes nach Außen, machten dem Freund die eigenen Sorgen, Ängste und Hoffnungen klar. Dabei erwuchs etwas, das dem Begriff Freundschaft am nächsten kam. Wir wurden füreinander der Gesprächspartner, vor dem es kein Tabu gab. In dem geschützten Raum unserer Kameradschaft konnten wir Dinge aussprechen, mit denen wir unsere Partnerin nicht belasten wollten ... oder einfach zu feige dafür waren.

Ich hatte das unglaubliche Glück gehabt, bereits als junger Mensch DIE Frau kennen und lieben gelernt zu haben, die bereit war, mit mir erwachsen zu werden. Dirk war dieses Glück nicht beschieden. Aber wäre das für ihn wirklich Glück gewesen? Er war anders als ich, genoss sein Junggesellendasein, kostete auf Teufel komm raus das Leben aus und brannte oft genug die Kerze an beiden Enden an. Logisch, dass er dabei mehr als einmal auf's Maul fiel. Gelegentlich konnte ich ihm aufhelfen, aber manches Mal hatte er sich derart in die Scheiße geritten, dass ich machtlos zusehen musste. Ich konnte ihm Rat geben, ohne sicher sein zu können, dass mein Rat die optimale Lösung war. Nur hatte (und hat) mein Freund Dirk die fatale Neigung, Ratschläge selten zu befolgen. Oder gar, wie ein trotziges Kind, genau das Gegenteil zu tun, nach dem Motto: JETZT ERST RECHT!

Wir wurden älter, aber wurden wir wirklich reifer oder erwachsener? Die einen sagen so, die anderen sagen so. Was sich aber deutlich änderte, war Dirks

Einstellung zum Thema Partnerschaft. Es war wieder einmal einer dieser Abende, an denen ich bei ihm übernachten wollte. Wir hatten wenig getrunken, viel geredet und sahen mit auf der Heizung liegenden Füßen die Sonne aufgehen. Da fiel zum ersten Mal eine Bemerkung: „Manchmal bin ich richtig neidisch auf dich und deine Frau. Ich wünsche mir langsam auch mal was Festes. Jemanden, der immer da ist. Mit dem man, wie es so schön heißt, Freud und Leid teilen kann." Ich sah ihn ungläubig an. „DU? Der große Individualist? Der nichts anbrennen lässt, aber oft genug kurz vor dem Tor die Angst vorm Schuss hat? Mein Freund, du hast dir mit den Jahren eine Menge Junggesellen-Schrullen angewöhnt, derer du dir im Moment gar nicht bewusst bist. Die wirst du erst bemerken, wenn du für eine Partnerin Zugeständnisse machen musst. Und darum wirst du nicht herumkommen. Ob du wirklich dazu bereit bist? Ich hab da so meine Zweifel!"

Dirk schwieg und döste schnarchend ein. Ich deckte ihn zu und fuhr nachdenklich mit der ersten S-Bahn nach Hause. Für eine Midlife-Crisis war es eindeutig noch zu früh. Was war da nur los? Ich beruhigte mich kurze Zeit später, als ich bei Dirk einen Rückfall in alte Verhaltensmuster feststellte. Freudestrahlend teilte er mir am Telefon mit, dass er mit einem Sportskameraden gemeinsam einen Urlaub in

Thailand gebucht habe. Abgesehen davon, dass er die Kohle dafür ganz sicher nicht hatte: Dirk war kein Kultururlauber, der einen Tempel nach dem anderen abklappern würde oder Tag und Nacht am Strand liegen würde. Eine Reise nach Thailand hätte ein vorrangiges Ziel: sich sexuell auszutoben. Ich fragte zuerst mich und dann ihn, wovon er das bezahlen wolle, aber er tat meine Anmerkung in der Art und Weise ab, die er vermutlich für jugendlich-charmant hielt. Warum eigentlich wetterte ich so sehr gegen diese Reise? War es vielleicht sogar etwas Neid? Oder doch nur berechtigte Sorge um einen Freund, der im Begriff war, eine noch größere Dummheit zu machen als je zuvor? Wenn ich geahnt hätte, wie groß seine späteren Dummheiten sein würden …

Dem ersten Thailandurlaub folgten noch weitere. Dirk protzte ganz sicher nicht mit seinen „Eroberungen", er war und ist kein Mensch, der möglichst viele Kerben in seinem Colt haben muss. Allein … die Formulierung „Eroberung" war eigentlich unzutreffend, denn die Damen fuhren nicht auf seine blendende Erscheinung, sondern auf sein Portemonnaie ab. Das Seltsame jedoch war, dass Dirk nach den letzten drei Reisen immer wieder den gleichen Namen nannte: Anong. Stolz erklärte er mir, dass dies schöne Frau bedeuten würde. Und für ihn sei sie schön, die Schönste, die er auf seinen Touren kennen gelernt hatte. Dirk hatte nach dem ersten Zusammentreffen den Kontakt zu der Dame per Mail und Telefon beibehalten, sich über alle Sprachbarrieren hinwegsetzend. Sie konnte kein Deutsch und kaum Englisch, er kein Thai und nur rudimentär Englisch. Was sie verband, war die Sprache der Liebe ... sagte Dirk. Ich versuchte ehrlich, mich für den Freund zu freuen. Aber es gelang mir einfach nicht. Zu sehr waren Vorurteile in mir verankert, zu oft hatte ich von solchen Verbindungen gelesen oder gehört. Und diese waren samt und sonders in die Brüche gegangen. Ich machte den größten Fehler, indem ich versuchte, ein emotionales Problem rein sachlich anzugehen und zu beurteilen. Aber ich war zu borniert, um mein zwangsläufiges Scheitern zu erkennen.

Eines Tages überraschte mich Dirk mit einer Ankündigung: Anong würde ihn bald in Deutschland besuchen. Meine Frage, wer denn den Flug bezahlen würde, wurde mit: natürlich ich, beantwortet. Mein Hinweis, dass sein Dispo-Kredit nach seinen eigenen Aussagen bereits bis zur Belastungsgrenze ausgereizt sei, wurde einfach vom Tisch gewischt. Hatte ich noch angenommen, dass es damit getan sei und die Dame nach Ablauf des dreimonatigen Besuchervisums verschwinden würde, sah ich mich gründlich getäuscht. Mit strahlendem Gesicht erklärte mir Dirk, dass er die Absicht habe, Anong zu heiraten. Alle Papiere seien bereits besorgt, alles Notwendige sei bereits in die Wege geleitet, nur der konkrete Termin müsse noch abgeklärt werden und dann würde der One-Way-Flug gebucht.

Ich tobte: „Bist du eigentlich von allen guten Geistern verlassen? Ihr kennt voneinander doch nur das Sonntagsgesicht aus den gemeinsamen Urlauben. Das Leben ist doch mehr als nur Ficken und Poolparty. Warum denn gleich heiraten? Probiert es doch erstmal mit dem Besuchervisum aus. Nach drei Monaten wisst ihr beide, ob es geht oder nicht." Tja, und dann kam wieder der Wesenszug von Dirk zum Vorschein, der es mir manches Mal unglaublich schwer machte, ihn zu ertragen: und wenn ALLE dagegen reden, ICH mache es trotzdem. So! Ätsch! Bäh! So zumindest kam es mir vor, denn er wich nicht ein Jota von dem einmal gefassten Plan ab. Der gesamte Freundeskreis erklärte ihn für wahnsinnig und zog sich nach und nach zurück. Ich lernte Anong kurz nach ihrer Ankunft kennen. Sympathie sah anders aus, aber ich wollte ihr, Dirk zuliebe, eine faire Chance geben. So kam es, dass am Tag seiner Eheschließung mit Anong außer mir und meiner Frau gerade mal zwölf Gäste anwesend waren, vier davon Thai-Frauen, die ebenfalls deutsche Männer geheiratet hatten. Ich bemühte mich um Fairness, war für beide da, versuchte meine Vorurteile zu kontrollieren. Ob es mir gelang, weiß ich nicht.

Dirk und Anong richteten ihr gemeinsames Leben in Deutschland ein. Er ging zur Arbeit, sie versorgte die Wohnung. Das ging ungefähr drei Monate gut. Das Thema Geld führte zu ersten Diskussionen (wie die abliefen, wagte ich mir bei der geringen Schnittmenge an sprachlichen Fähigkeiten der beiden nicht vorzustellen) Es war einfach nicht genug, was Dirk nach Hause brachte, zumal ihn die laufenden Kredite stark belasteten. Hinzu kam aber jetzt noch, dass in Thailand eine angeheiratete Familie versorgt werden musste. Versorgung hieß in diesem Falle: ein Auto musste angeschafft werden, ein Grundstück gekauft und ein Haus gebaut werden. Die dafür notwendigen Zahlungen überstiegen das überreizte Budget des Zweier-Haushalts bei weitem. Es wurde offensichtlich, dass Anong sich etwas völlig anderes vorgestellt hatte. Das lag aber nicht daran, dass Dirk sie über seine Situation getäuscht hatte. Sie hatte nur ein idealisiertes Bild von einem Deutschen, der schon allein deshalb zwangsläufig reich war, weil er sich einen Urlaub in Thailand leisten konnte.

Es mochte sein, dass sie sich betrogen fühlte. Von Dirk, vom Schicksal, vom Leben an sich. Daher ergriff sie die Initiative. Integrative Maßnahmen wie Sprachkurse o.ä. ignorierte sie. Sie wollte die Zeit lieber nutzen, um selbst Geld zu verdienen ... natürlich schwarz und in keinem Falle für den gemeinsamen Haushalt mit ihrem Mann, sondern ausschließlich für die Begründung einer Existenz und eines gewissen Wohlstandes in ihrem Heimatland. Als ich von dieser Entwicklung erfuhr, fiel es mir unglaublich schwer, nicht voller Häme darauf hinzuweisen, dass ich sowas von Anfang an prognostiziert hatte. Dirk wurde immer einsilbiger und meldete sich immer seltener. Wenn wir uns sahen oder telefonierten, erfuhr ich zumeist mehr, als mir lieb war von Dingen, die ich meinem Freund in keinem Fall wünschte. Immer häufiger war von Streit die Rede, der extrem ausartete und immer lautstärker wurde. Als ich ihm eine kurze Auszeit gönnen wollte und ihn zu einem verlängerten Wochenende in Hamburg einlud, wurde die an sich schöne gemeinsame Zeit durch permanente Anrufe voller Beleidigungen und Vorwürfe getrübt. Ich merkte Dirk an, dass er sich gewissermaßen vor der Rückkehr fürchtete, aber diesen Konflikt konnte ich nicht für ihn ausfechten.

Als ich ihn das nächste Mal traf, konnte ich mein Entsetzen kaum noch verbergen. Dirk wirkte fahrig, nervös. Und sein rechtes Auge war blau und geschwollen. Meine Frage nach der Herkunft des Veilchens wurde fadenscheinig beantwortet, sodass ich mir das Schlimmste ausmalte … was scheinbar auch die Wahrheit war. Sie hatte ihn geschlagen. Ich konfrontierte ihn mit meiner Vermutung und Dirk nickte stumm. „Was willst du jetzt unternehmen?" Meine Frage blieb unbeantwortet. Keine Antwort ist auch eine Antwort, dachte ich mir. Dirk war aus meiner Sicht nur zu helfen, wenn er bereit war, selbst initiativ zu werden. Ich sagte ihm das auch und kündigte an, künftig seine Wohnung nicht mehr zu betreten, sofern Anong anwesend sein würde. An dieses Statement hielt ich mich in den folgenden drei Jahren.

Unser Kontakt flachte immer mehr ab. Gelegentliche Telefonate hatten in der Regel nur Gejammer über seinen Job, seine Geldsorgen und seine Probleme mit seiner Frau zum Inhalt. Ich warf ihm sein übertriebenes, selbstzerstörerisches Harmonie-bedürfnis vor und Dirk … schwieg! Er schwieg bei mir, er schwieg bei Anong, er handelte nicht, er ließ sich eigentlich „be-handeln". Ich konnte einfach nicht fassen, dass mein Freund offensichtlich den letzten Rest seiner Würde verloren hatte … und gab ihn auf.

Die Telefonate reduzierten sich auf drei bis vier pro Jahr. In diesen erfuhr ich, dass die Beziehung inzwischen jegliche Gemeinsamkeit verloren hatte. Anong und Dirk sprachen kaum noch miteinander, gingen ihrer Arbeit nach, verließen wortlos morgens das Haus und gingen abends wortlos zu Bett ... getrennt. Dieses Zusammenleben verdiente nicht einmal mehr die Bezeichnung Wohngemeinschaft. Anong hatte mit ihren diversen inoffiziellen Geschäften so viel Geld zusammen bekommen, dass sie ihre Familie in Thailand monatlich mit mindestens 1.000 € unterstützen und sich eine mehrwöchige Reise in die Heimat leisten konnte. Dirk hingegen focht einen stetigen Kampf mit Kreditinstituten um die Abzahlung seiner Schulden aus. Klar, die ganze Sache hatte er sich selbst eingebrockt, aber leid tat er mir trotzdem.

Es waren mehrere Monate vergangen, als Dirk mich ziemlich aufgeregt anrief. „Du wirst es nicht glauben. Sie will wieder zurück! Ohne mich! Sie hat genug Geld zusammen bekommen, um in ihrem winzigen Heimatdorf wie eine Königin leben zu können. Sie will kurz vor Weihnachten abhauen." Ich beglückwünschte Dirk zu dieser Entwicklung und versprach, ihn am Tag nach der Abreise von Anong zu besuchen.

Ich hielt das Versprechen und klingelte am besagten Tag abends an seiner Wohnung. Dirk öffnete und ich sah, dass sein Gesicht von Schlägen gezeichnet war. Die Lippe aufgeplatzt, ein tiefer Kratzer auf der linken Wange. Perplex betrat ich wortlos die Diele. Dirk war aber nicht niedergeschlagen, er wirkte erleichtert, geradezu fröhlich. „Wir haben uns noch einmal richtig gezofft, dass die Fetzen flogen. Und als sie dann noch mit ihrem Ring durch mein Gesicht gekratzt hat, ist bei mir irgendwie eine Sicherung durchgebrannt. Ich habe tatsächlich das erste Mal zurückgeschlagen. Das hättest du sehen sollen, wie die aus der Nase geblutet hat. Sie war so überrascht über meine Gegenwehr, dass sie ins Schlafzimmer gerannt ist und sich eingeschlossen hat. Den ganzen Abend ging mir die Düse, dass sie mit ihrem Handy die Polizei oder eine ihrer Freundinnen anruft und mir die Bullen auf den Hals hetzt. Du weißt ja, als Kerl hast du eh immer schlechte Karten und niemand glaubt an häusliche Gewalt gegen Männer." Ich nickte. „Du bist sowieso nicht der Typ, der sich wehrt. Mich wundert, dass du es überhaupt so lange ausgehalten hast. Aber so denke ICH! Ich habe begriffen, dass MEIN Weg nie DEIN Weg sein wird." Dirk atmete auf. „So, jetzt ist erstmal Ruhe und ich hoffe, ich sehe sie nie wieder. Lass uns ins Wohnzimmer gehen, im Schlafzimmer läuft es mir immer kalt den Rücken runter." Ein kurzer Blick in den Raum zeigte mir, dass auf dem Bett, das in den letzten Jahren nur von Anong benutzt worden war, Blutspuren zu erkennen waren.

Wir saßen den ganzen Abend zusammen, redeten endlos und gegen ein Uhr morgens verließ ich den Freund voller Hoffnung, dass er sein Leben nun irgendwie wieder in den Griff bekommen würde.

Kurz nach Neujahr klingelte mein Handy. Dirk war dran und seine Stimme war geradezu panisch. „Kannst du mir helfen, Alter? Ich bin im Polizeipräsidium. Die haben mich zu einem Verhör vorgeladen." Ich machte mich sofort auf den Weg. Auf der Fahrt überlegte ich permanent, wie ich meine Anwesenheit begründen sollte. Mir fiel nichts Vernünftiges ein, daher berichtete ich am Empfang wahrheitsgemäß von meinem Anliegen und wurde erstaunlicherweise sofort zu dem entsprechenden Kommissariat vorgelassen. Nach längerer Wartezeit ging die Tür eines Büros auf und ein Polizist in Zivil sprach mich an. Ich erklärte den Grund meiner Anwesenheit. Kommissar Krämer, so der Name, hörte mich geduldig an und bat mich dann in sein Büro. Dort erklärte er mir den Sachverhalt.

„Ihr Freund hat wirklich ein Problem. Seine Frau, die Thailänderin Anong Bäcker, geborene Phon Chai, ist von einem Bekannten abgängig gemeldet worden.

Der Anzeigende hat angegeben, dass er mit Anong seit einigen Jahren bekannt sei und sie habe ihm gelegentlich als Küchenhilfe in seinem Bistro ausgeholfen. Er schilderte die Frau als äußerst gewissenhaft und zuverlässig, sodass ihr Fernbleiben von der Arbeit nach Weihnachten außergewöhnlich erschien. Sie habe auch nicht auf wiederholte Anrufe seinerseits auf ihrem Handy reagiert. Zudem sei ihm bekannt, dass es um die Ehe von Anong nicht zum Besten bestellt sei. Dass ihr Mann sie schlagen würde und sie Angst um ihr Leben habe. Daher hat der Mann eine Vermisstenanzeige aufgegeben und die geschilderten Angaben im Rahmen der Anzeigenaufgabe gemacht. Kollegen von mir haben daraufhin die Wohnung Ihres Freundes aufgesucht und Herrn Bäcker angetroffen. Er gewährte den Beamten auch ohne Durchsuchungsbeschluss den Zutritt zu der Wohnung. Im Schlafzimmer wurden Blutspuren auf der Bettwäsche festgestellt. Diese wurde in die KTU zur Untersuchung verbracht, deren Ergebnis nunmehr vorliegt. Es handelt sich zweifelsfrei um das Blut von Anong Bäcker. Darüber hinaus haben wir unter Zuhilfenahme der niederländischen Polizei festgestellt, dass niemand unter dem Namen Bäcker oder Phon Chai an Bord des von Ihrem Freund angegebenen Fluges ab Amsterdam eingecheckt hat. Nachforschungen bei der thailändischen Polizei werden sich noch lange hinziehen, da der angebliche Wohnort der Dame in einer unzugänglichen Bergregion an der Grenze zu Laos liegt. Ihr Freund steckt wirklich tief im Schlamassel. Wir ermitteln wegen eines möglichen Kapitalverbrechens."

Was war wirklich geschehen? War sie wirklich abgereist, mit einem anderen, einem thailändischen Pass auf einen anderen Namen? Hatte mein Freund Dirk ihr etwas angetan und die Leiche verschwinden lassen?

Oder habe ich diese ganze Geschichte einfach nur erfunden? Was meinen SIE, liebe Leserinnen und Leser? ☺

NACHWORT

Achim Reichel nennt sich selbst gerne Storyteller anstatt Sänger und genau DAS ist es, was uns verbindet: wir erzählen Geschichten. Geschichten, die das Leben schreibt – und die sind ja bekanntlich die besten. Es ist logisch, dass wir dabei unsere eigene Persönlichkeit, unsere Gefühle und Werte einbringen. Die Krimis und Erzählungen in diesem Buch stellen demnach so etwas wie die Schnittmenge unserer schöpferischen Kraft dar.

Die Wahl des Buchtitels *DER SPIELER* kommt daher nicht von ungefähr:

So bin ich natürlich *DER SPIELER*, der mit den Emotionen, Ideen, Erwartungen seiner Leser spielt. Ich finde es ein *DOLLES DING*, dass ein Musiker nicht statisch ist, sondern sich über Jahrzehnte stets neu erfindet. *WER SOWAS LIEBE NENNT* - die Liebe zur Musik, zum geschriebenen Wort, zur Fantasie – der wird sich möglicherweise selbst in den Geschichten wiederfinden. Ich stelle mich *COOL* Ihrem Urteil, liebe Leserschaft, und hoffe, Sie spannend unterhalten oder nachdenklich gemacht zu haben. Wer weiß, wo Sie dieses Buch lesen?

Vielleicht im *HOTEL L'ORIENT* oder auch im *NACHTEXPRESS*! Vielleicht verschenken Sie dieses Buch an Ihre/n Liebste/n mit den Worten: für dich, denn *ICH HAB' VON DIR GETRÄUMT*. Oder verleihen es an Ihre Freunde *NIS RANDERS* oder *BOXER KUTTE*! Verschenken Sie es mit einer *ROSE* und holen Sie *ROBERT, DEN ROBOTER* zu Hilfe, wenn Sie der Ruf der *HYÄNE* erschreckt. Aber wenn Sie es selbst lesen und sich vom Inhalt verwirrt umblicken, dann seien Sie gewiss: *DER SCHATTEN AN DER WAND* bin nicht ich, der Autor! Das ist nur eine kleine Spur von mir, die ich in meiner *MAMA STADT* hinterlasse.

Bibliografie Jörg Marenski

Rheinblut – Band 1 der Düssel-Krimis

Rheinschnee – Band 2 der Düssel-Krimis

Rheinfeuer – Band 3 der Düssel-Krimis

Rheinbliebe – Band 4 der Düssel-Krimis

Rheinpänz – Band 5 der Düssel-Krimis

Rheinherz – Band 6 der Düssel-Krimis

Rheinkastanie – Band 7 der Düssel-Krimis

Rheinstadion – Band 8 der Düssel-Krimis

Desweiteren Beiträge in den Anthologien „*Online ins Jenseits*" und „*Die vergessenen 17 Gräber*".

Kinderbücher für 6-10jährige:

Wartet mal ab, bis ich groß bin und

Groß werden ist manchmal schwer

Alle Bücher sind als Taschenbuch und EBook online, im stationären Buchhandel oder beim Autor erhältlich. *Rheinblut und Rheinfeuer* Audiobooks sind ebenfalls online und im Buchhandel erhältlich, das Hörbuch *Rheinbliebe* und *Wartet mal ab, bis ich groß bin* sind nur direkt beim Autor erhältlich. Bitte nutzen Sie bei Interesse die Email-Adresse: info@duessel-krimis.de.